KB059798

三國志

演義 삼국지 연의

8

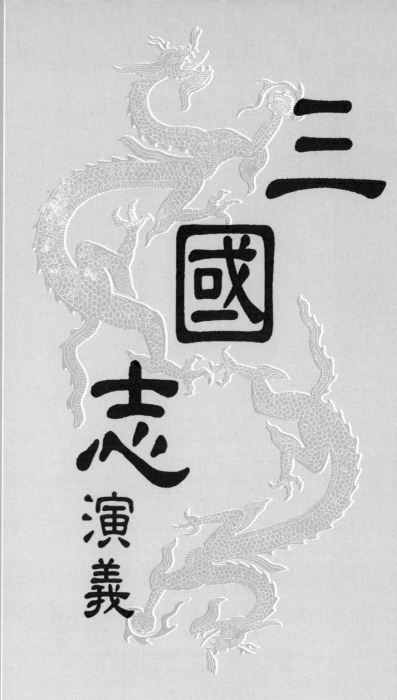

김구용 옮김 나관중 지음

완역 결정본 【삼국지 연의】

⑧

三國志演義

솔

三國志 演義 ⑧ 차례

天水誇英俊涼州有異才系從尚父出
術奉武侯來大膽應無懼雄心誓不回
成都身已晉漢將有餘哀 毅善

강유姜維

紫髯碧眼號英雄
能使群僚肎盡忠
二十四年承大業
龍盤虎踞守江東

菊潭上人

손권孫權

開言崇聖典用武若通神三國英雄士四
朝經濟臣屯兵驅罷豹養子得麒麟諸
葛常稱寔能廻天地春

裴
峨堂主

사마의司馬懿

襲寨次城日
長驅入敵圍
摩陂懷戰
續膽識古今
稀林蕃

서황徐晃

위연魏延

육손陸遜

勇績當湯著常山屢達功彼軍都似亂
此將克必虓膽量魁西蜀威名紀漢中
兩番全幼主千載更誰同　佩芑書

조운趙雲

獨擅南方號可
汗天威誰遠眠心
自從七縱推誠後千
蠻荒永奠安節谿
雖
遐里

맹획孟獲

⊙ -----	국도
■ -----	부도
○ -----	주도
● -----	군도
◆ -----	현재 도시
▲ -----	산
✕ -----	전투 지역
( ) -----	기타
⊙⊙⊙⊙⊙	국경
▬▬▬▬	만리장성

鮮卑

門浩特

烏丸

昌黎

瀋陽

玄

遼東

丸都

高句麗

幽州

遼西

▲碣石山

燕國

北京

代郡

范陽

天津

雁門

中山國

渤海

渤海

平壤

樂浪

馬韓

弁韓

石家莊

冀州

東萊

太原

鄴郡

鄴

鉅鹿

平原

青州

齊國

北海國

河內

東郡

濟南國

白馬

兗州

濟陰

城陽

琅邪國

官渡

陳留國

沛國

洛陽

鄭州

徐州

潁川

譙

下邳

許

陳郡

淮水

新野

豫州

揚州

荊州

汝南

(壽春)

廬江

南京

襄陽

江夏

長江

吳郡

上海

麥城

廬江

建業

杭州

荊州

武昌

南郡

武漢

江夏

會稽

赤壁

鄱陽

臨海

長沙

豫章

衡陽

廬陵

臨川

建安

湘東

零陵

桂陽

吳

福州

交州

廣州

香港

東中國海

南中國海

0 100 200 300km

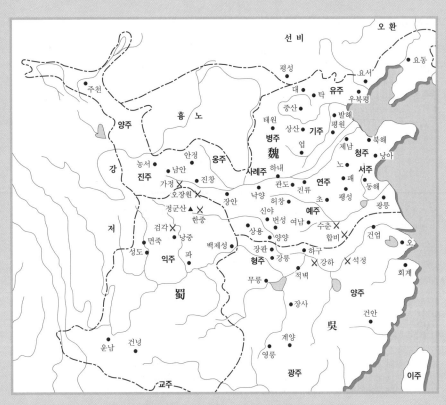

224~280년　삼국이 끝없는 공방전을 벌이던 시기의 지도

제84회

육손은 7백 리에 뻗은 영채를 불태워버리고
공명은 교묘히 팔진도를 펴다

한당과 주태는 선주가 시원한 곳으로 모든 영채를 옮긴 것을 탐지하자 급히 육손에게 가서 알렸다.

육손은 쾌재를 부르며 마침내 친히 군사를 거느리고 가서 동정을 살펴보니, 평평한 땅에 만 명도 못 되는 촉군이 주둔하고 있는데, 거개가 늙고 약한 군사들이고 '선봉 오반先鋒吳班'이라고 쓴 큰 기旗가 서 있었다.

주태가 청한다.

"내 보기에 저런 군사는 아이들 장난 같으니, 바라건대 한당 장군과 함께 두 길로 나뉘어 가서 적을 협공하겠소. 그러고도 이기지 못하면 군법軍法대로 처벌을 달게 받겠소."

육손은 대답 없이 한동안 둘러보다가, 말채찍을 들어 가리킨다.

"저편 산골짜기에서 은은한 살기殺氣가 일어나니, 그 밑에 반드시 적의 복병伏兵이 있으리라. 그러므로 평지에다 저런 약한 군사를 내세우고서 우리를 유혹함이라. 그대들은 결코 싸우러 나가서는 안 되오!"

모든 장수들은 그 말을 듣고서 육손을 겁쟁이라고 생각했다.

이튿날, 오반이 군사를 거느리고 관소關所 앞에 와서 싸움을 거는데, 자못 위엄을 드날리며 무기를 빛내더니 갖은 욕을 다하면서, 거개가 갑옷과 옷을 벗고 벌거숭이가 되어 혹 자기도 하고 혹 앉아 놀기도 한다.

서성徐盛과 정봉丁奉이 장막으로 들어가서 육손에게 품한다.

"촉나라 군사가 우리를 너무나 업신여기니, 바라건대 우리 두 사람은 나가서 싸우고 싶소."

육손이 웃는다.

"두 분은 용기만 믿지만 손오 병법孫吳兵法의 묘리를 모르오. 저건 적이 우리를 꾀어내려는 계책이니 3일 후면 그들의 속임수가 드러날 것이오."

서성이 묻는다.

"3일 후면 저들도 진영을 다른 데로 옮겨버릴 텐데, 우리가 어찌 무찌를 수 있겠소."

"나는 그들이 진영을 옮겨가기를 기다리는 중이오."

모든 장수들은 육손을 비웃으며 물러갔다.

3일이 지난 뒤, 육손은 모든 장수들을 관문關門 위에 불러모으고 바라본다. 오반의 군사는 이미 물러가고 없었다.

육손이 손가락으로 가리킨다.

"살기가 일어나는구나. 반드시 유비가 저기 산골짜기에서 나올 것이다."

말이 끝나기도 전이었다. 과연 저편 산골짜기에서 완전 무장한 촉군이 선주를 호위하고 쏟아져 나오더니 지나간다. 동오의 군사들은 그 광경을 바라보자 모두 정신이 아찔해졌다.

육손이 말한다.

"여러분이 오반을 치자고 청해도 내가 허락하지 않은 것은 바로 이 때문이라. 이제 적의 복병들이 모두 나왔으니, 10일 이내에 반드시 서촉 군사를 격파하리라."

모든 장수들이 묻는다.

"서촉 군사를 격파할 기회는 그들이 쳐들어오던 시초에 있었소. 이제 그들은 5백 리 사이에다 영채를 늘어세우고 지킨 지가 이미 7, 8개월이 지나서 모든 요충지를 다 견고히 했으니, 어찌 격파한단 말이오?"

육손이 대답한다.

"여러분은 병법을 모르는도다. 유비는 당대의 만만찮은 인물이며 더구나 지혜와 계략이 많아서, 처음 군사들을 모았을 때는 기강紀綱이 엄숙했지만, 이젠 지키기에 지쳐버렸다. 게다가 우리가 싸움에 응해주지를 않아서 그들 군사는 더욱 지쳤으니, 그들을 무찌를 때는 바로 이제부터이니라."

모든 장수들은 그제야 감탄하며 복종했다.

후세 사람이 육손을 찬탄한 시가 있다.

육손은 싸움을 논하고 『육도』(병서)를 마음에 지니니
좋은 미끼를 던져 바다 고래를 낚는도다.
천하가 셋으로 나뉜 뒤에도 허다한 인물이 나왔으니
아아, 강남 땅에서 육손은 드높은 존재였도다.
虎帳談兵按六韜
安排香餌釣鯨鰲
三分自是多英俊
又顯江南陸遜高

이리하여 육손은 서촉 군사를 쳐부술 계책을 정하고 마침내 표문表文을 써서 손권에게 보냈으니 머지않아 서촉을 격파하겠다는 내용이었다.

손권은 표문을 읽고 매우 기뻐한다.

"우리 강동에 다시 이런 특이한 인물이 나왔으니 과인이 무엇을 근심하리요. 모든 장수들이 연달아 과인에게 상소를 올리기를 육손을 겁쟁이라고 했지만, 과인 혼자만이 믿지 않았더니 이제 그 글을 본즉 과연 겁쟁이가 아니로다."

이에 손권은 크게 군사를 일으켜 후원하도록 보냈다.

한편, 선주는 효정 땅에서 온 수군을 휘몰아 강물을 따라 내려오면서 적당한 곳마다 수채를 세우고 동오의 경계로 깊이 들어가는데, 황권黃權이 간한다.

"수군이 강물을 따라 내려가면 나아가기는 쉽지만 물러서기는 어려우니, 신이 앞장서서 쳐들어가기로 하고 폐하는 뒤를 단속하소서. 그러면 결코 실수가 없으리다."

선주가 대답한다.

"동오 놈들이 이번에 혼이 났으니, 짐이 군사를 몰아 단번에 쳐들어간들 무슨 염려할 것이 있으리요."

모든 관원들이 괴로이 간하였으나 선주는 끝내 듣지 않고 마침내 군사를 두 방면으로 나누어, 황권에게는 강북江北 군사를 통솔하여 위에 대한 방비를 하라고 분부했다. 그리고 선주는 친히 강남江南의 모든 군사를 지휘하여 강을 사이에 두고 양쪽으로 영채를 세우고 쳐들어갈 태세를 취했다.

첩자는 이러한 사태를 염탐하고 밤낮없이 말을 달려가서 위주 조비에게 아뢴다.

"촉군이 동오를 치는데 종횡으로 7백여 리에다 목책木柵을 세워 영채를 늘어놓고 군사를 40여 곳에 나누어 주둔했는데 모두 산과 숲 속에 영채를 세우고, 황권을 시켜 강남의 모든 군사를 지휘케 하여 날마다 척후 병들이 나와서 백여 리씩 감시하니 그 뜻을 모르겠더이다."

위주가 듣고 얼굴을 뒤로 젖히며 크게 웃는다.

"유비가 장차 패하리라."

모든 신하들이 그 까닭을 물으니 위주가 대답한다.

"유비는 병법을 모르는도다. 영채를 7백여 리에 늘어세우고서야 어찌 적에 항거할 수 있으리요. 자고로 고원高原과 습지濕地와 험악한 곳에 군사를 주둔하는 일은 병법에서 크게 꺼리는 바다. 유비가 동오 육손의 손에 패했다는 소식이 10일 이내에 오리라."

모든 신하들은 오히려 그 말을 믿지 않고 군사를 일으켜 만일의 사태에 방비하도록 청했다.

위주가 대답한다.

"육손이 이기기만 하면 반드시 동오의 군사를 거느리고 서천西川(촉)으로 쳐들어갈 것이다. 동오의 군사가 멀리 가버리면 오나라가 텅 빌 것이니, 짐은 군사를 일으켜 돕는다는 거짓 명분을 내세우고 세 방면으로 일제히 쳐들어가 동오를 단숨에 차지할 작정이다."

모든 신하들은 위주에게 절하고 탄복했다.

이에 위주는 조인에게 군사를 주어 유수濡須 땅으로, 조휴에게 군사를 주어 동구洞口 땅으로, 조진에게 군사를 주어 남군南郡 땅으로 보내면서,

"세 방면의 군사는 기일을 정하고 몰래 동오로 쳐들어가거라. 짐도 뒤따라가서 후원하리라."

하고 명령했다. 이리하여 동오를 칠 만반의 준비를 마쳤다.

한편, 마양은 동천東川에 이르러 공명에게 그림으로 그린 도본을 바치고 말한다.

"우리 군사는 강을 끼고 영채를 옮겨 횡橫으로 7백여 리를 점령하고 40여 곳에 주둔했는데, 모두 시냇가와 숲이 우거진 곳에 있습니다. 황상皇上(유현덕)께서 이 도본을 승상께 보이고 오라 하셨습니다."

공명이 도본을 보더니, 안상을 치며 괴로이 외친다.

"누가 주상께 이렇게 영채를 배치하라고 권했는가! 그 사람을 참할지라."

"주상께서 하신 일이며, 아무도 권하지 않았습니다."

공명이 탄식한다.

"한나라 운수가 끝났도다!"

마양이 그 까닭을 물으니 공명은 대답한다.

"원래 고원과 습지와 험악한 곳에 영채를 세우는 것은 군사상軍事上 크게 피하는 바라. 만일 적이 불을 질러 공격하면 어찌할 요량이며, 영채를 7백 리에 늘어세우고서야 어떻게 적을 대항한단 말이냐. 불행이 눈앞에 닥쳐왔다. 육손이 지금까지 지키기만 하고 싸우러 나오지 않은 것은 바로 이런 기회를 노린 것이니, 너는 속히 돌아가서 천자를 뵙고 모든 영채를 다시 배치하되 이렇게 해서는 안 된다고 여쭈어라."

마양이 묻는다.

"만일 동오의 군사가 싸워서 이겼다면 어찌하리까?"

"육손이 감히 추격해오지는 않을 것이니, 성도成都에 관한 염려는 말라."

"육손이 어째서 추격해오지 않는다고 하십니까?"

"육손은 위군魏軍이 쳐들어와서 뒤를 습격할까 봐 두려워하고 있다. 주상께서 만일 패하시면 백제성白帝城으로 몸을 피하셔야 하니, 지난날 내가 서천으로 들어올 때 이미 군사 10만 명을 어복포魚腹浦에 매복시켰노라."

마양이 크게 놀란다.

"내가 그간 어복포를 수차 내왕했는데도 군사 한 명 본 일이 없는데, 승상은 무슨 그런 말을 하시오?"

공명이 대답한다.

"뒷날에 보면 알 것이니, 여러 말 말라."

마양은 공명의 표문을 받아가지고 황급히 어영御營으로 떠나고, 공명은 성도로 돌아가서 군사를 일으켜 선주를 후원하도록 보냈다.

한편, 육손은 서촉 군사가 긴장이 풀리고 지친 것을 보자 더 이상 방비하지 않고, 모든 장수들을 장막 안으로 불러들여 명령한다.

"내 대왕으로부터 막중한 책임을 맡은 이후로 한 번도 나가서 싸우지 않다가 이제야 촉군의 동정을 완전히 파악했으니, 먼저 강 남쪽 언덕에 있는 적의 영채 하나를 취할 생각이다. 누가 감히 가서 무찌르겠느냐?"

한당 · 주태 · 능통凌統 등이 일제히 나서며 청한다.

"우리가 가겠소이다."

육손은 그들을 물리치고 계단 아래에 있는 말장末將 순우단淳于丹을 불러 분부한다.

"내 너에게 군사 5천 명을 주리니, 강 남쪽의 네 번째 영채를 점령하여라. 그곳은 촉장蜀將 부동傅肜이 지키고 있으니, 오늘 밤에 쳐들어가서 성공해야 한다. 나도 친히 군사를 거느리고 뒤따라가서 후원하리라."

순우단이 군사를 거느리고 떠나자, 육손은 서성과 정봉을 불러들이고 명령한다.

"너희들은 각기 군사 3천 명을 거느리고 5리 밖에 가서 주둔하고 있다가, 만일 순우단이 패하여 적군에게 쫓겨오거든 곧 나가서 구출하되 결코 적군을 추격하지는 말라."

서성과 정봉은 군사를 거느리고 떠났다.

한편, 순우단이 황혼 무렵에 군사를 거느리고 나아가 적의 네 번째 영채에 당도했을 때는 밤 2경이 지난 뒤였다. 순우단은 모든 군사들에게 갑자기 함성을 지르고 쳐들어가게 하니, 영채 안에서 부동이 군사를 거느리고 달려 나와 창을 휘두르며 바로 순우단에게 덤벼든다. 순우단은 싸우다가 부동을 대적할 수 없어 말 머리를 돌려 달아나는데, 문득 함성이 크게 진동하면서 한 떼의 군사가 나타나 길을 막으니 앞선 적장은 조융趙融이었다.

순우단이 겨우 길을 빼앗아 도망치는 동안에 거느린 군사 태반을 잃고 한참 달아나는데, 이번에는 산 뒤에서 한 떼의 오랑캐 군사가 나타나 앞을 가로막으니 앞장선 오랑캐 장수는 사마가沙摩柯였다.

순우단은 죽을힘을 다해서 싸우다가 겨우 벗어났는데, 뒤에서 적군이 세 방면으로 뒤쫓아온다. 순우단이 본영本營까지 5리쯤 되는 곳에 왔을 때, 동오의 장수 서성과 정봉이 군사를 거느리고 나타나 뒤쫓아오는 촉군을 협공하여 물리치고 순우단을 구출해서 돌아갔다.

순우단은 투구에 꽂힌 화살도 뽑지 않고 그대로 들어가서 사죄하니, 육손이 위로한다.

"이는 너의 잘못이 아니다. 내가 적의 허실虛實을 알아보려고 보낸 것이니, 이제야 촉군을 격파할 계책이 섰다."

서성과 정봉이 말한다.

"촉군의 형세가 대단해서 격파하기 어렵소. 공연히 군사와 장수만 잃을까 염려되오."

육손은 웃으며,

"나의 계책은 제갈양만을 속일 수 없는데, 다행히도 그 사람이 없으니 내가 성공하리라."

하고 드디어 모든 장수들을 불러들여 명령한다.

"주연朱然은 군사를 거느리고 수로水路로 나아가되, 내일 오후면 동남풍이 크게 불 테니 배 안에 싣고 간 떼[茅]와 풀로 이러이러히 하라. 한당은 1대의 군사를 거느리고 가서 강 북쪽 언덕을 치고, 주태도 1대의 군사를 거느리고 가서 강 남쪽 언덕을 치되, 군사마다 손에 유황硫黃과 염초聆硝를 싼 풀 다발과 불씨를 가지고 각기 창과 칼을 들고 일제히 올라가서 적의 영채에 이르거든 바람 따라 불을 지르되, 촉군의 40개소 영채 중에 20개소 영채만 태워버려라. 즉 영채 하나씩을 걸러서 불을 지르란 말이다. 그리고 모든 군사는 각기 건량乾糧(익혀 먹지 않아도 될 마른 음식)을 가지고 떠나되, 무슨 일이 있어도 후퇴하지 말고 유비를 사로잡기까지는 밤낮없이 추격하라."

모든 장수들은 명령을 받고 각기 계책대로 떠나갔다.

한편, 선주는 어영에서 동오를 격파할 계책을 생각하고 있는데, 문득 장막 앞의 중군기中軍旗가 바람도 없는데 저절로 쓰러진다.

"이는 무슨 징조냐?"

정기程畿가 대답한다.

"오늘 밤에 동오의 군사가 쳐들어올 것 같습니다."

"어젯밤에 쳐들어온 놈들을 몰살하다시피 했으니, 어찌 감히 다시 쳐들어오리요."

정기가 말한다.

"어젯밤에는 육손이 시험 삼아 보냈는지도 모릅니다."

이렇게 말하는데 아래 군졸이 들어와서 아뢴다.

"산 위에서 멀리 바라보니 동오의 군사가 산줄기를 따라 모두 동쪽으로 갔다 합니다."

선주는

"이는 적이 우리를 현혹시키려는 수작이니, 모든 군사들에게 동하지 말라고 일러라."

하고 관흥과 장포에게 각기 군사 5백 명을 주고 사방을 순찰하도록 분부했다.

황혼 무렵에 관흥이 돌아와서 고한다.

"강 북쪽 언덕의 영채 안에서 불이 났습니다."

선주는 관흥을 급히 강 북쪽으로 보내고, 장포를 강 남쪽으로 보내면서 분부한다.

"만일 동오의 군사가 오거든 즉시 돌아와서 보고하라."

이에 관흥과 장포 두 장수는 명령을 받고 떠나갔다.

초경初更 무렵에 갑자기 동남풍이 세차게 불더니, 문득 어영의 왼편 영채에서 불이 일어난다. 군사들이 불을 끄려고 서두르는데, 이번엔 어영 오른쪽 영채에서 또 불이 일어났다.

이때 바람이 세차게 불고 불길은 급히 퍼져 모든 나무에 불이 붙자, 함성은 크게 진동하고 양쪽 영채의 군사와 말들이 일제히 내달아 어영으로 오니, 어영의 군사들은 정신을 잃고 서로 짓밟아 죽는 자가 수효를 셀 수 없을 지경이다. 또한 뒤에서 동오의 군사가 마구 무찌르며 쳐들어오니 그들의 군사와 말이 얼마나 많은지 알 수가 없었다.

이에 선주는 급히 말에 올라타고 풍습의 영채로 내달리는데, 이때 풍습의 영채에서도 불길이 하늘을 찌를 듯 치솟아 강 남쪽과 북쪽이 대낮처럼 밝았다.

풍습은 황망히 말을 타고 기병 수십 명을 거느리고 달리다가, 바로 동오의 장수 서성과 정봉을 만나 대판 싸움이 벌어졌다. 선주는 이 광경을 보자, 오다가 말고 말 머리를 돌려 서쪽으로 달아난다.

서성은 풍습을 사로잡고 군사를 거느리고 뒤쫓으니, 선주는 달아나며 어쩔 줄을 몰라 하는데, 앞에서 한 떼의 군사가 나타나 길을 막는다.

보니, 동오의 장수 정봉이 아닌가!

서성과 정봉이 앞뒤에서 협공하니, 선주는 사방에 빠져 나갈 길이 없어 크게 놀라고 당황하는데, 문득 함성이 크게 진동하면서 1대의 군사가 포위를 뚫고 들어온다. 장포였다. 장포는 선주를 구출하여 모시고 어림군御林軍을 거느리고 한참 달아나는데, 앞에서 또 한 떼의 군사가 달려오니 바로 서촉의 장수 부동이었다. 이에 그들은 군사를 한데 합쳐 거느리고 가는데 뒤에서 동오의 군사가 추격해온다. 선주가 앞을 달려 어느 산에 이르니, 그 산 이름은 마안산馬鞍山이었다.

장포와 부동이 청하여 선주를 우선 산 위로 모셨을 때, 위아래에서 또 함성이 일어나며 육손의 대군이 마안산을 에워싼다. 장포와 부동은 죽기를 각오하고 산 어귀를 지키고, 선주는 산 위에서 바라보니 아득히 뻗은 들에 수많은 불길이 끊임없이 솟아오르고, 시체는 쌓이고 쌓여 강을 막다시피 떠내려가고 있었다.

이튿날, 동오의 군사가 사방에 불을 질러 산을 태우니 서촉 군사는 어지러이 숨기에 바쁘다. 선주는 정신을 차리지 못하는데, 문득 타오르는 불속을 뚫고 한 장수가 기병 몇 명을 거느리고 산 위로 치달아 올라온다. 보니 바로 관흥이었다.

관흥이 땅에 엎드려 청한다.

"사방에서 불이 산으로 타올라오니, 이 이상 오래 머물러서는 안 됩니다. 폐하는 속히 백제성으로 가셔서 다시 군사를 수습하소서."

선주가 묻는다.

"누가 감히 뒤쫓아오는 적군을 끊겠느냐?"

부동이 아뢴다.

"신이 죽기를 각오하고 적군을 막겠습니다."

이날 황혼 무렵에 관흥이 앞장서고 장포는 중간에 서고, 부동은 뒤를 끊기로 하고 선주를 호위하면서 마구 무찌르며 산을 내려온다. 동오의 군사들은 선주가 달아나는 것을 보자, 서로 공을 세우려고 각기 대군을 거느리고 하늘과 땅을 휩쓸어버릴 듯이 내달아, 서쪽으로 달아나는 선주를 뒤쫓는다.

선주는 모든 군사들에게 전포와 갑옷을 벗어 길을 막고 불을 질러 뒤쫓아오는 적군을 끊게 하고 정신없이 한참 달아나는데, 문득 함성이 크게 진동하면서 동오의 장수 주연이 강 언덕으로부터 쳐들어와 앞길을 막는다.

선주가 부르짖는다.

"짐이 여기서 죽는구나!"

관흥과 장포는 말을 달려 나가 적군을 무찌르다가 어지러이 날아오는 화살에 각기 중상重傷만 입고 능히 뚫고 나가지를 못하는데, 이때 등 뒤에서 또 함성이 일어나며 육손이 대군을 거느리고 산골짜기로부터 내달아 나와 쳐들어온다. 앞뒤로부터 협공을 받은 선주가 다급해하는데 동쪽 하늘이 희미하게 밝아오기 시작한다.

전면에서 함성이 하늘을 진동하듯 일어나더니 주연의 군사가 갑자기 사방으로 흩어져 달아나며 강물에 뛰어들어 죽는다. 그 혼란한 사이로 한 떼의 군사가 적군을 마구 무찌르며 선주를 구출하러 들어온다.

선주가 안도의 한숨을 몰아쉬며 구원 온 장수를 바라보니, 바로 상산常山 조자룡趙子龍이었다. 원래 조자룡은 동천의 강주江州 땅에 있으면서 동오와 서촉 군사가 싸운다는 보고를 받고 드디어 군사를 거느리고 오다가, 문득 동남쪽 일대에서 불길이 하늘을 찌를 듯 솟아오르는 것을 보고 크게 놀라 급히 척후병을 보내어 알아본즉, 선주가 위기에 몰려 있다는 급한 소식인지라, 이에 용기를 분발하여 달려온 것이었다.

육손은 조자룡이 왔다는 말을 듣고 속히 후퇴하라는 명령을 내렸다.

육손에게 패하여 백제성으로 도주하는 유비

　조자룡은 한참 싸우다가 우연히 적장 주연을 만나 맞닥뜨린 지 단 1
합에, 창으로 주연을 찔러 말 아래로 거꾸러뜨리고, 동오의 군사를 닥치
는 대로 죽여 흩어버리고, 드디어 선주를 구출하여 백제성을 향하여 달
아난다.
　선주는 조자룡과 함께 달아나면서 묻는다.
　"짐은 비록 위기에서 벗어났다마는, 뒤에 처진 모든 장수들과 군사들
은 어찌할꼬?"
　조자룡이 달리면서 대답한다.
　"적군이 뒤에 있으니 지체할 수 없습니다. 폐하께서는 우선 백제성에
가셔서 쉬소서. 신이 다시 군사를 거느리고 가서 장수들을 구출해오리다."
　이리하여 선주는 겨우 따라온 백여 명의 군사들만 거느리고 백제성

으로 들어갔다.

후세 사람이 육손을 찬탄한 시가 있다.

창을 들고 불을 질러 40개소의 영채를 격파하니
유현덕은 몸둘 바를 몰라 백제성으로 달아났도다.
일조에 육손의 위엄은 촉과 위를 혼냈으니
오왕 손권이 한낱 서생(육손)을 어찌 존경 않을 수 있으리요.

持矛擧火破連營
玄德窮奔白帝城
一旦威名驚蜀魏
吳王寧不敬書生

한편 부동은 뒤를 끊다가 추격해온 동오의 군사들에게 사면팔방으로 포위를 당했다.

정봉이 크게 외친다.

"서촉의 군사는 죽은 자만도 무수하고 항복한 자도 엄청나며 너의 주인 유비도 이미 사로잡혔다. 네 이제 힘도 다하고 형세도 고단하거늘, 어째서 속히 항복하지 않느냐!"

"나는 한나라 장수다. 어찌 동오의 개놈들에게 항복하리요."

부동은 꾸짖고 창을 높이 들고 말을 달려 촉군을 거느리고 용맹을 다하여 좌충우돌하며 백여 합을 싸웠으나 결국 벗어나지 못하자,

"나는 이제 끝났도다!"

하고 길이 탄식하다가 입에서 피를 쏟으며 동오의 군사 속에서 죽었다.

후세 사람이 부동을 찬탄한 시가 있다.

이릉 땅에서 오와 촉이 크게 싸워

육손은 계책을 쓰고 불을 질러 무찔렀도다.

죽으면서도 유연히 동오의 개놈들이라 호령했으니

부동은 한나라 장군으로서 부끄러울 것이 없었도다.

醒陵吳蜀大交兵

陸遜施謀用火焚

至死猶然罵吳狗

傅肜不愧漢將軍

　서촉의 좨주祭酒(벼슬 이름) 정기는 혼자 말을 달려 강변으로 가서 수군에게 속히 상륙하여 적군과 싸우라고 재촉하는데, 어느새 동오의 군사들이 뒤쫓아왔다. 서촉의 수군은 기겁을 하고 사방으로 흩어져 달아난다.

　정기의 부장部將이 외친다.

　"동오의 군사가 왔으니 정좨주程祭酒(정기)는 어서 달아나십시오!"

　정기가 노한다.

　"나는 주상을 섬긴 이후로 싸움에 나가서 한 번도 달아난 일이 없노라!"

　말을 마치기도 전에 동오의 군사들이 몰려와서 정기를 겹겹이 에워쌌다. 벗어날 길이 없어지자 정기는 칼로 자기 목을 찌르고 자결했다.

　후세 사람이 정기를 찬탄한 시가 있으니,

　강개롭다, 서촉의 정기여

　몸에 한 칼을 지니고 임금에게 보답했도다.

　위기에 이르러서도 평생 뜻을 변하지 않았으니

　그 이름 만고에 향기롭도다.

慷慨蜀中程祭酒

身留一劍答君王

臨危不改平生志

傳得聲名萬古香

　이때 오반과 장남張南은 오랫동안 이릉성을 포위하고 공격 중이었는데, 문득 풍습이 와서 촉군이 패하고 있다는 기별을 한다. 이에 그들이 군사를 거느리고 선주를 구출하러 떠나자 손환은 비로소 포위에서 벗어났다.

　장남과 풍습이 달려가는데, 앞에서는 동오의 군사가 쳐들어오고 뒤에서는 이릉성에서 벗어난 손환이 군사를 거느리고 뒤쫓아와서 협공한다. 장남과 풍습은 있는 힘을 다하여 싸우다가 마침내 벗어나지 못하고 전사했다.

　후세 사람이 그들을 찬탄한 시가 있다.

　풍습의 충성은 짝이 없고

　장남의 충의는 쌍이 없도다.

　모래사장에서 흔연히 전사했으니

　두 사람은 역사책에 꽃다운 이름을 남겼도다.

　馮習忠無二

　張南義少雙

　沙場甘戰死

　史冊共流芳

　오반은 적군의 포위를 뚫고 나와 동오 군사들에게 쫓겨 달아나다가,

다행히도 조자룡의 구조를 받아 백제성으로 갔다. 이때 오랑캐 왕 사마가도 패하여 혼자 달아나다가, 바로 주태를 만나 싸운 지 20여 합 만에 죽음을 당하고, 서촉 장수 두노杜路와 유영劉寧은 모두 동오에 항복했다.

이리하여 서촉 영채들에 쌓였던 곡식과 마초와 무기는 다 잿더미로 변하고, 서촉 장수와 군사들은 그 수효를 알 수 없을 정도로 계속 투항했다.

이때 손부인孫夫人(손권의 여동생이며 유현덕의 부인)은 동오에 있었는데, 선주가 효정 땅에서 패하고 싸우다가 죽었다는 소문을 들었다. 손부인은 수레를 달려 강변으로 가서 아득히 서쪽을 바라보고 통곡하다가 강물에 몸을 던져 죽었다. 후세 사람은 그 강변에다 손부인을 모신 사당을 세우고 효희사梟姬祠라고 했다.

손부인을 찬탄한 작자 미상의 시가 전한다.

선주는 백제성으로 군사를 거두었는데
손부인은 뜬소문을 곧이듣고 홀로 목숨을 끊었다.
오늘날도 강가에 비석이 남아 있어
오히려 천추 열녀의 이름을 전하는도다.
先主兵歸白帝城
夫人聞難獨捐生
至今江畔遺碑在
猶著千秋烈女名

한편, 육손은 대성공을 거두고 승리한 군사를 휘몰아 마침내 서촉을 향하여 쳐들어가는데, 기관柏關에 가까이 이르렀을 때였다. 육손이 말 위에서 바라보니, 저편 강 가까운 산 근처에서 한바탕 살기가 충천한다.

육손은 말을 일단 멈추고 모든 장수들에게,

"저기 저곳에 반드시 적군이 매복하고 있으니, 삼군은 경솔히 더 이상 나아가지 말라."

하고 즉시 10여 리를 후퇴하여 지세가 넓은 곳에다 진영을 세워 적군의 습격에 대비하고, 즉시 척후병을 보내어 알아오라 했다.

이윽고 척후병이 돌아와서 보고한다.

"그곳에 가봤더니 적군은 한 명도 없더이다."

육손은 믿기지가 않아 이번에는 말에서 내려 높은 곳에 올라가 아득히 바라보니 여전히 살기가 치솟고 있다. 다시 사람을 보내어 자세히 알아오라 했더니, 그자가 돌아와서 보고한다.

"군사도 말도 전혀 없더이다."

해는 서쪽으로 지려 하는데 육손이 바라보니 살기가 더 심하였다. 의심을 풀 수 없어 이번엔 심복 부하를 다시 보냈다.

그 심복 부하가 돌아와서 보고한다.

"강변에는 돌이 8, 90무더기 어지러이 널려 있을 뿐 사람도 말도 없더이다."

그러나 육손은 여전히 크게 의심이 나서 지방 백성에게 물어보기로 했다. 곧 지방 백성 몇 명이 끌려왔다.

육손이 묻는다.

"누가 돌무더기를 어지러이 쌓았으며, 어째서 그 돌 더미 속에서 살기가 치솟느냐?"

지방 백성이 대답한다.

"이곳 지명은 어복포라 합니다. 제갈양이 서천으로 들어갈 때 군사를 거느리고 돌들을 옮겨 여울에다 진陣 모양으로 쌓았는데, 그 후로 늘 구름 같은 것이 그 안에서 일어나더이다."

육손은 말에 올라 기병 수십 명을 거느리고 그 석진石陣을 보기 위해 산 언덕에 이르러 굽어보니 사면팔방으로 드나들 수 있는 문이 나 있었다.

육손이 웃으며,

"저건 사람을 속이려는 수작이로다. 무슨 소용이 있으리요."

하고 기병 몇 명을 거느리고 산 아래로 내려가서 석진 안으로 들어가보았다.

부창이 말한다.

"해도 저물었으니, 청컨대 도독은 속히 돌아가셔야 합니다."

육손이 돌무더기 진에서 나오려 하는데, 문득 광풍이 크게 일어나더니 일시에 모래가 날아오르고 돌은 데굴데굴 굴러 하늘과 땅을 분별할 수가 없었다. 다만 보이느니 괴상한 돌들이 높이 솟아 칼을 세운 듯하며 모래와 흙이 산처럼 첩첩이 쌓이고, 끓어오르는 강물 소리는 마치 칼 소리와 북소리가 진동하는 듯했다.

육손이 크게 놀라,

"내가 제갈양의 계책에 걸렸구나!"

하고 급히 돌아가려는데 아무데도 빠져 나갈 길이 없었다. 육손은 더욱 놀라고 당황하는데 문득 한 노인이 앞에 나타나서 웃는다.

"장군은 이 진영에서 벗어나고자 하는가?"

"바라건대 노인은 나갈 길을 지시해주시오."

노인은 지팡이를 짚고 천천히 걸어가는데, 그 뒤를 따라가니 홀연 석진 바깥으로 나왔다. 사방을 둘러보니, 들어가기 전과 다름없었다. 노인은 언덕까지 육손을 안내하고 전송한다.

육손이 묻는다.

"노인은 누구시옵니까?"

노인이 대답한다.

팔진도에서 육손을 구하는 황승언(왼쪽)

"나는 제갈공명의 장인 되는 황승언黃承彦이오. 지난날에 내 사위가 서천으로 들어갈 때 이곳에다 석진을 벌였으니, 이름이 팔진도八陣圖라. 둔갑법遁甲法에 의해서 휴休·생生·상傷·두杜·경景·사死·경驚·개開 팔문八門을 반복시켜 매일 매시간 무궁한 변화를 일으키니, 씩씩한 군사 10만 명과 견줄 만하다오. 내 사위 제갈양이 떠나면서 '뒷날 동오의 한 대장이 이 진영 속에서 방황할 것이니 그때 끌어내주지 말라'고 나에게 당부했었소. 노부가 마침 산 위의 바위에서 보니 장군이 사문死門으로 들어가는지라. 아마도 진법을 모르고 방황할 것 같기에 평생 착한 일을 하겠다는 것이 나의 뜻이기로, 그래서 차마 장군을 버려두지 못하고 특히 생문生門으로 끌어낸 것이오."

육손이 묻는다.

"귀공은 이 진법을 아시나이까?"

황승언이 대답한다.

"워낙 변화가 무궁해서 배우지를 못했소."

육손은 황망히 말에서 내려 황승언에게 절하며 거듭 감사하고 돌아간다.

후세에 당唐나라 시성詩聖 두보杜甫는 시를 지어 이 일을 읊었다.

  그의 공훈은 셋으로 나뉜 천하를 뒤덮었고

  그의 명성은 팔진도를 이루었도다.

  강물은 언제나 흐르건만 돌은 그냥 제자리에 있어

  동오를 차지하지 못한 천추의 한만 남겼구나.

  功蓋三分國

  名成八陣圖

  江流石不轉

  遺恨失吞吳

육손은 영채로 돌아와,

"공명은 참으로 와룡臥龍(공명의 도호로, 용이 누웠다는 뜻이다)이로다. 내가 그를 따를 수 없구나."

탄식하고 회군回軍할 준비를 하라는 명령을 내렸다.

좌우에서 묻는다.

"유비가 크게 패하여 겨우 성 하나를 지키고 있는 이때, 쳐부수지 않고 석진 때문에 물러간다니 말이 됩니까."

"석진이 무서워서 물러가는 것이 아니다. 나는 위주 조비가 그 아비 조조처럼 간특하다는 것을 알고 있다. 우리가 촉군을 추격하여 멀리 가면 그 틈을 타서 위군이 쳐들어올 것이며, 서천으로 깊이 쳐들어갔다가는 급히 돌아올 수 없다."

육손은 마침내 한 장수에게 뒤를 경비하게 하고 대군을 거느리고서 돌아오는데, 이틀이 채 못 되어 세 곳에서 파발꾼이 급히 말을 달려와 보고한다.

"위가 군사를 동원했습니다. 조인은 유수 땅을 출발하고, 조휴는 동구 땅을 출발하고, 조진은 남군을 출발하여, 위군 수십만 명이 밤낮없이 우리 나라 접경으로 이동하고 있다니, 그들의 뜻을 모르겠습니다."

육손이 빙그레 웃으며,

"과연 내가 생각하던 대로구나. 내 이미 군사들에게 명령을 내려 그들을 대항하게 했노라."

하고 말한다.

영웅은 바야흐로 서촉을 삼키고 싶으나
사세를 보고 도리어 북조(위)를 막는다.
雄心方欲吞西蜀
勝算還須禦北朝

육손은 어떻게 위군을 물리칠 것인가.

제85회

유선주는 조서를 남겨 외로운 아들을 부탁하고
제갈양은 편안히 앉아 다섯 방면을 평정하다

장무章武 2년(222) 여름 6월에 동오의 대장 육손이 효정과 이릉 땅에서 촉군蜀軍을 크게 격파하니, 선주는 백제성으로 몸을 피하고, 조자룡이 군사를 거느리고 지키는 실정이었다.

이때 마양이 돌아와서 대군이 패한 것을 보자 자못 괴로워하며, 공명한테서 듣고 온 바를 선주에게 보고했다.

선주가 길이 탄식하며,

"짐이 좀더 일찍 승상(공명)의 말을 들었더라면, 오늘날 이처럼 패하지는 않았을 것이다. 내 무슨 면목으로 성도에 돌아가서 다시 모든 신하를 대하리요."

하고 마침내 백제성에 머물기로 하니, 거처하는 관역館驛을 영안궁永安宮이라 명명命名했다.

파발꾼이 연달아 와서, 풍습·장남·부동·정기·사마가 등이 이번 싸움에서 모두 죽었음을 아뢰니, 선주는 더욱 슬퍼하여 마지않았다.

가까이 모시는 신하가 또 들어와서 소식을 아뢴다.

"황권이 강 북쪽 군사를 거느리고 가서 위에게 항복했다고 합니다. 폐하는 황권의 가족을 유사有司에게 보내어 법으로 처벌하소서."

"황권은 강 북쪽에 있으면서, 동오의 군사들에게 차단당했기 때문에 돌아올 길이 없어지자, 부득이 위에게 항복했을 것이다. 그러니 이는 짐이 황권을 저버린 것이지 황권이 짐을 버린 것은 아니다. 어찌 그 가족을 처벌할 수 있으리요."

선주는 전처럼 그 가족들에게 녹祿을 주라고 분부했다.

한편, 황권은 위나라로 가서 항복했다. 위의 장수들은 그를 조비에게로 끌고 갔다.

조비가 묻는다.

"그대가 이번에 짐에게 항복한 것은 옛 진평陳平과 한신韓信을 존경하기 때문이리라." 진평과 한신은 원래 항우 밑에 있다가 나중에 한 고조 유방을 섬긴 사람들이다.

황권은 울면서 아뢴다.

"신은 서촉 임금의 은혜를 입고 많은 신망을 얻었기 때문에 강 북쪽의 모든 군사를 통솔하다가, 이번에 육손에게 돌아갈 길을 차단당하고 곤경에 빠진 것입니다. 그렇다고 동오에 항복할 수는 없는 일이어서, 하는 수 없이 폐하께 투항해왔습니다. 싸움에 진 장수가 죽음을 면한 것만도 다행인데, 어찌 감히 옛 인물들을 존경할 수 있겠습니까."

조비는 크게 환영하며, 황권에게 진남장군鎭南將軍을 제수했으나, 그는 굳이 사양하고 벼슬을 받지 않았다.

가까이 모시는 신하가 들어와서 소식을 아뢴다.

"첩자가 촉 땅에서 돌아왔습니다. 그 말에 의하면 촉주蜀主(유현덕)가 황권의 가족을 모조리 잡아죽였다고 합니다."

황권이 말한다.

"신과 촉주는 서로 굳게 믿는 사이입니다. 촉주는 신의 근본 마음을 잘 아시기 때문에, 결코 신의 가족을 죽일 리가 없습니다."

조비는 머리를 끄덕이며 황권의 말을 수긍했다.

후세 사람이 황권을 책망한 시가 있다.

오에 항복할 수 없다고 도리어 위에 항복했으니
충신이 어찌 두 조정朝廷을 섬긴단 말이냐.
아까운 일이로다, 황권은 한 번 죽는 일을 피했으니
주자朱子의 필법筆法은 너를 용서하지 않으리라.

降吳不可却降曹
忠義安能事兩朝
堪嘆黃權惜一死
紫陽書法不輕饒

조비가 가후賈詡에게 묻는다.

"짐은 천하를 통일하려 하는데, 먼저 서촉을 쳐야 할까 동오를 쳐야 할까?"

가후가 대답한다.

"유비는 영웅이고, 게다가 제갈양이 나라를 잘 다스리는 중입니다. 동오의 손권은 능히 사세 판단을 잘하며, 현재 육손이 요충지마다 군사를 배치하고 강을 사이에 두고 호수에도 진영을 벌이고 있으니 둘 다 갑자기 도모할 수는 없습니다. 신이 보건대 우리 장수들 중에는 손권과 유비를 상대할 만한 인물이 없으므로, 비록 폐하께서 하늘 같은 위엄으로 내리밀지라도 완전한 성공을 거두기는 어렵습니다. 그러니 굳게 지키면서 두 나라에 변동이 있기를 기다리소서."

"짐은 이미 세 방면으로 대군을 보내어 동오를 치게 했으니, 어찌 이기지 못할 리 있으리요."

상서尙書 유엽劉曄이 아뢴다.

"요즘 동오의 육손이 새로이 촉군 70만 명을 격파하고 상하가 한마음으로 뭉쳤으며, 더구나 강과 호수의 요충지를 이용하고 있으니 졸지에 그들을 제압할 수는 없습니다. 더구나 육손은 꾀가 많아서 많은 준비를 하고 있을 것입니다."

조비가 묻는다.

"경이 지난번에는 짐에게 동오를 치도록 권하더니, 이제 와서 치지 말라고 간하는 것은 웬일이냐?"

유엽이 대답한다.

"그때와 오늘날은 사세가 다릅니다. 지난번에는 동오가 촉군에게 계속 패하여 그 기운이 꺾였기 때문에 우리가 무찌를 수 있었지만, 오늘날은 동오가 크게 이겨 사기가 백배나 드높아졌기 때문에 공격할 수 없습니다."

"짐은 이미 결심했으니, 경들은 다시 여러 말 말라."

조비는 드디어 어림군을 거느리고 가서, 친히 3로路 군사의 뒤를 도우려고 준비에 바빴다.

보발꾼이 급히 말을 달려와서 고한다.

"동오는 벌써 만반의 준비를 하여, 여범呂範은 군사를 거느리고 우리 조휴에 대한 방비를 하고, 제갈근은 군사를 거느리고 남군에서 우리 조진에 대한 방어를 하고, 주환朱桓은 군사를 거느리고 유수 지방에서 우리 조인이 쳐들어오기를 기다리고 있습니다."

유엽이 간한다.

"적군이 이미 준비를 완료했으니, 우리가 간대도 아무 소용이 없을까 걱정됩니다."

그러나 조비는 끝내 듣지 않고 군사를 거느리고 떠났다.

한편, 동오의 장수 주환은 나이 27세로 대담하고 지혜롭기 때문에 평소 손권의 사랑을 받다가, 이때 군사를 거느리고 유수 땅을 지키는데, '조인이 대군을 거느리고 와서 선계羨溪 땅으로 이동 중'이라는 보고를 받았다. 주환은 선계 땅을 지키도록 군사들을 모두 그리로 보내고 기병 5천 명만 거느리고 유수성을 지키는데, 보발꾼이 급히 말을 달려와서 고한다.

"조인의 장수 상조常雕, 제갈건諸葛虔, 왕쌍王雙이 씩씩한 군사 5만 명을 거느리고 이리로 쳐들어옵니다."

이 급보를 듣자 5천 명의 군사들은 다 겁에 질렸다.

주환이 칼을 짚고 군사들에게,

"승부는 장수에게 있으며, 군사가 많으냐 적으냐에 있지 않다. 병법에 이르기를 '쳐들어오는 군사가 배倍라도, 지키는 군사는 그 반半만으로써 능히 이길 수 있다'고 하였다. 이제 조인의 군사는 천리 먼 길을 왔기 때문에 지쳤고, 우리는 높은 성에 주둔하고 있다. 더구나 남쪽에는 큰 강과 북쪽에는 험한 산이 지키고 있으니, 우리는 편안히 기운을 길러 멀리서 온 적병을 무찌를 수 있다. 나는 백 번 싸워도 백 번 이길 자신이 있으니, 비록 조비가 온대도 걱정 없는데, 그까짓 조인의 장수쯤을 두려워하리요!"

하고 명령을 내린다.

"모든 기를 눕히고, 결코 북을 치지 말라."

이리하여 성을 지키는 사람이 없는 것처럼 꾸몄다.

마침내 위나라 장수며 선봉인 상조가 씩씩한 군사를 거느리고 와서 바라보니, 유수성 위에는 말 한 마리, 군사 한 명 보이지 않았다. 이에 상조가 군사를 독촉하여 성 가까이 나아갔을 때였다.

난데없는 포 소리가 나면서 모든 기들이 일제히 일어서고, 주환이 칼을 비껴 잡고 나는 듯이 말을 달려 나와 덤벼들어 싸운 지 겨우 3합에 상조를 한칼에 쳐죽인다. 동오의 군사는 용기 백배하여 마구 무찌르니, 위나라 군사는 크게 패하여 죽은 자만도 무수했다. 주환은 크게 이기고 적군의 정기旌旗와 무기와 말을 무수히 노획했다.

한편, 조인은 군사를 거느리고 뒤를 이어 오다가 선계 땅에서 내달아 나온 동오의 군사에게 크게 패하고, 돌아가서 위주魏主(조비)를 뵙고 싸움에 진 경과를 자세히 보고했다.

조비는 크게 놀라 앞으로의 일을 상의하는데, 탐마군이 말을 달려와서 보고한다.

"조진과 하후상夏侯尙이 남군을 포위했다가, 안에 숨어 있던 육손의 복병과 바깥에 숨어 있던 제갈근의 복병에게 안팎으로 협공을 당하여 크게 패했습니다."

말이 끝나기도 전에 또 탐마군이 말을 달려와서 보고한다.

"조휴도 동오의 장수 여범에게 패했습니다."

조비는 세 방면으로 쳐들어갔던 군사가 다 패한 것을 듣고, 길게 탄식한다.

"짐이 가후와 유엽의 말을 듣지 않다가, 과연 실패했구나!"

이때가 한여름이어서, 괴질怪疾이 유행하여 군사 열 명에 6, 7명은 병들거나 죽었다. 조비는 도리 없이 군사를 거느리고 낙양으로 돌아가니, 이때부터 오와 위의 사이가 나빠졌다.

한편, 선주는 백제성 영안궁에서 병들어 일어나지 못한 채, 점점 증세가 더하더니 장무 3년 여름 4월에 이르러서는 스스로 중병重病임을 알았다.

선주는 관운장과 장비 두 동생을 잊지 못하고 늘 통곡하다가 병이 더욱 심해지자, 두 눈은 잘 보이지 않고 늘 불꽃이 튀어서 시종하는 좌우 사람들도 보기 싫다며 꾸짖어 내보냈다.

선주는 홀로 용탑龍榻(황제의 침상) 위에 누워 있는데, 홀연 음습한 바람이 일어나더니 등불을 불어 꺼뜨린다. 그러더니 꺼진 등불이 저절로 다시 켜지고, 희미한 그늘 밑에 두 사람이 나타나 선주를 모시듯이 우뚝 서 있다.

선주가 노한다.

"짐은 마음이 편하지 않아서 너희들더러 물러가라고 했는데, 어째서 또 왔느냐?"

꾸짖어도 두 사람은 물러가지 않는다. 그제야 선주가 일어나서 자세히 보니, 하나는 관운장이요 다른 하나는 장비였다.

선주가 크게 놀라고 묻는다.

"두 동생은 그래 죽지 않고 살아 있었느냐."

관운장이 대답한다.

"신들은 사람이 아니며, 귀신이올시다. 옥황상제(천상의 임금)께서는 신 두 사람이 평생 신의를 지킨 일을 기특히 여기시고, 칙명勅命을 내려 특히 신령神靈으로 승격시켜주셨습니다. 그러니 형님과 저희들 형제가 함께 모일 날도 멀지 않습니다."

선주는 두 아우를 붙들고 목놓아 통곡하다가, 문득 놀라 깨고 보니 아무도 없었다. 즉시 시종하는 사람을 불러 시각을 물으니,

"밤 3경이올시다."

하고 대답한다.

선주는 탄식한다.

"짐이 인간 세상에 오래 머물지 못하겠구나."

날이 새자 선주는 사신使臣을 정하고서,

"성도에 가서, 승상 제갈양과 상서령尙書令 이엄李嚴 등에게 '밤낮을 가리지 말고 이곳 영안궁으로 와서 짐의 유언을 들으라'고 일러라."

하고 떠나 보냈다.

성도의 공명 등은 급보를 받자, 성도를 지키도록 태자太子 유선劉禪만 남겨두고, 선주의 차자 노왕魯王 유영劉永과 셋째 아들 양왕梁王 유리劉理와 함께 백제성을 향하여 급히 떠났다.

공명이 일행을 데리고 백제성 영안궁에 당도하여 보니, 선주의 병이 위독하였다. 공명이 황망히 엎드려 절하니, 선주는 용탑 곁에 앉도록 청하고, 공명의 등을 쓰다듬는다.

"짐이 승상을 얻은 이후로 다행히 제업帝業을 이루었더니, 어찌 알았으리요. 지혜가 깊지 못해서 승상의 말을 듣지 않다가 스스로 패하고, 후회하던 나머지 병이 나서 죽음이 목전에 임박했는데, 태자는 연약한지라. 큰일을 부탁하지 않을 수가 없도다."

말을 마치자 눈물이 얼굴 가득히 흘러내린다.

공명이 흐느껴 울면서 고한다.

"바라건대 폐하는 용체龍體를 돌보시고 온 천하가 기대하는 바에 응하소서."

선주가 보니 마양의 동생 마속馬謖이 곁에 서 있다. 선주는 물러가라고 분부하여 마속을 내보내고, 공명에게 묻는다.

"승상은 마속의 재질을 어떻게 보시오?"

공명이 대답한다.

"마속은 당대의 영특한 인재올시다."

"그렇지 않도다. 짐이 보건대 그는 말이 실지 행동보다 지나치니 큰

백제성에서 유언장을 작성하는 유비

책임을 맡겨서는 안 될지라. 승상은 깊이 살펴서 쓰도록 하시오."

선주는 분부하여 다시 모든 신하들을 불러들이고, 지필紙筆을 가지고 오라 하여 유조遺詔를 써서 공명에게 주고 탄식한다.

"짐은 책을 많이 읽지는 못했으나 대략 그 뜻을 아니, 성인聖人이 말씀하시기를 '새는 죽을 때를 당하면 울음 소리가 슬프고, 사람은 죽을 때를 당하면 말이 착하다'고 했노라. 짐이 본시 경들과 함께 역적 조씨를 쳐 없애고 함께 한나라 황실을 붙들어 일으키려다가, 이제 불행히도 중도에서 이별하게 됐노라. 승상은 수고롭지만 이 유조를 태자 선禪에게 전하고 깊이 명심하도록 이르라. 또 모든 일을 잘 가르쳐주기 바라노라."

공명 등이 울면서 엎드려 절한다.

"바라건대 폐하는 용체를 돌보소서. 신들이 충성을 다하여 폐하가 신들을 알아주신 은혜에 보답하리다."

선주는 내시에게 공명을 부축해 일으키도록 분부하고, 한 손으로 눈물을 씻으며 또 한 손으로는 공명의 손을 잡고 말한다.

"짐은 이제 죽노라. 내 진정 남길 말이 있도다."

공명이 묻는다.

"무슨 하실 말씀이 있사옵니까?"

선주는 운다.

"그대의 재주는 조비보다 열 배나 뛰어나니, 반드시 천하를 편안히 하여 나라를 정하고 마침내 큰일을 성취하리라. 짐의 아들을 도울 만하거든 돕되, 인품이 부족하거든 그대가 스스로 성도의 주인이 되라."

공명은 이 말을 듣자, 온몸에 땀이 흐르고 손발을 둘 바 몰라 절하고 운다.

"신이 힘을 다하여 충성을 바치리니, 어찌 죽음으로써 보답하지 않겠나이까."

말을 마치자, 공명은 스스로 마룻바닥에 머리를 짓찧으니 피가 흘러내린다.

선주는 공명에게 용탑 위에 앉도록 청하고, 노왕 유영과 양왕 유리를 가까이 불러,

"너희들은 짐의 말을 명심하여라. 짐이 죽은 뒤에 너희 형제 세 사람은 아버지를 섬기듯이 승상을 섬기되, 조금도 태만하지 말라."

분부하고, 두 왕으로 하여금 공명에게 절하도록 시킨다.

공명이 두 왕의 절을 받고 아뢴다.

"신이 오장육부를 땅에 뿌리는 한이 있을지라도 폐하께서 신을 알아주신 은혜에 어찌 보답하지 않으리까."

선주는 모든 신하들을 둘러보며,

"짐은 이미 외로운 아들을 승상에게 부탁했고, 그 밖의 아들들에게도 승상을 아버지로 섬기게 했으니, 경들도 다 함께 노력하여 짐의 부탁을 저버리지 말라."

하고, 조자룡에게 분부한다.

"짐과 경은 오늘날까지 온갖 고생과 어려움을 함께해왔는데, 이제 서로 이별할 줄이야 뉘 알았으리요. 경은 짐과 사귄 지난날을 잊지 말고, 나의 아들을 늘 보살펴 이 부탁을 저버리지 말라."

조자룡이 울며 절한다.

"신이 어찌 감히 충성을 다하지 않으리까."

선주는 모든 관원들에게 작별한다.

"짐은 경 등 모든 관원들에게 일일이 부탁하지 못하니, 바라건대 다 몸조심하라."

말을 마치자 붕어崩御(황제의 죽음)하시니, 나이 63세요, 때는 장무 3년 여름 4월 24일이었다.

당나라 때 시성 두보가 유현덕을 찬탄한 시가 있다.

서촉 주인은 동오를 치러 삼협으로 갔다가
그 해 영안궁에서 세상을 떠났도다.
화려한 천자의 기를, 텅 빈 산속에서 상상하노니
아름다운 궁전은 간곳없고, 허허벌판에 절만 섰구나.
옛 사당의 삼나무와 소나무에는 강에 나는 학들이 둥지를 지
었고
춘하추동으로 제향祭享날이면 촌 첨지들이 분주하도다.
제갈공명의 사당도 영원히 이웃에 있어

임금과 신하가 동시에 제사를 받는도다.

蜀主窺吳向三峽

崩年亦在永安宮

翠華想像空山外

玉殿虛無野寺中

古廟杉松巢水鶴

歲時伏臘走村翁

武侯祠屋長隣近

一體君臣祭祀同

　선주가 세상을 떠나시자 문무 관원들은 모두 방성통곡한다. 공명은 모든 관원들을 거느리고, 자궁梓宮(임금의 관)을 받들어 성도로 돌아간다.
　태자 유선은 성도성 밖까지 나와서 영접하고, 영구를 정전正殿 안에 모시고, 슬피 울어 상례喪禮를 마친 뒤에 유서를 펴보니,

　짐이 처음에 병이 나자, 그저 설사인 줄 알았더니 점점 잡병雜病이 도져서 거의 회복할 가망이 없도다. 짐은 듣건대 사람 나이 쉰이면 일찍 죽었다고 하지 않나니, 이제 짐의 나이 예순이 넘었는지라. 죽는들 무슨 여한이 있으리요마는, 너희들 형제가 염려될 뿐이로다. 너희들 형제는 항상 힘써 노력하여, 아무리 작은 악惡이라도 악한 행동은 하지 말고, 아무리 조그만 선善이라도 선한 일이거든 실천하라. 오직 현명하고 오직 큰 덕德이라야만 사람을 복종시킬 수 있느니라. 너희들 아비는 덕이 박하여 족히 본받을 것이 못 된다. 내 죽은 뒤에 너는 승상과 함께 일하되, 승상을 아버지처럼 섬기고 태만하지 않도록 명심하여라. 너희 형제들은 매사를 물어서

하여라. 부탁하고 부탁한다.

모든 신하들이 유조遺詔를 듣고 나자, 공명은,

"나라에 하루도 임금이 없어서는 안 되니, 청컨대 태자를 임금으로 모시고, 한나라 계통을 이을지라."

하고 태자 유선을 황제로 즉위시키고, 연호年號를 건흥建興으로 고쳤다. 이때 유선의 나이는 17세였다.

이에 승상 제갈양을 무향후武鄕侯로 봉하고, 영익주목領益州牧을 겸하게 했다. (8월에) 선주를 혜릉惠陵에 장사지내면서 소열황제昭烈皇帝라는 시호를 바치고, 황후 오吳씨를 황태후皇太后로 높이고, 감부인甘夫人에게도 소열황후昭烈皇后라는 시호를 드리고, 미부인糜夫人도 또한 황후로 추시追諡하였다. 많은 신하들을 승격시키거나 또는 상을 주고 천하에 대사령大赦令을 내려 죄수들을 풀어주었다.

위의 군사들은 이러한 사실을 즉각 탐지하고 곧 중원中原으로 보고했다. 가까이 모시는 신하가 이 사실을 아뢰니, 위주 조비는 매우 기뻐한다.

"유비가 죽었으니 짐은 이제부터 걱정이 없도다. 서촉에 주인이 없는 틈을 타서 우리는 군사를 일으켜 쳐들어가야 한다."

가후가 간한다.

"유비는 죽었으나, 필시 제갈양에게 아들을 부탁했을 것입니다. 제갈양은 자기를 알아준 유비의 은혜에 감격하고 전심전력을 다하여 새 주인을 섬기리니, 폐하는 창졸간에 그들을 쳐서는 안 됩니다."

이렇게 말하는데, 반중班中에서 한 사람이 분연히 나서며 말한다.

"이 기회에 치지 않으면, 어느 때를 기다리란 말이오?"

모든 사람들이 보니 그는 바로 사마의司馬懿였다.

조비는 더없이 반색을 하고 마침내 계책을 물으니, 사마의가 대답한다.

"우리 중국 군사만 일으켜서는 급히 쳐도 이기기 어렵습니다. 반드시 5로路의 대군을 일으켜 사방에서 협공하고, 제갈양이 전후 좌우를 동시에 막아내지 못해야만, 이 일을 도모할 수 있습니다."

조비가 묻는다.

"그 5로란 뭔가?"

사마의가 계속 대답한다.

"국서國書를 써서 사신을 요동遼東의 선비국鮮卑國으로 보내어 국왕 가비능軻比能을 만나보게 하고, 황금과 비단을 뇌물로 주어 요서의 강병羌兵 10만 명을 일으키게 하여, 먼저 육로로 서평관西平關을 들이치게 하는 것이 1로입니다. 다음은 사신을 남만으로 보내어 만왕 맹획孟獲에게 벼슬과 상을 주고 군사 10만 명을 일으키게 하여 익주益州, 영창永昌, 장가牂牁, 월준越雋 네 군郡을 쳐서 서천 남쪽을 격파하는 것이 2로입니다. 다음은 사신을 동오로 보내어 땅을 베어주고 우호를 맺고 손권으로 하여금 군사 10만 명을 일으켜 양천(동천·서천) 사이로 쳐들어가게 하여 바로 부성柴城을 취하는 것이 3로입니다. 그리고 사신을 항복한 장수 맹달孟達에게 보내어 상용上庸 지방 군사 10만 명을 일으키게 하여 서쪽으로 한중漢中 땅을 치는 것이 4로입니다. 이런 연후에 대장군 조진을 대도독으로 삼아 군사 10만 명을 거느리고 경조京兆(장안長安) 땅을 경유, 바로 양평관陽平關으로 나가서 서천을 취하는 것이 5로입니다. 이렇듯 50만 대군이 다섯 방면으로 일제히 쳐들어가면, 제갈양이 여망呂望(강태공) 같은 재주를 지녔다 할지라도 어찌 능히 막아내겠습니까."

조비는 크게 손뼉 치며, 즉시 말 잘하는 관원 네 사람을 사신으로 뽑아 각각 떠나 보내고, 조진을 대도독으로 삼아 군사 10만 명을 주어 바로 양평관으로 진격하게 했다.

다섯 방면으로 서천을 공략하는 조비

이때 장요張遼 등 옛 일반 장수들은 다 열후列侯가 되어 기주, 서주, 청주, 합비 등 여러 곳 관소와 요충지를 지키고 있었기 때문에 불러들이지 않았다.

한편, 서측 후주後主(유현덕을 선주先主라 하고 유선을 후주라 한다) 유선이 황제의 위에 오른 후, 옛 신하들은 병들어 죽은 자도 많았지만 그걸 다 자세히 말할 수는 없고, 무릇 조정의 법 제정制定과 나라 재정財政과 소송訴訟 등 모든 일은 제갈승상의 결재를 받아 운영되었다.

이때 후주는 아직 황후를 세우지 않고 있었다.

공명은 모든 신하들과 함께 아뢴다.

"고故 거기장군 장비의 딸이 매우 어질며 나이 17세니, 정궁황후正宮

皇后로 맞이하소서.”

후주는 장비의 딸을 황후로 맞아들였다.

건흥建興 원년 가을 8월에 변방에서 급한 보고가 들이닥쳤다.

“위가 5로 대군을 일으켜 서천으로 쳐들어오니, 제1로는 조진이 대도
독이 되어 10만 군사를 거느리고 양평관으로 쳐들어옵니다. 제2로는 반
역한 장수 맹달이 상용군上庸郡 10만 명을 거느리고 한중 땅으로 쳐들
어옵니다. 제3로는 바로 동오의 손권이 군사 10만 명을 일으켜 무협巫峽
으로 해서 우리 나라를 치려 하고, 제4로는 바로 만왕 맹획이 만병 10만
명을 일으켜 익주 등 네 군郡을 침범합니다. 제5로는 바로 번왕番王 가비
능이 강병 10만 명을 일으켜 서평관으로 침범하니, 이들 5로 군마軍馬는
결코 만만치 않습니다. 먼저 승상께 보고하려고 했으나, 웬일인지 승상
은 이 며칠 동안 나오시지를 않습니다.”

후주는 이 말을 듣고 크게 놀라, 곧 가까운 신하 한 사람을 보내어 공
명에게 입궐하라는 분부를 내렸다.

그 신하가 간 지 반나절 만에 돌아와서 아뢴다.

“승상부丞相府 하인이 나와서 말하기를 승상은 병이 나서 나오지 못
온다고 합니다.”

후주는 더욱 당황하고, 이튿날 황문시랑黃門侍郎 동윤董允과 간의대부
諫議大夫 두경杜瓊에게 분부한다.

“병중인 승상에게 가서, 이 큰일을 직접 고하여라.”

동윤과 두경은 승상부 앞까지 갔으나, 역시 문지기가 막고 들여보내
지를 않는다.

두경이 준절히 따진다.

“선제께서 매사를 승상께 맡기셨고, 더구나 주상께서 황제의 위에 오
르신 지도 얼마 되지 않았는데, 조비가 5로 대군을 일으켜 경계로 육박

하니 사세가 몹시 위급하다. 그런데 승상은 어째서 병만 내세우고 나오시지 않는단 말이냐.”

들어갔던 문지기가 한참 만에 나와 승상의 말을 전한다.

“승상께서는 이제 병이 그만하니, 내일 아침에 조정에 나가 의논하겠다고 하십니다.”

동윤과 두경 두 사람은 탄식하고 돌아갔다.

이튿날, 모든 관원들은 또 승상부 앞에 가서 해가 저물 때까지 기다렸으나, 승상이 종내 나오지 않는지라, 하는 수 없이 그냥 흩어져 돌아들 갔다.

두경이 궁에 들어가서 후주께 아뢴다.

“청컨대 폐하는 어가를 타시고, 친히 승상부에 가셔서 계책을 물으소서.”

후주가 모든 관원들을 거느리고 내궁內宮으로 들어가서 황태후에게 아뢰니, 황태후가 크게 놀란다.

“승상은 어째서 선제께서 부탁하신 뜻을 이처럼 저버리는가. 내가 마땅히 가보리라.”

동윤이 아뢴다.

“태후 마마는 함부로 기동 마소서. 신이 생각건대 승상은 필시 높고 밝은 생각이 있을 것입니다. 그러니 주상께서 먼저 가보시되, 그러고도 승상이 태만하거든 그때 태후 마마께서 태묘太廟(유현덕을 모신 나라 사당)에 납시고, 승상을 불러들여 물으셔도 늦지 않으리다.”

태후는 그러기로 했다.

이튿날, 후주는 어가를 타고 친히 승상부로 갔다. 문지기는 황제의 어가가 오심을 보자, 황망히 땅에 엎드려 절하며 영접한다.

후주가 묻는다.

“승상이 어디 계시느냐?”

문지기가 아뢴다.

"어디 계시는지는 모르옵니다. 문무 백관이 오거든 누구고 간에 들여 보내지 말라는 분부만 받았습니다."

후주는 어가에서 내리고 홀로 걸어서 세 번째 문까지 들어갔다. 공명은 홀로 죽장竹杖을 의지하고 조그만 연못 가에서 노니는 물고기를 보고 있었다. 후주는 걸어가서 공명 뒤에 한참 섰다가, 천천히 말을 건다.

"승상은 병환이 좀 어떠시오?"

공명이 돌아보니 후주가 와 계신지라, 황망히 죽장을 버리고 땅에 엎드려 대답한다.

"신의 죄는 만 번 죽어 마땅합니다."

후주는 공명을 부축해 일으키며 묻는다.

"이제 조비가 군사를 다섯 곳으로 나누어 접경을 침범하니, 사세가 매우 급하오. 승상은 어찌하여 나와서 일을 보지 않소?"

공명은 크게 웃더니, 후주를 부축하고 내실內室로 들어가서 자리를 정한 뒤에 아뢴다.

"적군이 5로에서 오는 것을 신이 어찌 모르리까. 신은 노는 물고기를 보는 것이 아니라, 생각에 잠겨 있었습니다."

"장차 어찌하면 좋겠소?"

"강왕羌王 가비능과 만왕 맹획과 반역한 장수 맹달과 위의 장수 조진 등 그들 네 방면의 군사는 신이 이미 물리치도록 조처했습니다. 단 하나 남은 손권의 군사에 대해서도 신은 이미 물리칠 계책이 섰으나, 언변 좋은 사람 하나를 사신으로 보내야겠는데, 적당한 인물을 얻지 못해서 깊이 생각하던 중입니다. 폐하는 무엇을 근심하시나이까."

후주가 놀라고 또한 기뻐서 묻는다.

"상부相父(공명에 대한 존칭)는 과연 귀신도 측량할 수 없는 능력이 있으니, 바라건대 적군을 물리칠 계책을 들려주시오."

공명이 설명한다.

"선제께서 신에게 폐하를 맡기셨는데, 신이 어찌 감히 잠시인들 태만하리까. 성도의 관원들은 병법의 묘한 이치를 모르는지라. 가장 필요한 일은 남들이 짐작 못하게 하는 것이니, 어찌 비밀을 누설하리까. 신은 늙었으나 이미 서번국왕 가비능이 군사를 거느리고 서평관을 치러 오는 것을 알았습니다. 신이 생각건대 마초는 조상 때부터 대대로 살아온 서천 땅 사람입니다. 그러므로 마초는 오랑캐들을 잘 알며, 오랑캐들도 마초를 신위천장군神威天將軍으로 존경하던 터입니다. 그래서 신은 이미 사람을 급히 마초에게로 보내어, 서평관을 굳게 지키되 사방 길에 복병을 두고 매일 교대로 나가서 적군을 막으라고 명령했으니, 그 방면은 걱정할 필요가 없습니다. 신은 또 남만 맹획이 군사를 거느리고 네 군을 침범하러 오는 것을 이미 알고 급히 격문을 보내어, 위연魏延으로 하여금 군사를 거느리고 왼쪽에서 나와 오른쪽으로 들어가고 오른쪽에서 나와 왼쪽으로 드나들되, 군사가 매우 많은 것처럼 보이라고 명령했습니다. 원래 남쪽 오랑캐들이란 용기는 있으나, 실은 의심이 많기 때문에 우리 군사가 많은 줄 알면 감히 쳐들어오지 못할 것이니, 그 방면도 또한 걱정할 것이 못 됩니다. 또 맹달이 군사를 거느리고 한중 땅으로 온다지만, 원래 맹달은 이엄과 절친한 사이입니다. 신은 성도로 돌아올 때, 이엄을 백제성에 남겨두고 영안궁을 지키게 했습니다. 신은 이미 이엄의 필적筆跡을 본떠서 서신 한 통을 지어 사람을 시켜 맹달에게로 보냈습니다. 맹달이 그 서신을 보기만 하면 병이 났다 핑계 대고 더 쳐들어오지 않을 것이니 그 방면도 걱정할 것이 못 됩니다. 또 조진이 군사를 거느리고 양평관을 치러 온다지만, 그쪽은 산들이 험준해서 가히 지킬 만할 뿐더러, 신이 이미 조자룡을 보내어 군사를 거느리고 관소를 지키되 나가서 싸우지는 말라고 명령했습니다. 조진은 우리 군사가 나오지 않으면, 오래지 않아 스스로 물러갈 것입니다. 이렇듯 네 방면의 적군은 다 걱정할 것이 못 되나 신은 만일을 위해서 비밀리에 관흥과 장포 두 장수에게 각각 군사 2만 명씩을 주어 여러 요충지에 가서 주둔하고 필요에 따라 각 방면을 응원하라 명령해뒀습니다. 이러한 군사 이동은 성도를 경유하지 않도록 조처했기 때문에 이를 아는 사람이 없습니다. 다만 동쪽 방면 동오의 군사는 쉽사리 우리에게로 쳐들어오지 않을 것입니다. 즉 네 방면의 군사가 우리를 이기면 반드시 쳐들어오겠지만, 네 방면의 군사가 우리를 무찌르지 못하는데 어찌 혼자서 쳐들어오겠습니까. 신이 생각건대 더구나 손권은 지난번에 조비가 세 방면에서 동오를 침범했던 그 일로 원한을 품었기 때문에, 조비가 시키는 대로 행동하지는 않을 것입니다. 그러나 말 잘하는 사람이 있어 이럴 때 바로 동오에 가서, 손권을 이해利害로써 타이르면 먼저 동오 군사부터 물러가게 되니, 나머지 네 방면의 적군이야 걱정할 것이 없습니다. 그러나 동오로 보낼 적당한 인물이 없어서 신이 주저하던 참인데, 어찌 폐하께서는 수고로이 누지에 왕림하셨습니까."

후주가 대답한다.

"실은 태후께서 친히 오시려고 하셨소. 이제 짐이 상부의 말씀을 들으니, 마치 꿈에서 깨어난 듯하오. 다시 무엇을 근심하리까."

공명은 후주와 함께 술을 몇 잔 마시고 승상부를 나와 전송한다.

모든 신하들이 문밖에 둘러서 있다가, 나오는 후주의 얼굴에 기쁜 기색이 완연한 것을 보고 적이 안심했다.

후주가 공명의 전송을 받아 어가를 타고 조정으로 돌아가려 하는데, 관원들은 그 동안 후주와 공명 사이에 무슨 말이 오고 갔는지 그 내용을 몰라서 의아한 표정들이었다.

공명이 보니, 관원들 중에서 한 사람이 하늘을 우러러보며 소리 없이 웃는데, 매우 유쾌한 표정이었다. 그 사람은 바로 의양군義陽郡 신야현新野縣 출신으로서 성명은 등지鄧芝요 자는 백묘伯苗로, 현재 벼슬은 호부상서戶部尙書며 한漢 사마司馬 등우鄧禹의 후손이었다. 공명은 조용히 사람을 시켜 등지에게 남아 있으라고 분부했다.

모든 관원들이 후주를 모시고 가버리자, 공명은 등지를 서원書院으로 청하고 묻는다.

"이제 세상은 촉蜀, 위魏, 오吳 세 나라로 솥발처럼 나뉘어 있소. 두 나라를 쳐서 무찌르고 한 나라가 천하를 통일하려면, 먼저 어느 나라부터 쳐 없애야 할까요?"

등지가 대답한다.

"어리석은 소견으로 보자면, 위는 바로 한나라의 역적이지만 그 힘이 매우 크니 갑자기 무찌를 수는 없습니다. 그러니 천천히 도모하기로 하십시오. 더구나 주상께서 황제의 위에 오르신 지도 얼마 되지 않아 민심이 안정되지 않았으니, 우리는 마땅히 오와 우호를 맺고 지난날 선제의 원한부터 깨끗이 씻어버리는 것이 바로 장구한 계책인가 합니다. 승상의 뜻은 어떠하십니까?"

공명이 크게 웃는다.

"나도 그렇게 생각한 지 오래나, 적당한 인물을 얻지 못했더니, 오늘에서야 비로소 인물을 얻었소."

"승상이 적당한 인물을 얻었다면, 장차 어찌하실 요량입니까?"

공명이 대답한다.

"나는 그 인물을 보내어 동오와 우호를 맺을 작정이오. 귀공이 이미 그러한 뜻을 밝혔으니, 반드시 나라의 위신을 손상시키지는 않을 것이오. 즉 귀공이 아니면 동오로 갈 만한 인물이 없소."

"나는 지혜가 부족해서 그런 중대한 책임을 맡을 만한 능력이 없습니다."

"내 내일 천자께 아뢰고 귀공에게 이번 일을 부탁하겠으니, 결코 사양하지 마시오."

이에 등지는 응낙하고 물러갔다.

이튿날, 공명은 후주에게 아뢰고 등지를 사신으로 임명했다. 등지가 하직하고 동오를 향하여 가니,

> 오나라 사람은 겨우 난리가 끝난 것을 보았는데
> 도리어 촉나라 사신이 우호를 맺으러 온다.
> 吳人方見干戈息
> 蜀使還將玉帛來

등지는 가서 어떤 성과를 거둘 것인가.

제86회

진밀은 장온을 비난하는 웅변을 토하고
서성은 불로 조비를 무찌르다

동오東吳의 육손陸遜이 위군魏軍을 물리친 후였다. 오왕吳王 손권孫權은 육손을 보국장군輔國將軍 강릉후江陵侯로 봉하고 겸하여 영형주목領荊州牧을 제수했다. 이리하여 동오의 군권軍權은 육손이 장악하였다.

장소張昭와 고옹顧雍은 오왕에게 연호年號를 세우도록 건의하고, 마침내 황무黃武 원년(222)이라 개원改元했다. 이때 위魏의 연호는 황초黃初이고 촉蜀의 연호는 장무章武니, 오는 각각 그 한 자씩을 따서 황무라고 한 것이다.

문득 아랫사람이 들어와서 고한다.

"위에서 사자가 왔습니다."

손권이 데리고 오라 하여 접견하니, 위의 사자가 아뢴다.

"지난번에는 촉이 우리에게 구원을 청했기 때문에 우리 위가 사세를 잘못 판단하고 군사를 보내어 귀국을 쳤지만, 그 후로 크게 후회하였습니다. 이번에 우리는 4로路의 군사를 일으켜 서천을 몰수하기로 했으니, 동오도 군사를 일으켜 호응해주십시오. 서촉 땅을 얻는 날에는 그 반을 나눠드리겠습니다."

손권은 결정을 짓지 못하고 장소, 고옹 등과 상의했다.

장소가 말한다.

"육손은 지혜가 출중하니 그에게 물어보소서."

손권은 즉시 사람을 보내어 육손을 소환했다.

육손이 와서 아뢴다.

"조비가 중원(중국 중심 지대)을 차지하고 있으니, 우리는 급히 도모할 수 없습니다. 이제 대왕께서 거절하시면 위와 원수만 사게 됩니다. 그러나 신이 생각건대 위와 오에는 제갈양諸葛亮을 상대할 만한 인물이 없으니, 겉으로는 위의 요구에 호응하는 것처럼 군사를 준비하면서 동시에 첩자들을 파견하여 4로 군사들의 전과戰果를 알아보십시오. 4로의 군사가 각각 이겨 서천이 위급해지고, 제갈양이 전후 좌우를 막아내지 못하거든, 주상께서는 즉시 군사를 보내어 먼저 성도를 취하는 것이 상책입니다. 그러나 4로의 군사가 패하거든 그때 다시 상의하도록 하소서."

손권은 육손의 의견에 따르기로 하고, 위의 사자를 불렀다.

"아직 준비를 못했으니, 좋은 날을 택하여 군사를 일으키고 호응하리라."

이에 위의 사자는 절을 하고 돌아갔다.

손권은 첩자들을 시켜 사로군四路軍의 전과를 수소문했다.

계속 들어오는 보고에 의하면, 서번西番 군사는 서평관西平關으로 쳐들어오다가 마초를 보자 싸우지도 않고 물러갔으며, 남만南蠻의 맹획孟獲은 군사를 일으켜 네 군을 치다가 위연魏延의 의병계疑兵計에 걸려 정신없이 돌아갔으며, 상용上庸의 맹달孟達은 군사를 거느리고 반쯤 오다가 갑자기 병에 걸려 꼼짝을 못한다고 했다. 조진曹眞은 양평관陽平關까지 왔으나 조자룡趙子龍이 험준한 요충지를 의지하고 막으니, 과연 한 장수가 관關을 지킴에 만 명의 군사도 어쩔 수 없다는 격이어서, 일단 사곡도斜谷道로 물러갔다가 능히 이기지 못하고 그냥 돌아갔다고 한다.

손권이 모든 문무 관원들에게 탄식한다.

"육손은 참으로 신인神人이로다. 과인이 혼자서 군사를 일으켰더라면 또 서촉西蜀과 원수를 살 뻔했구나!"

홀연 신하 한 사람이 들어와서 아뢴다.

"서촉에서 등지鄧芝가 사자로 왔습니다."

장소가 말한다.

"이는 제갈양이 적군을 물리치기 위해서 등지를 세객說客으로 보낸 것입니다."

손권이 묻는다.

"그렇다면 뭐라고 대답할까?"

"먼저 정전正殿 앞에다 큰 가마솥을 걸고, 기름 수백 근斤을 붓고 밑에 숯불을 피워 기름을 펄펄 끓이십시오. 그리고는 키가 크고 얼굴 큰 무사武士 천 명을 뽑아 각기 칼을 들려 궁문宮門에서부터 정전에 이르기까지 늘어세우고 등지를 불러들이십시오. 등지가 들어오거든 말할 틈을 주지 말고, 다짜고짜 옛날에 역이기酈食其가 제齊나라에 세객으로 왔던 고사를 들어 '너를 또한 끓는 기름 가마솥에 넣어 삶으리라' 호령하고, 그런 뒤에 등지가 뭐라고 대답하는지를 들어보소서." 한 고조의 신하 역이기는 제왕齊王에게 가서 말을 잘하여 70여 개소의 성을 바치게 했다. 나중에 역시 한 고조의 신하인 한신韓信이 제나라를 쳤기 때문에 제왕은 크게 노하여 역이기를 기름 가마솥에 넣어 삶아 죽였다.

문무 관원은 그 말대로 기름 가마솥을 설치하고, 무사들에게 무기를 나눠주어 좌우로 늘어세우고, 등지를 안내했다.

등지는 의관을 정제하고 들어오다가 궁문에 이르러 본즉, 무사들이 위풍도 당당하게 각기 강한 칼과 큰 도끼와 긴 창과 짧은 창을 들고, 바로 정전 위까지 좌우로 늘어서 있었다.

등지는 즉시 그들의 속뜻을 알아차리고, 추호도 두려워하는 기색이 없이 앙연히 걸어서 정전 앞에 이르러 본즉, 큰 가마솥에서 기름이 한참 끓는데, 좌우 무사들은 자신을 잔뜩 노려보고 있다.

등지는 안내하는 동오의 신하를 뒤따르며 빙그레 웃고, 드리워진 주렴 앞까지 가서는 길게 읍할 뿐 절은 하지 않는다.

손권이 좌우 신하에게 주렴을 걷어 올리게 하고, 등지를 굽어보며 큰 소리로 꾸짖는다.

"네 어째서 과인에게 엎드려 절하지 않느냐!"

등지는 당당히 대답한다.

"나는 상국上國의 천사天使라. 조그만 나라를 다스리는 주인에게는 절할 수 없습니다."

손권이 성을 내며 소리친다.

"네가 세 치 혀를 놀려, 옛날에 역이기가 제나라를 설복시켰던 그런 수작을 쓰려고 여기에 왔구나. 무사들아, 이자를 속히 기름 가마솥에 넣어라."

등지가 크게 껄껄 웃는다.

"사람들은 말하기를 동오에 현명한 사람이 많다던데, 나 같은 일개 선비를 어찌 이렇듯 무서워하나이까?"

손권은 더욱 노한다.

"과인이 너 같은 자를 어찌 두려워하리요."

"이 등지를 두려워하지 않으신다면, 세객 하나 때문에 왜 이렇게 야단들이십니까."

"너는 제갈양의 지시를 받고 와서, 과인에게 위와 절교하고 촉에게 호의를 베풀라는 수작이 아니더냐."

"나는 촉의 한 선비로서 특히 오나라의 이해利害를 위해 왔습니다. 그런데 무사를 늘어세우고 끓는 가마솥으로 앞을 막으니, 이렇듯 도량이 좁아서야 어찌 큰일을 용납하겠습니까."

손권은 대답할 말이 없었다. 생각하니 부끄러웠다. 아니 등지의 말이 옳았다.

손권은 즉시 무사들을 꾸짖어 물러가게 하고, 등지에게 앉을자리를 권한다.

"우리 오와 위와의 이해 관계라니 그것이 뭐요? 바라건대 선생은 나를 지도해주시오."

"대왕께서는 우리 촉과 친하실 작정입니까?"

"과인은 촉나라 주인과 강화講和하고 싶으나, 촉나라 주인이 아직 어리고 아는 것이 없어서, 끝까지 우호를 지켜줄지, 그것이 걱정이오."

"대왕은 당대의 영웅이시며 제갈양도 또한 일세의 영걸英傑입니다. 우리 촉에는 험준한 산천山川이 있고 오나라에는 견고한 세 강江이 있으니 함께 손을 잡고 나아가면 천하도 삼킬 수 있으며, 물러서면 서로 솥발처럼 공존할 수도 있습니다. 이제 대왕께서 끝내 위의 신하 노릇을 하신다면 위는 결국 대왕에게 입조入朝하여 천자에게 문안을 드리라고 강요할 것이며, 나중에는 태자(손권의 아들을 지칭한 것)를 오라고 하여 내시內侍를 삼고 볼모로 둘 것입니다. 그때 대왕께서 거절하면 위는 즉시 군사를 일으켜 이 나라를 칠 것이니, 그러면 우리 촉도 천하대세를 따라 위와 함께 대왕을 치지 않을 수 없습니다. 그 지경이 되면 강남 땅은 다시 대왕의 소유가 될 수 없다는 것을 깊이 명심하십시오. 대왕께서 저의 말을 믿지 않으신다면, 저는 이 자리에서 목숨을 끊고 다시는 세객이라는 말을 듣지 않겠습니다."

등지는 말을 마치자, 옷깃을 걷어 올리고 정전 아래로 뛰어내려가 기름이 끓는 가마 속으로 뛰어들려 한다. 손권은 황급히 분부하여 등지를 붙들어 말리게 하고, 다시 후전後殿으로 초청하여 상빈上賓에 대한 예의를 베푼다.

"선생 말씀이 바로 과인의 뜻과 같소. 과인은 촉나라 주인과 우호를 맺고자 하니, 선생은 나를 위해 주선하시오."

"조금 전에는 대왕이 신을 솥에 삶으려 하셨고, 이제는 대왕이 신에게 부탁을 하시니, 이는 대왕이 의심하고 결심을 못한 증거입니다. 그러니 신이 어찌 대왕을 믿을 수 있습니까."

손권이 대답한다.

"과인은 확고히 결심했으니, 선생은 의심하지 마시오."

이에 오왕 손권은 등지에게 거처를 주어 편히 쉬게 하고, 관원들을 불러모았다.

"과인은 강남 81주州를 장악하고 겸하여 형荊·초楚의 땅을 소유하였으되, 도리어 저 궁벽한 서촉만도 못하구나. 촉에는 등지 같은 인물이 있어 능히 그 주인의 위신을 세우는데, 우리 오에는 촉에 가서 과인의 뜻을 전달할 만한 인물이 하나도 없는가."

홀연 한 사람이 앞으로 나와 아뢴다.

"바라건대 신이 사신으로 촉나라에 가겠습니다."

모든 관원들이 보니, 그는 바로 오군吳郡 오현吳縣 땅 사람으로 성명은 장온張溫이요 자는 혜서惠恕니, 벼슬은 중랑장中郎將이었다.

손권이 미심쩍어한다.

"경이 촉에 가서 제갈양에게 과인의 뜻을 충분히 전하지 못할까 염려로다."

장온이 대답한다.

"공명도 또한 사람인데, 신이 어찌 그를 두려워하리까."

그제야 손권은 흡족해하며, 장온에게 많은 상을 주고 등지와 함께 서천에 가서 우호를 맺도록 떠나 보냈다.

한편, 공명이 등지를 보낸 뒤에 후주後主에게 아뢴다.

"등지가 이번에 갔으니 반드시 성공할 것이며, 동오에는 총명한 인물들이 많으니 반드시 사람을 우리에게 보내어 답례할 것입니다. 폐하는 마땅히 예의로써 대접하십시오. 우리가 오와 우호를 맺으면, 위는 반드시 우리를 공격하지 못할 것이며, 따라서 오와 위도 서로 싸우지 못하고 안정될 것입니다. 그러면 신은 마땅히 군사를 거느리고 남쪽으로 가서 남만 오랑캐부터 평정하고, 그 뒤에 위를 도모할 작정입니다. 위만 쓰러지면 동오도 또한 오래 지속하지 못할 것인즉, 바로 천하 통일의 기업基業을 성취할 수 있으리다."

후주는 그렇겠다면서 공명만 믿었다.

홀연, 바깥에서 신하가 들어와 고한다.

"동오의 사신 장온이 등지와 함께 왔습니다. 답례를 드리겠다고 합니다."

후주는 궁궐 뜰에 문무 관원들을 모으고, 등지와 장온을 안내해 들이라 했다. 이에 장온은 뻣뻣한 태도로 정전에 올라가 후주에게 절한다.

후주는 전내殿內 왼편에 비단 방석을 하사하며 장온을 앉게 하고, 동시에 궁중에 잔치를 벌이고 정중히 대접하였다. 잔치가 파하자, 문무 백관은 장온을 관사館舍까지 전송했다.

이튿날, 공명은 따로 잔치를 벌이고 장온에게 청한다.

"선제先帝께서 세상에 계셨을 때는 오와 화목하지 못했지만, 이젠 세상을 떠나셨소. 오늘날 주상께서는 깊이 오왕을 사모하시기 때문에, 옛 원한을 씻어버리고 길이 우호와 동맹을 맺어 함께 위를 격파하기를 바라시오. 바라건대 대부大夫는 돌아가거든 오왕께 잘 말씀 드려주시오."

장온은 응낙하고, 술이 얼근히 취하자 기꺼이 웃으며 오만스레 굴었다.

이튿날, 후주는 장온에게 황금과 비단을 하사하며 성 남쪽 우정郵亭에서 잔치를 베풀어 모든 관원들에게 장온을 대접하게 했다.

공명은 은근히 장온에게 술을 권하고 서로 마시는데, 홀연 한 사람이 얼근히 취하여 앙연히 들어오더니 길이 읍하고 자리에 앉는다.

장온은 이상히 생각하고 공명에게 묻는다.

"저 사람은 누굽니까?"

공명은 대답한다.

"저 사람의 성명은 진밀秦宓이며 자는 자칙子勅으로, 현재 익주益州 학사學士로 있소."

장온은 웃는다.

"명칭이 학사라니 일찍이 학문을 하셨소?"

진밀은 정색하고 대답한다.

"우리 촉나라에서는 삼척동자도 다 학문을 하는데, 어찌 난들 아니했겠소."

"그럼 귀공이 배운 바를 들려주시오."

"위로는 천문天文과 아래로는 지리地理에 이르기까지 삼교 구류三敎九流(삼교는 유儒·불佛·선仙, 구류는 유가儒家와 기타의 모든 학파를 말한다)와 제자백가諸子百家를 연구했고, 고금 흥폐古今興廢와 성현聖賢의 경經과 전傳을 안 본 것이 없소이다."

장온은 웃는다.

"귀공이 큰소리를 치니, 청컨대 하늘에 관해서 묻겠소. 그래 하늘도 머리가 있소?"

진밀은 대답한다.

"머리가 있소."

"그럼 그 머리가 어느쪽에 있소?"

"서쪽에 있지요.『시전詩傳』에 이르기를 '내권서고乃眷西顧'라, 즉 생각하고 서쪽에서 돌아본다고 했소. 이로써 따져도 머리는 서쪽에 있소."

장온은 계속 묻는다.

"그럼 하늘도 귀가 있소?"

진밀은 대답한다.

"하늘은 높이 있으면서 낮은 소리를 듣소.『시전』에 이르기를 '학명구고鶴鳴九皐에 성문우천聲聞于天'이라, 즉 학이 구고에서 우니, 그 소리가 하늘에 들린다고 했소. 귀가 없으면 어찌 들었겠소."

장온은 또 묻는다.

"그럼 하늘도 발이 있는지요?"

진밀은 대답한다.

"발이 있지요.『시전』에 이르기를 '천보간난天步艱難'이라, 즉 하늘의 걸음은 매우 힘들다고 했으니, 발이 없다면 어찌 걷겠소."

장온은 또 묻는다.

"하늘에도 성姓이 있소?"

진밀은 대답한다.

"어찌 성이 없으리요."

"무슨 성이오?"

"유劉씨지요."

"어째서 그렇단 말이오?"

"우리 천자의 성이 유씨기에, 그러므로 알 수 있소."

장온은 또 묻는다.

천문을 논하는 장온과 진밀

"해가 동쪽에서 솟는다고 생각하지 않소?"

진밀은 대답한다.

"비록 동쪽에서 솟지만 결국은 서쪽으로 돌아가오." 서측이 결국은 천하를 통일한다는 뜻이다.

진밀의 답변은 흐르는 물처럼 거침이 없었다. 함께 있던 사람들은 다 놀라고, 장온은 더 묻지를 못한다.

이번엔 진밀이 질문한다.

"선생은 동오의 명사名土로 이미 하늘에 관한 것을 물으셨으니, 필시 깊고 밝은 하늘의 이치를 잘 아시리다. 태초의 혼돈混沌이 나뉘면서 음양이 생겨 가볍고 맑은 것은 위로 떠서 하늘이 되고 무겁고 탁한 것은 아래로 응고하여 땅이 되었는데, 공공씨共工氏(고대 신화에 나오는 신)

가 싸움에 패할 때 머리로 부주산不周山을 잘못 들이받아, 그만 하늘 기둥이 부러지고 땅이 떨어져 나갔기 때문에 하늘은 서북쪽으로 기울고 땅은 동남쪽이 둘러빠졌다고 하오. 원래 가볍고 맑은 것이 위로 떠서 하늘이 됐다면 어찌 서북쪽으로 기울어질 리가 있습니까. 그럼 하늘은 가볍고 맑은 것 이외에도 또 다른 요소가 있습니까? 바라건대 선생은 나에게 가르쳐주시오."

장온은 대답할 말이 없어 자리를 피해 앉고 겸손해한다.

"서촉에 이렇듯 많은 인재가 계신 줄은 몰랐소. 강론을 듣고 나니 막혔던 가슴이 비로소 열린 듯하오."

공명은 장온이 난처해할까 봐 좋은 말로 무마한다.

"술자리에서 어려운 문제를 다루는 것은 다 농담이라. 귀공은 천하를 다스리고 나라를 바로잡는 길을 깊이 알거니, 그런 장난하는 말에 유의할 것 있으리요."

장온은 공명에게 진정으로 감사했다. 공명은 또 등지에게 장온과 함께 동오로 가서 답례하도록 분부했다. 이에 장온과 등지, 두 사람은 공명에게 하직하고 함께 동오로 떠났다.

한편, 오왕 손권은 장온이 촉으로 가더니 아직 돌아오지 않으므로 문무 관원들을 모으고 상의 중이었다.

홀연 신하 한 사람이 들어와서 고한다.

"촉나라 등지가 이번에는 장온과 함께 답례하러 왔습니다."

손권이 불러들이니, 장온은 정전 앞에 와서 절하고 후주와 공명의 덕을 칭송하고 나서 아뢴다.

"그들은 우리 나라와 길이 동맹하기를 바랐습니다. 그래서 등상서鄧尙書(등지)가 답례차 신과 함께 다시 왔습니다."

손권은 매우 기뻐하고 잔치를 베풀어 등지를 대접하며 묻는다.

"우리 오와 촉이 한마음 한뜻으로 힘을 모아 위를 쳐서 무찌르고 천하의 반을 얻은 뒤에, 우리 두 나라가 나눠서 다스리게 되면 어찌 기쁘지 않겠소."

등지는 대답한다.

"하늘에는 해가 둘이 없으며 백성에게는 두 임금이 없는 법이니, 위가 멸망한 뒤에는 천하가 누구에게로 돌아갈지 알 수 없습니다. 그러니 임금 된 자는 각기 덕을 닦고 신하 된 자는 각기 충성을 다하면 저절로 싸움이 없어지리다."

"그대의 지극한 정성이 바로 이러한가!"

손권은 크게 웃고 등지에게 많은 선물을 주었다. 등지는 서촉으로 돌아가고, 이때부터 오와 촉은 우호를 맺었다.

한편 위의 첩자는 이 사실을 탐지하자, 급히 중원으로 돌아가서 보고했다. 위주 조비曹丕는 보고를 듣고 크게 노한다.

"오와 촉이 동맹한 것은 우리 중원을 치려는 배짱이다. 그럴 바에야 짐이 먼저 그들을 치리라!"

조비는 문무 백관을 다 모으고 군사를 일으켜 동오를 칠 일을 상의한다. 이때 대사마大司馬 조인曹仁과 태위太尉 가후賈詡는 이미 세상을 떠나고 없었다.

시중侍中 신비辛毗가 앞으로 나와 아뢴다.

"우리 중원은 땅이 넓고 백성은 많지 않아서 군사를 쓰기에는 아직 이롭지 못합니다. 지금이라도 군사를 기르고 군전軍田을 일구어 10년간 경영하면, 곡식도 풍족하고 군사도 충분하리다. 그런 뒤에 거사해야만 오와 촉을 비로소 격파할 수 있습니다."

조비는 노하여,

"그건 책이나 읽는 선비의 말버릇이다. 이제 오와 촉이 연합하고 조만간에 쳐들어올 판국인데, 어느 겨를에 10년을 기다리리요."

소리치고, 곧 군사를 일으켜 오를 칠 준비를 하도록 명령한다.

사마의가 아뢴다.

"오에는 험준한 장강長江이 있어 배가 아니면 건널 수 없습니다. 폐하께서는 이번에 친히 토벌하러 가시되, 먼저 크고 작은 전함을 골라 거느리시고, 채하蔡河와 영수潁水로부터 회수淮水로 나아가 수춘壽春 땅을 함락하고 광릉廣陵 땅에 이르러 장강을 건너서 바로 남서南徐 땅을 취하소서. 그러는 것이 상책입니다."

조비는 그러기로 하고, 이날부터 공사工事를 일으켜 밤낮없이 용선龍船 10척을 만드니, 길이가 20여 장丈이요 2천여 명을 태울 수 있는 규모였다.

그러고 나서 전함 3천여 척을 수습하여, 마침내 위나라 황초 5년(224) 가을 8월에 대·소 장수들을 다 모으고, 조비는 명령을 내려 장요張遼·장합張郃·문빙文聘·서황徐晃 등을 대장으로 삼아 전대前隊를 통솔하게 하였다. 허저許褚·여건呂虔으로 중군호위中軍護衛를 삼고, 조휴曹休를 후군後軍으로 삼고, 유엽劉曄·장제蔣濟를 참모參謀로 삼으니 앞뒤 수륙 군사만도 30여만 명이었다.

이날로 조비는 사마의를 상서복야尚書僕射로 봉하고, 허도에 남아서 국내 정사를 도맡아 처리하도록 위임했다.

한편 동오의 첩자는 이 일을 탐지하자, 연일 밤낮없이 오로 돌아가서 보고했다.

신하 한 사람이 황망히 오왕 손권에게 아뢴다.

"이제 위왕 조비가 친히 용선을 타고 수군·육군 도합 30여만 명을 거느리고 채하와 영수로부터 회수로 와서, 반드시 광릉 땅을 취하고 장강을 건너 강남으로 내려올 것이라고 하니, 사태가 매우 급합니다."

손권은 너무 놀라서 즉시 문무 관원들을 모으고 상의한다.

고옹이 아뢴다.

"주상께서는 서촉과 동맹한 터이니, 곧 제갈공명에게 서신을 보내어 '군사를 거느리고 한중 땅에서 나와 적군을 분단分斷하라' 청하시고, 동시에 대장 한 명을 보내어 남서 땅에 주둔하여 적을 막도록 하령하십시오."

손권은 대답한다.

"그러려면 육손이라야 큰일을 맡을 수 있으리라."

고옹이 말한다.

"육손은 형주를 지키고 있으니 함부로 움직여서는 안 됩니다."

"과인도 그걸 모르는 바는 아니나, 당장 이 일을 맡을 만한 사람이 없으니 어찌할까."

손권의 말이 끝나기도 전에 한 사람이 반중에서 썩 나선다.

"신이 비록 재주는 없으나, 바라건대 군사를 거느리고 위군을 대적하겠습니다. 조비가 친히 대강大江을 건너오면, 신이 사로잡아 대왕께 바치겠으며, 강을 건너오지 않을지라도 또한 적군 태반을 죽여 우리 동오를 다시 넘보지 못하도록 하리다."

모두가 보니 바로 서성이었다.

"경이 강남 일대를 지켜준다면, 과인이 무엇을 근심하리요."

손권은 크게 고무되어 서성을 안동장군安東將軍으로 봉하고, 건업建業과 남서 방면의 모든 군사를 통솔하는 도독으로 임명했다.

서성은 절하며 감사하고 물러나와 모든 관군官軍에게 많은 무기와 정기를 설치하고 강 일대의 언덕을 수비하게 했다.

홀연 한 사람이 나서며 말한다.

"이번에 대왕이 장군에게 위군을 격파하고 조비를 사로잡으라는 중임重任을 맡기셨는데, 장군은 속히 군사를 거느리고 강을 건너가지 않고 어찌하여 이곳 회남淮南 땅에서 적군을 맞이하려 하시오? 조비의 군사가 들이닥치는 날에는 후회해도 소용없을 것이오."

서성이 보니, 그는 바로 오왕 손권의 조카인 손소孫韶(제82회에 나오는 손환의 종형제뻘로 원래 유씨 집 출신이다)였다.

손소의 자는 공례公禮로 계급은 양위장군揚威將軍이며, 일찍이 광릉 땅을 지킨 일이 있었는데, 나이가 젊어서 혈기가 왕성하고 특히 대담했다.

서성은 대답한다.

"조비의 형세는 크고 더구나 유명한 장수가 선봉이 되어 올 테니, 강을 건너가서 적군을 맞이해서는 안 된다. 그들의 전함이 모두 북쪽 언덕에 모이기를 기다려 내 스스로 격파할 계책이 이미 서 있노라."

손소가 청한다.

"내게 군사 3천 명이 있고 겸하여 광릉 땅 지리를 소상히 아니, 바라건대 나는 강 북쪽으로 건너가서 바로 조비와 대판 싸움을 벌이겠소. 그러고도 이기지 못하거든 나를 군법軍法으로 다스리시오."

서성이 거절하니 손소는 굳이 가겠다고 고집한다. 서성이 거듭 거절하니 손소는 두 번 세 번 고집한다.

서성은 노하여,

"네가 이처럼 명령을 듣지 않으니, 이러고서야 내 어찌 모든 장수들을 지휘하리요."

하고 무사들에게 명령한다.

"딴사람들 본보기로 이놈을 끌어내다가 참하라!"

이에 도부수刀斧手들은 손소를 원문轅門(진문陣門) 밖으로 끌고 나가서, 검은 기를 세우고 죽일 채비를 차린다.

일이 다급한지라, 손소의 부장은 급히 말을 달려 손권에게 가서 이 사실을 고했다.

손권은 보고를 듣자, 급히 손소를 구하러 나는 듯이 말을 달려와보니, 마침 형을 집행하려는 참이었다. 손권이 급히 들이닥쳐 도부수들을 꾸짖어 물러세우고 구출하니, 손소는 통곡하며 아뢴다.

"신이 지난해 광릉 땅에 있었기 때문에 그곳 지리를 잘 아니, 그곳에서 조비를 맞이하고 무찔러 죽여야 합니다. 만일 조비가 장강까지 내려와 몰려드는 날에는 우리 오나라는 속절없이 망합니다."

손권이 바로 진영으로 들어가니, 서성은 나와서 영접해 모시고 아뢴다.

"대왕께서 신을 도독으로 삼으시고, 군사를 거느리고 위군에 대항하라 하셨습니다. 이제 양위장군 손소가 군법을 따르지 않기에 군법으로써 마땅히 참하려는데, 대왕은 어찌하여 그를 구출하셨습니까?"

손권은 대답한다.

"손소는 혈기방장하여 군령軍令을 범했으니, 바라건대 너그러이 용서하시오."

서성은 아뢴다.

"법은 신이 만든 것도 아니며, 더구나 대왕께서 만든 것도 아닌 바로 국가의 법입니다. 친한 사이라서 용서하기로 한다면, 많은 군사를 무엇으로 지휘할 수 있겠습니까."

"손소는 법을 범했으니 장군이 처치하는 것은 마땅하나, 장군도 알다시피 그의 성은 본래 유씨나, 과인의 형님(손책孫策)께서 깊이 사랑하여 손씨 성을 주셨고, 그 후로 과인에게도 공로를 세웠으니, 이제 죽인다면 과인이 형님의 뜻을 저버림이라."

"그러시다면 대왕을 보아서 용서하리다."

손권은 손소에게 서성에게 절하고 감사하라 분부한다.

손소는 절은커녕 소리를 지른다.

"내 생각으로는 즉시 군사를 거느리고 강을 건너가서 조비를 격파하는 것이 옳으니, 죽으면 죽었지 너의 안목에 복종하지 못하겠노라."

서성의 얼굴빛이 순간 변한다.

손권은 손소를 꾸짖어 내보내고, 서성에게,

"그런 놈 하나 없어도 우리 동오에 무슨 손실이 있으리요. 장군은 이제부터 다시는 그놈을 쓰지 마시오."

하고 돌아갔다.

그날 밤, 아랫사람이 들어와 서성에게 보고한다.

"손소가 수하 군사 3천 명을 거느리고 몰래 강을 건너가버렸습니다."

서성은 손소가 혹 싸우다가 죽기라도 하면 오왕을 뵙기도 뭣할 것 같아서, 정봉을 불러 계책을 비밀리에 일러주고 말했다.

"군사 3천 명을 거느리고 강을 건너가서 손소를 도와주라."

한편, 위주 조비는 용선을 몰아 광릉에 이르니, 전대前隊인 조진이 이미 군사를 큰 강 언덕에다 배치하고 영접한다.

조비가 묻는다.

"저쪽 강 언덕에는 적군이 얼마나 있는가?"

조진은 대답한다.

"멀리 강 건너편을 바라보아도 적군은 한 명도 보이지 않고, 또한 정기나 영채도 없습니다."

조비는 말한다.

"이는 필시 우리에게 속임수를 쓰려는 것이다. 짐이 친히 가서 허실을 파악하리라."

이에 용선은 크게 물결을 헤치면서 나아가 바로 대강大江에 이르러 언덕에 정박하고, 배 위에 용봉기龍鳳旗와 일월기日月旗, 오색 정기를 가득히 세우고 가지가지 의장儀仗으로 위엄을 갖추니, 보는 자가 눈이 부실 정도였다.

조비는 배 안에 단정히 앉아 강 남쪽을 아득히 바라본다. 사람 한 명 보이지 않는지라, 유엽과 장제를 돌아보고 묻는다.

"강을 건널 수 있을까?"

유엽이 대답한다.

"병법에 허허실실虛虛實實이라 했습니다. 저들이 우리 대군을 보고 어찌 준비를 하지 않았겠습니까. 폐하는 서두르지 마시고 한 5일 동안 기다리셨다가, 저들의 동정을 본 연후에 선발대를 보내어 실정부터 알아보소서."

"경의 말이 짐의 뜻과 같도다."

조비는 머리를 끄덕였다.

이날 밤, 강에서 머무는데 달이 없었다. 북위北魏의 군사들은 모두 등불을 밝혀서 하늘과 땅이 다 대낮 같은데, 아득한 강 남쪽은 캄캄하였다.

조비가 좌우 신하에게 묻는다.

"왜 저들은 불을 켜지 않을까?"

가까이 모시는 신하가 대답한다.

"폐하의 군사가 온 걸 알고 쥐구멍을 찾듯 숨었나 봅니다."

조비는 소리 없이 씩 웃는다.

어느덧 날이 새면서부터 안개가 가득 끼어 서로 대하여도 얼굴을 못 알아볼 지경이더니, 다시 바람이 불고 안개와 구름이 걷히면서 강남 일대가 아득히 나타난다. 그런데 이 웬일인가, 보이느니 전부가 긴 성城이요, 성루城樓마다 칼과 창이 햇빛에 번쩍이고, 성 둘레에는 모두 정기가 나부끼고 있었다.

연속 보고가 들어온다.

"남서 땅 강변 일대로부터 석두성石頭城까지 수백 리 사이에 성곽이 뻗었으며, 수레와 배의 왕래가 끊이지 않으니 이게 다 하룻밤 사이에 생긴 것입니다."

조비는 이 말을 듣고 크게 놀란다.

원래 서성은 갈대를 엮어 인형人形들을 만들어 푸른 옷을 입히고 정기를 들려서 가짜 성과 임시로 만든 성루 위에 모조리 세웠던 것이다. 하지만 위군은 강 건너 아득한 성 위의 허다한 군사를 보았으니, 어찌 아찔하지 않을 수 있으리요.

조비가 탄식한다.

"짐에게 수천 부대의 무사가 있지만 다 쓸데없구나. 강남 사람들이 저러하니 급작스레 도모할 수 없구나."

조비는 아무래도 믿기지가 않아서 더욱 놀라는데, 문득 광풍이 크게 불고 흰 물결이 하늘을 뒤흔든다. 강물은 날아 조비의 용포龍袍를 적시고, 큰 배가 뒤뚱거리며 엎어지려 한다.

조진은 황망히 문빙을 시켜 작은 배를 젓게 하여 조비를 구출하려고 급히 온다. 이때 요동하는 용선 위의 사람들은 제대로 서 있지를 못하고 이리 쓰러지고 저리 나둥그러진다. 문빙은 나는 듯이 용선 위로 뛰어올라가, 조비를 등에 업고 작은 배로 내려와 깊숙한 나룻가로 도망쳐 들어갔다.

파발꾼이 급히 말을 달려와 보고한다.

"촉장 조자룡이 군사를 거느리고, 양평관에서 나와 바로 장안을 향하여 쳐들어가는 중이라 합니다."

조비는 대경 실색하여,

虎勢雄張白日樹浮山倒越
龍舟遠泛青天潮促海呑吳

오군의 화공에 도망치는 조비

"즉시 회군하라!"

하고 영을 내렸다. 모든 군사들이 각기 달아나는데, 동오의 군사가 뒤쫓아온다. 조비는 군사들에게 어물御物(천자가 쓰는 물건)까지도 모두 버리고 내빼라고 명령을 내렸다.

용선이 급히 달아나 회하淮河로 접어들려던 참이었다. 난데없는 북소리와 징소리가 일제히 일어나면서 함성이 크게 진동하더니, 옆으로부터 한 떼의 군사가 쳐들어오는데, 위군이 놀라서 보니 맨 앞을 달려오는 적장은 바로 손소였다.

위군은 대적할 수가 없어 태반이나 전사하고, 강물에 빠져 죽은 자만도 부지기수였다.

위나라 모든 장수들은 경황없는 중에도 힘을 분발하여 위주 조비를 구출하고, 회하를 30리쯤 갔을 때였다. 강변 일대의 갈대밭에 미리 인화물인 생선 기름을 뿌려놓았기 때문에, 갑자기 불이 사방에서 일어나더니 세찬 바람을 따라 내려오면서 불길은 하늘에 가득히 퍼지고, 용선을 가로막는다.

조비는 깜짝 놀라서 급히 조그만 배를 내리게 하여 옮겨 타고 가서 강 언덕으로 기어오르니, 이때 용선은 벌써 불덩어리로 변했다. 조비는 정신없이 말을 타고 달아나는데, 또 한 떼의 군사가 언덕 위에서 쳐 내려온다. 맨 앞에서 달려오는 적장은 바로 정봉이었다.

이에 장요가 말을 달려 나가 싸우려다가 정봉이 쏜 화살에 허리를 맞고 비틀거리는데, 서황이 급히 와서 장요를 구출하여 함께 조비를 호위하여 허둥지둥 달아났다. 위군의 전사자는 그 수효를 모를 정도였고, 뒤쫓던 손소와 정봉은 말과 수레와 배와 무기를 무수히 노획했다.

위군은 크게 패하여 달아나고 동오의 군사가 크게 이기니, 오왕 손권은 서성에게 많은 상을 하사했다.

한편, 장요는 허도로 돌아갔으나 정봉의 화살에 맞았던 상처가 악화하여 죽었다. 조비는 슬퍼하며 그를 성대히 장사지내주었다.

조자룡은 군사를 거느리고 양평관에서 나와 진격 중에, 승상(제갈공명)의 서신을 받았다. 그 서신은 '익주의 늙은 장수 옹개雍礚가 남만왕 맹획과 결탁하여 오랑캐 군사 10만 명을 일으켜 네 군으로 쳐들어와서 노략질하니, 마초에게 양평관을 맡겨 굳게 지키게 하고, 조자룡은 즉시 회군하라. 승상이 몸소 남만을 칠 작정이라'는 내용이었다.

이에 조자룡은 급히 군사를 거두어 돌아오니, 이때 공명은 성도에서 모든 군사들을 일으키고 친히 남만을 칠 준비를 서두르고 있었다.

동쪽 오가 북쪽 위와 싸우더니

이번엔 서쪽 촉과 남쪽 오랑캐가 싸우는 걸 본다.

方見東吳敵北魏

又看西蜀戰南蠻

장차 승부는 어떻게 날 것인가.

제87회

승상은 남쪽 오랑캐를 치려고 크게 군사를 일으키고
만왕은 천자의 군사에 항거하다가 처음 결박을 당하다

제갈승상諸葛丞相이 성도에 있으면서 크고 작은 일을 다 친히 결재하니, 동천과 서천의 백성은 각기 태평을 즐겼다. 밤에도 문을 닫지 않고 길에 떨어진 물건을 줍지 않았다. 더구나 다행히 해마다 크게 풍년이 들어서 노인과 아이들은 배불리 먹고 노래하고, 혹 부역賦役이라도 있으면 장정들은 서로 다투듯이 나와서 거뜬히 해치웠다.

그래서 군수軍需와 모든 무기와 여러 물자까지도 완전히 갖춰지고, 창고마다 곡식은 가득히 쌓이고 부고府庫의 재정은 충만했다.

건흥建興 3년에 익주로부터 급한 보고가 들이닥쳤다.

"남만왕 맹획이 크게 만병蠻兵 10만 명을 일으켜, 경계를 침범하고 약탈함에, 건녕建寧 태수 옹개는 바로 한조漢朝 십만후什萬侯 옹치雍齒의 후손이건만 맹획과 내통하고 모반했습니다. 장가군牂柯郡 태수 주포朱褒와 월준군越雋郡 태수 고정高定 두 사람도 항복하여 성을 바치고, 다만 영창군永昌郡 태수 왕항王伉이 항복하지 않고 있는 실정입니다. 지금 옹개·주포·고정 세 사람의 부하 군사들은 다 맹획을 안내하는 길잡이가 되어 영창군을 공격하니, 왕항이 공조功曹 여개呂凱와 함께 백성들을 데리고 죽기를 각오하고 영창성永昌城을 지키고 있습니다."

참으로 급한 보고였다.

공명은 조정에 들어가서 후주께 아뢴다.

"신이 보건대, 남쪽 오랑캐들이 복종하지 않는 것은 실로 국가의 큰 걱정입니다. 사태가 이러한즉, 신은 마땅히 대군을 거느리고 가서 토벌하리다."

후주는 묻는다.

"동쪽에는 손권이 있고 북쪽에는 조비가 있는데, 상부가 짐朕을 버리고 떠나간 사이에, 오나 위가 쳐들어오면 어쩐단 말이오?"

공명이 대답한다.

"동오는 우리와 우호를 맺은 지 얼마 안 되니 딴생각을 품지 않을 것이며, 만일 딴생각을 품을지라도 이엄李嚴이 백제성白帝城에서 버티고 있으니, 가히 육손을 대적해낼 것입니다. 또 조비는 이번에 패하여 날카로운 기상을 이미 잃었으니 멀리 있는 이곳을 능히 도모하지 못할 것이며, 또 마초馬超가 조자룡을 대신하여 한중의 모든 요소를 지키고 있으니 염려하실 것 없습니다. 더구나 신이 관흥關興과 장포張苞 등에게 군사를 나눠주어 일단 유사시에는 형편 보아 대처하라고 지시했으니, 그들이 폐하를 호위하는 데 결코 실수가 없을 것입니다. 신은 이제 먼저 떠나가서 남쪽 오랑캐들을 소탕하고 그러한 후에 북쪽 중원을 쳐서 천하를 평정하고, 선제께서 옛날에 신을 초려草廬로 세 번이나 찾아주신 은혜와 신에게 폐하를 맡기신 그 중책에 보답하리다."

"짐은 나이가 어리고 아는 것이 없으니, 상부는 모든 일을 잘 짐작해서 행하시오."

반열 가운데서 한 사람이 나서며 말한다.

"그래서는 안 됩니다!"

사람들이 보니, 그는 바로 남양南陽 땅 출신으로 성명은 왕연王連이요 자는 문의文儀이며 벼슬은 간의대부諫議大夫였다.

왕연이 간한다.

"남방은 불모의 땅이며 괴질이 들끓는 곳입니다. 가장 중대한 책임을 혼자서 도맡아 보는 승상이 몸소 먼 곳을 원정한다는 것은 마땅한 일이 아닙니다. 더구나 옹개 등은 한낱 옴[癬疾] 정도에 불과하니, 승상은 유능한 장수 한 사람을 시켜서 토벌해도 반드시 성공하리다."

공명이 타이른다.

"남만은 너무나 멀어서 왕의 교화를 입지 못했기 때문에 그들을 복종시키기란 여간 어려운 일이 아니오. 그러므로 내가 마땅히 가야만 혹은 강하게 혹은 부드럽게 그들을 지도할 수 있으니, 결코 남에게 맡길 일이 못 되오."

왕연이 거듭거듭 말렸으나 공명은 끝내 듣지 않고, 이날 후주께 하직 인사를 하고 장완蔣琬을 참군으로, 비의費禕를 장사長史로, 동궐董厥과 번건樊建 두 사람을 연리椽吏로 삼고, 조자룡과 위연 두 사람을 대장으로 삼아 모든 군사를 통솔하게 하였다. 그리고 왕평王平과 장익張翼을 부장副將으로 삼고 아울러 양천 장수 수십 명과 군사 50만 명을 일으켜 익주를 향해 출발하였다.

행군하는 도중이었다. 관운장의 셋째 아들 관삭關索이 와서 군중의 공명을 뵙고 말한다.

"형주가 함락된 이후, 난을 피해 포가장鮑家莊에서 병을 치료하던 동안에도 생각만은 늘 서천으로 가서 선제(유현덕)를 뵙고 원수를 갚고 싶었으나, 싸우다가 창에 찔린 상처가 쉬 낫지 않아서 능히 행보를 못하던 중 요즘에야 겨우 상처가 아물어서 동오에 있는 원수를 갚으려고 알

군사를 일으켜 남만의 맹획 정벌에 나서는 공명(오른쪽 위의 마차 안)

아보니, 그 동안에 모든 원수는 다 죽음을 당했다고 하더이다. 그래서 폐하를 뵈러 서천으로 가다가, 도중에서 마침 남쪽을 치러 가는 군사를 만나 특히 승상을 뵈러 왔습니다."

공명은 관삭의 말을 듣자, 지난 일이 생각나서 길게 탄식하고, 사람을 조정으로 보내어 보고하는 한편, 관삭을 전부前部 선봉으로 삼아 함께 남쪽으로 행군한다.

50만 대군은 각기 대오隊伍에 의해서 행군하는데, 배고프면 먹고 목마르면 마시고 밤이면 야영하고 새벽이면 떠나가되, 지나는 곳마다 백성의 물건이면 쌀 한 톨도 노략질하지 않았다.

한편, 옹개는 공명이 몸소 대군을 거느리고 온다는 보고를 듣자마자 고정 · 주포와 함께 상의하고 세 방면으로 군사를 나누어 막기로 했다.

이에 고정은 중간 길을 맡고 옹개는 왼쪽 길을 맡고 주포는 오른쪽 길을 맡아, 각기 군사 5, 6만 명씩을 거느리고 촉군과 싸우러, 3로路로 떠나간다. 고정은 악환鄂煥을 선봉으로 삼았다. 악환은 키가 9척이고 얼굴은 추악한데, 특히 방천극方天戟을 잘 쓰며 만 명도 대적할 수 있는 용사였다. 악환은 본부 군사를 거느리고 큰 영채를 떠나 전진한다.

한편, 공명은 대군을 거느리고 익주 경계에 이르렀다. 전부 선봉 위연과 부장 장익과 왕평이 경계 안으로 들어서자, 바로 악환의 군사와 만나 서로 진을 둥그렇게 벌였다.

위연이 말을 달려 나가면서 크게 꾸짖는다.

"반역한 놈아, 빨리 나와서 항복하라!"

악환이 말에 박차를 가하고 달려와 싸운 지 수합에 위연은 패한 체하고 달아난다.

악환이 위연을 뒤쫓아 몇 리쯤 갔을 때였다. 홀연 함성이 크게 진동하면서 장익과 왕평이 두 방면으로부터 내달아와 악환의 뒷길을 끊었다. 달아나던 위연도 되돌아와서 두 장수와 함께 힘을 합쳐 악환을 냉큼 사로잡아 공명이 있는 대채로 끌고 갔다.

공명은 악환의 결박을 풀어주게 하고 술과 음식을 대접하며 묻는다.

"너는 누구의 부하냐?"

"저는 고정 수하의 부장이올시다."

"내가 알기로 고정은 충의 있는 사람인데, 이번에 옹개에게 혹하여 본의 아닌 일을 저질렀음이라. 그러므로 특별히 너를 돌려보내줄 테니 고태수高太守(고정)에게 가서 '속히 항복하여 큰 불행을 면하라'고 권하여라."

악환은 공명에게 절하며 감사하고 돌아갔다.

그는 돌아가는 즉시로 고정에게 공명의 덕을 칭송했다. 고정도 살아 돌아온 수하 장수를 보니, 또한 감격하지 않을 수 없었다.

이튿날, 옹개가 고정의 영채에 와서 묻는다.

"사로잡혀갔던 악환이 어떻게 돌아왔느냐?"

"제갈양이 의리로써 돌려보냈다오."

옹개가 말한다.

"제갈양이 반간계反間計를 쓰는 것이니, 우리 두 사람 사이를 이간시키려는 수작이오."

고정은 반신반의하고 마음속으로 주저하는데, 수하 사람이 들어와서 고한다.

"지금 촉장이 와서 싸움을 겁니다."

옹개는 몸소 군사 3만 명을 거느리고 나가서 싸운 지 수합에 말 머리를 돌려 달아나니, 위연이 군사를 거느리고 20여 리를 뒤쫓아가며 적군을 마구 무찔렀다.

이튿날, 옹개는 다시 군사를 거느리고 와서 싸움을 거는데, 공명은 그날로부터 연 3일 동안 장수를 내보내지도 않고 싸움에도 응하지 않았다.

4일째 되던 날, 옹개와 고정은 군사를 나누어 거느리고 두 방면에서 촉蜀의 영채를 치러 온다.

이때 공명은 이미 위연으로 하여금 군사를 두 방면 길에 나누어 매복시키도록 한 뒤였다. 두 방면의 복병들이 보니, 과연 옹개와 고정이 각각 나뉘어 온다. 두 방면의 복병들은 일제히 나타나 적군을 에워싸고 마구 무찔러 거의 반이나 살상하고, 적군을 무수히 사로잡아 대채로 끌고 와서 옹개의 군사와 고정의 군사를 각각 따로 감금했다.

공명은 군사 몇 사람을 시켜 그들에게 헛소문을 퍼뜨렸다.

"고정의 군사는 살려주고 옹개의 군사는 모조리 죽여버린다네!"

어느새 소문은 퍼져 감금당한 포로들도 다 듣고 알게 됐다.

공명은 옹개의 군사들만 장막 앞으로 끌고 오라 하여 묻는다.

"너희들은 누구의 부하냐?"

옹개의 군사들은 거짓말을 한다.

"저희들은 고정의 부하입니다."

공명은 그들을 죽이지 말게 하고 술과 음식을 주고, 사람을 시켜 그들을 경계로 전송해서 돌려보냈다.

공명은 이번엔 고정의 군사를 데려오라 하여 묻는다.

"너희들은 누구의 부하냐?"

모두가 고한다.

"우리들이야말로 진짜 고정의 부하입니다."

공명은 또한 그들을 죽이지 말게 하고 술과 음식을 대접하며, 일부러 음성을 높인다.

"오늘 옹개가 사람을 보내어 항복할 뜻을 알려왔는데, 너희들의 주인 고정과 주포의 목을 베어 나에게 바치고 공로를 삼겠다 하더라. 그러나 내 어찌 그런 잔인한 짓을 허락할 수 있으리요. 더구나 너희들은 고정의 부하 군사라. 내 너희들을 돌려보내니 앞으로는 결코 배반하지 마라. 너희들이 다시 잡혀오는 날에는 용서하지 않으리라."

포로들은 절하며 감사해하고 돌아가서, 듣고 온 바를 고정에게 소상히 보고했다. 이에 고정은 내막을 알아오도록 첩자를 옹개의 영채로 보냈다.

첩자가 가보니, 촉군에게 붙들려갔다가 살아 돌아온 군사들이 공명의 큰 덕을 칭송한 때문에, 옹개의 군사들은 거개가 고정에게 귀순할 뜻이 있었다.

첩자는 돌아와서 그 실정을 보고했다. 그러나 고정은 불안해서 이번에는 다른 첩자 한 사람을 공명의 영채로 보냈다. 즉 그 허虛와 실實을 탐지해오라는 것이었다.

그 첩자는 숨어서 들어가다가, 매복하고 있던 촉군에게 붙들려 공명에게로 끌려왔다. 공명은 '고정의 첩자를 옹개의 부하로 잘못 안 듯이 하라' 하고, 장막 안으로 불러들였다.

"너의 주인 옹개는 고정과 주포의 목을 베어 바치겠다고 하더니, 어째서 기일을 지키지 않는다더냐! 너는 그런 자세한 것도 모르면서 어떻게 첩자 노릇을 하느냐?"

그 첩자는 얼떨떨해서 대답을 어물어물 얼버무렸다.

공명은 술과 음식을 내주고, 밀서 한 통을 써서 첩자에게 준다.

"네 이 밀서를 옹개에게 갖다 주고 '속히 손을 쓰되 일을 망치지 말라' 하여라."

첩자는 공명에게 절하고 떠나, 돌아가서 고정에게 밀서를 바쳤다.

"실은 옹개가 주인 어른과 주포 어른을 죽이기로 공명에게 언약까지 했답디다."

고정은 밀서를 읽고 불같이 화를 내며,

"내 진심으로 대했거늘, 옹개 놈이 도리어 나를 죽이려 들다니, 이건 정리情理로도 용납할 수 없다!"

즉시 악환을 불러 상의한다.

악환이 말한다.

"공명은 참으로 어진 분입니다. 그런 어진 분을 배반하면 이롭지 않습니다. 우리가 모반하고 악한 일을 하게 된 것도 따지고 보면 다 옹개 때문이니, 차라리 그놈을 죽이고 공명에게 투항하십시오."

"어떻게 하면 그놈을 죽일 수 있을까?"

"잔치 자리를 차리고 옹개를 초청하십시오. 그가 딴마음이 없다면 태연히 올 것입니다. 만일 오지 않으면, 반드시 딴생각을 품고 있다는 증거입니다. 그때 옹개의 영채를 정면으로 공격하십시오. 제가 영채 뒤 소

90

로小路에서 기다리면, 옹개를 가히 사로잡을 수 있습니다."

고정은 머리를 끄덕이며 즉시 잔치를 차리고, 사람을 보내어 옹개를 초청했다. 그러나 옹개는 지난날 공명의 영채에 붙들려갔다가 석방되어 돌아온 군사들에게 들은 말이 있었던지라 불안해서 고정에게로 가지 않았다.

그날 밤, 고정은 마침내 군사를 거느리고 옹개의 영채로 쳐들어갔다.

원래 공명에게서 석방되어 돌아왔던 옹개의 군사들은 고정을 덕 있는 사람이라고 생각했기 때문에, 싸움이 벌어지자 도리어 고정 편을 도우니 싸울 것도 없이 저절로 무너진다.

사태가 불리해지자, 옹개는 말을 달려 산길로 달아난다. 옹개가 두 마장도 못 갔을 때였다. 문득 북소리가 요란하게 일어나면서 한 떼의 군사가 나타나 앞을 가로막는다. 옹개가 놀라서 보니 악환이었다.

악환은 방천극을 휘두르며 말을 달려와 내리치니, 옹개는 미처 손쓸 사이도 없이 피투성이가 되어 말 아래로 떨어진다. 악환은 순간 옹개의 목을 선뜻 베었다. 이날 밤, 옹개의 군사는 모두 고정에게 항복했다. 고정은 자기 군사와 옹개의 군사를 거느리고 공명에게 가서 항복하고, 옹개의 목을 장막 아래에 바쳤다.

공명이 높은 자리에 앉아 좌우 군사들에게 호령한다.

"저놈을 끌어내어 목을 베어오너라."

고정에게는 너무나 청천 벽력이었다.

"제가 승상의 큰 은혜에 감격하여 옹개의 목을 가지고 와서 항복하는데, 어째서 죽이려 하십니까?"

공명이 껄껄 웃는다.

"네가 거짓 항복으로 감히 나를 속일 성싶으냐?"

"제가 거짓 항복을 하다니, 승상은 무슨 증거라도 있나이까?"

공명은 문갑 속에서 서신을 한 통 꺼내어 고정에게 준다.

"이 서신을 보아라. 주포가 이미 항복하는 서신을 비밀리에 보내왔다. 그 내용은 너와 옹개가 생사를 함께하기로 맹세한 사이라던데, 네가 어찌 하루아침에 옹개를 죽일 수 있으리요. 그러므로 너의 항복이 거짓임을 아노라."

고정은 억울했다.

"주포가 반간계를 쓴 것이니, 승상은 결코 그 말을 믿지 마소서."

"물론 나도 한 쪽 말만 믿는 것은 아니다. 네가 주포를 잡아라도 와야만, 내가 너의 참뜻을 알 수 있지 않겠느냐."

"승상은 의심 마소서. 제가 주포를 잡아다가 승상께 보여드리면 어떻겠습니까?"

"그렇게 한다면야 의심하지 않으리라."

이에 고정은 부장 악환과 함께 자기 군사를 거느리고, 주포의 영채를 치러 가는데, 목적지까지 한 10리쯤 남겨둔 곳에 이르렀을 때였다. 산 뒤에서 한 떼의 군사가 몰려온다. 자세히 보니 바로 주포였다.

주포는 고정이 군사를 거느리고 오는 것을 보자 반가이 맞이하려 한다.

고정이 화를 내며 꾸짖는다.

"이놈! 네가 제갈승상께 서신을 보내어 반간계로 나를 죽이려 했지. 그냥 둘 수 없다!"

주포는 무슨 영문인지를 몰라 바보처럼 눈만 끔벅인다. 어느새 악환이 뒤로 돌아가 단번에 방천극으로 후려치니 주포는 말 아래로 떨어져 죽는다.

고정이 소리친다.

"복종하지 않는 자는 모조리 쳐죽일 테다!"

이에 주포의 군사는 일제히 절하고 항복했다. 고정은 자기 군사와 항복한 군사를 거느리고 돌아가서 공명에게 주포의 머리를 바쳤다.

공명은 크게 웃으며,

"내가 너에게 두 역적을 죽이게 한 것은, 너의 충성을 드날리게 함이라."

하고 드디어 고정을 익주益州 태수로 임명하여 삼군을 통치하라 하고, 악환을 아장牙將으로 삼았다.

이리하여 3로의 반란군이 다 평정되자, 영창永昌 태수 왕항은 성에서 나와 공명을 영접한다.

공명은 영창성에 들어가서 묻는다.

"누가 귀공과 함께 지켜 이 성의 위기를 모면하게 했는지요?"

왕항은 대답한다.

"이번에 영창군이 위기를 모면한 것은, 영창군 불위현不韋縣 출신인 여개의 힘이니, 그의 자는 계평季平이라 합니다."

공명이 초청하니, 여개는 들어와서 절하고 뵙는다.

공명이 묻는다.

"이곳 영창에 높은 선비가 있다는 소문을 오래 전부터 들었더니, 이번에 영창성이 유지된 것도 다 귀공의 힘이었구려. 내 이제 남만을 평정할 생각이니, 귀공은 좋은 의견을 말해주시오."

여개가 지도 하나를 꺼내어 바친다.

"저는 이곳에서 벼슬을 살게 된 후로, 남방 사람들이 반란할 뜻이 있음을 안 지가 오랩니다. 그래서 사람을 비밀리에 남만으로 들여보내어 군사를 주둔시킬 만한 곳과 싸움하기에 유리한 곳을 조사시켰습니다. 마침내 지도를 만들고 이름을 「평만지장도平蠻指掌圖」라 했습니다. 이제 감히 승상께 바칩니다. 한번 보시면 남만을 토벌하는 데 혹 도움이 될까 합니다."

공명은 희색이 되어 곧 여개를 행군교수行軍教授 겸 향도관嚮導官(길

안내관)으로 삼았다. 그리고 친히 군사를 거느리고 남쪽 오랑캐 영역으로 깊이 들어갔다.

그런 참에 수하 장수가 고한다.

"천자께서 보내신 칙사가 왔습니다."

공명이 그 칙사를 데려오라 하여 보니, 한 사람이 흰 도포에 흰옷을 입고 들어오는데 바로 마속馬謖이었다. 마속은 그의 형 마양이 그간 세상을 떠났기 때문에 상복을 입고 온 것이다.

마속은 어명을 전한다.

"주상 폐하의 칙명을 받들어 가지고 온 술과 포목을 모든 군사들에게 하사하시오."

공명은 어명대로 술과 포목을 군사들에게 나눠준 다음, 마속을 장중에 머물게 하고 묻는다.

"내 천자의 어명을 받들고 남쪽 오랑캐를 토벌하러 왔으나, 좋은 방도가 없음이라. 오래 전부터 듣자 하니 유상幼常(마속의 자)은 평소에 지견이 출중하다던데, 바라노니 나를 지도하시오."

마속은 대답한다.

"어리석은 소견이나마 한 가지 드릴 말씀이 있으니 승상은 살펴십시오. 원래 남만은 중국과 거리가 멀고 산이 험하기 때문에, 그것만 믿고서 복종하지 아니한 지가 오래입니다. 비록 오늘날 그들을 격파할지라도 내일이면 또다시 배반할 것입니다. 승상께서 이번에 대군을 거느리고 가시면 반드시 그들을 평정할 것이나, 회군하는 날에는 반드시 북쪽 조비를 쳐야 하니, 만병蠻兵들이 이런 실정을 아는 날에는 그 배반하는 태도도 매우 빠를 것입니다. 대저 군사를 쓰는 데는 적의 마음을 공격하는 것이 상책이고 적의 성城을 공격하는 것은 하책이며, 마음으로 싸우는 것이 상책이고 군사로 싸우는 것은 하책입니다. 바라건대 승상은 남만의 마음만 복종시키면 그것으로써 충분합니다."

공명은 감탄한다.

"유상은 내 마음을 환히 아는도다."

이에 공명은 마속을 참군으로 삼아 대군을 거느리고 전진하였다.

한편, 남만왕 맹획은 공명이 지혜로 옹개 등을 격파했다는 보고를 듣고, 마침내 세 동천洞天의 원수元帥를 소집했다.

제1동洞은 금환삼결金環三結 원수, 제2동은 동도나董荼那 원수, 제3동은 아회남阿會喃 원수였다.

세 동천의 원수들이 모이자, 맹획은 말한다.

"이제 제갈승상이 대군을 거느리고 와서 우리 접경을 침범하는지라, 우리는 힘을 합쳐 그들과 싸우지 않을 수 없다. 그러니 너희들 셋은 각기 군사를 거느리고 세 방면으로 출발하라. 만일 이기는 자가 있으면 그를 동주洞主로 삼으리라."

이에 금환삼결은 가운뎃길로 나아가고 동도나는 왼쪽 길로 나아가고 아회남은 오른쪽 길로 나아가니, 그들은 각기 만병 5만 명씩을 거느렸다.

한편, 공명은 영채에서 앞으로 할 일을 상의하는데, 탐마군이 급히 말을 달려와서 보고한다.

"3동의 원수들이 각기 군사를 나눠 거느리고 세 방면의 길로 나뉘어 오고 있습니다."

공명은 보고를 듣자, 곧 조자룡과 위연을 불러들이기만 하고 아무 분부도 내리지 않는다. 다시 왕평과 마충馬忠을 불러들여 분부한다.

"이제 만병이 세 길로 나뉘어 온다 하니, 내 조자룡과 위연을 보내고 싶으나, 이 두 사람은 이 일대의 지리를 모르는지라 쓰고 싶어도 쓸 데가 없다. 그러니 왕평은 왼쪽 길로 가서 적군을 맞이하고, 마충은 오른쪽 길로 가서 적을 맞이하여라. 내 나중에 조자룡과 위연을 보내어 너희들의 뒤를 돕게 하마. 오늘은 군사와 말을 정돈하고 내일 새벽에 떠나도록 하여라."

왕평과 마충은 분부를 받고 물러갔다.

공명은 또 장의張嶷와 장익을 불러들여 분부한다.

"너희 두 사람은 함께 1대의 군사를 거느리고 중간 길로 가서 적군을 맞이하되, 오늘은 군사와 말을 점검하고 내일 왕평 · 마충과 함께 출발하여라. 조자룡과 위연을 보내고 싶으나 두 사람이 다 지리를 모르므로 쓸 수가 없다."

장의와 장익은 분부를 받고 물러갔다.

조자룡과 위연은 공명이 자기들을 쓰지 않는 것에 대해 각기 분노했다.

그제야 공명은 말한다.

"내 그대들 두 사람을 쓰고 싶지만, 그 나이로 험한 곳에 들어갔다가 오랑캐들의 계책에 걸려들기라도 한다면, 우리 군사의 전체 사기가 꺾일까 두려워서 보내지 않노라."

조자룡이 묻는다.

"만일 우리 두 사람이 지리를 안다면 어쩌겠소."

"그대들 두 사람은 그저 조심하고 함부로 움직이지 말라."

조자룡과 위연은 잔뜩 불쾌해서 물러갔다.

조자룡은 위연을 자기 영채로 데리고 가서 상의한다.

"우리 두 사람이 선봉이 됐는데, 지리를 모른다 하여 쓰지 않고 도리어 후배들을 보내니, 우리가 이 무슨 꼴이오!"

위연은 대답한다.

"우리가 당장 말을 타고 염탐해 들어가다가, 토인土人 한 명을 사로잡아 길잡이를 시키면 되지 않소? 그리고 수하 군사를 거느리고 나아가서 만병을 만나는 대로 무찌르면, 큰일을 성공시킬 수 있소."

조자룡은 즉시 찬성하고, 말을 달려 위연과 함께 중간 길로 나아가, 불과 몇 리쯤 갔을 때였다. 멀리 저편에서 먼지가 크게 일어나는 것이 바라보인다.

두 사람이 산 위에 올라가 바라보니, 과연 만병 수십 명이 말을 타고 껑충껑충 달려오고 있었다. 조자룡과 위연이 길 양쪽에 숨었다가 일제히 내달으니, 만병은 깜짝 놀라 달아난다. 조자룡과 위연은 달아나는 만병을 손쉽게 몇 사람씩 사로잡아 영채로 돌아와서, 술과 밥을 대접하고 실정을 자세히 물었다.

만병은 고한다.

"맞바라보이는 곳으로 곧장 가면 산기슭에 금환삼결 원수의 대채가 있고, 그 대채에서 동쪽 서쪽으로 뻗은 두 길은 바로 오계동五溪洞과 동도나, 아회남의 각 영채 뒤로 통합니다."

조자룡과 위연은 그 말을 듣자, 즉시 군사 5천 명을 일으켜 만병들을 길잡이로 세우고 출발하니 이때가 밤 2경이다. 달은 밝고 별은 보석을 뿌린 듯 반짝인다.

그들이 금환삼결의 대채에 육박했을 때는 4경 무렵이었다. 그제야 만병들은 일어나 밥을 짓고, 날이 새면 싸우러 가기 위해 준비를 서두르는데, 홀연 조자룡과 위연이 양쪽 길에서 쳐들어와 마구 무찌르니, 오랑캐 영채는 일대 혼란에 빠졌다.

조자룡은 바로 중군中軍으로 달려들어가다가 바로 금환삼결 원수와 만났다. 달려들어 싸운 지 불과 1합에 창으로 금환삼결을 찔러 말 아래로 거꾸러뜨리고 그 목을 선뜻 베어 찍어 올리니, 나머지 만병들은 일제히 무너져 흩어진다.

위연은 군사의 반을 나눠 거느리고 동쪽 길로 동도나의 영채를 엄습하러 가고, 조자룡은 남은 군사 반을 거느리고 서쪽 길로 아회남의 영채를 무찌르러 갔다. 두 사람이 각기 만병의 영채로 쳐들어갔을 때는 날이 다 밝았다.

이리하여 위연이 오랑캐의 영채로 쳐들어가니, 동도나는 영채 뒤에서 촉군이 쳐들어오는 것을 알고 즉시 군사를 거느리고 나와서 막는데, 홀연 영채 앞쪽에서도 함성이 크게 일어나면서 만병들이 갈팡질팡하니, 이는 왕평의 군사가 이미 들이닥친 때문이었다.

영채 앞뒤로 협공을 당한 만병들은 크게 패한다. 동도나가 길을 빼앗아 달아나자, 위연은 더 이상 쫓지 않았다.

한편, 조자룡이 군사를 거느리고 아회남의 영채 뒤를 쳤을 때는, 마충이 이미 군사를 거느리고 와서 영채 앞쪽을 공격하던 중이었다. 앞뒤로 협공을 당한 만병들은 크게 패하고, 아회남은 혼란한 틈을 타서 빠져 달아났다.

이에 조자룡과 위연은 각기 군사를 거두고 서로 만나, 함께 돌아와서 공명을 뵈었다. 공명은 묻는다.

"세 동의 만병들 중에서 두 동의 주인이 달아났다면, 금환삼결의 머리는 어디에 있느냐?"

조자룡이 금환삼결의 머리를 바치자 모두가 고한다.

"동도나와 아회남은 다 말을 버리고 산을 넘어 달아났으므로 뒤쫓지 못하고 왔습니다."

공명은 크게 웃는다.

"그 두 사람도 내가 이미 사로잡았으니 염려 말라."

조자룡, 위연과 모든 장수들은 그 말이 믿어지지가 않았다. 그런데 잠시 후에 장의는 동도나를, 장익은 아회남을 이끌고 돌아왔다. 그제야 모든 사람들은 영문을 몰라서 놀란다.

공명은 말한다.

"내 여개에게서 받은 지도를 보고, 그들이 영채를 세운 곳을 이미 알고 있었노라. 그러므로 조자룡과 위연을 일부러 격분시켜 적의 요지로 깊이 들어가게 하여 먼저 금환삼결을 격파하고, 군사를 나누어 적의 좌우 영채 후방으로 나갈 것을 알았기 때문에 왕평과 마충을 보내어 호응하게 한 것이니, 조자룡과 위연이 아니면 이 일을 감당할 사람이 없었음이라. 나는 또 동도나와 아회남이 필시 산길로 달아날 것을 짐작했기 때문에 장의와 장익을 미리 보내어 매복시키고, 관삭에게 군사를 주고 가서 돕게 하여 저 두 오랑캐를 잡았노라."

모든 장수들은 절하며 칭송한다.

"승상의 작전은 귀신도 측량하지 못하리다."

공명은 동도나와 아회남을 장하로 끌어오라 하여, 그 결박을 다 풀어주고 술과 음식과 의복을 주며 타이른다.

"너희들은 각각 너희 동천으로 돌아가되 다시는 악한 자를 돕지 말라."

이에 두 오랑캐는 감격의 눈물을 흘리며 절하고 돌아갔다.

공명은 모든 장수들에게,

"내일은 맹획이 친히 군사를 거느리고 공격해올 테니, 그때에 사로잡으리라."

하고 조자룡과 위연을 불러 계책을 일러주며 군사 5천 명을 주어 떠나 보내고, 또 왕평과 관삭을 불러 계책을 일러주며 군사를 주어 떠나 보냈다. 공명은 모든 조처를 취한 뒤에, 자리에 조용히 앉아 기별이 오기만 기다린다.

한편, 만왕 맹획은 장막 안에 앉아 있는데 홀연 탐마군이 말을 달려와서 고한다.

"3동의 원수들은 다 공명에게 붙들려갔고, 부하 군사들은 흩어져 달아났습니다."

맹획은 불같이 노하여, 드디어 만병을 일으켜 거느리고 출발, 굽이굽이 돌아가다가 바로 왕평의 군사를 만나 서로 둥그렇게 진을 벌이고 전투 태세로 들어갔다.

왕평이 칼을 비껴 들고 말을 달려 나와서 바라보니, 저편 문기門旗가 젖혀지는 곳에 말을 탄 오랑캐 장수 수백 명이 양쪽으로 늘어서 있었다. 그 한가운데에서 맹획이 말을 타고 나오는데, 머리에는 보석을 박은 자금관紫金冠을 쓰고, 몸에는 구슬을 주렁주렁 단 홍금포紅錦袍를 입고, 허리에는 연옥사자대爵玉獅子帶를 띠고, 발에는 응취말록화鷹嘴抹綠花를 신고, 곱슬털 적토마를 타고, 두 자루 송문양보검松紋釀寶劍을 양쪽에 차고, 머리를 오만히 들고 둘러보다가 좌우 오랑캐 장수에게 묻는다.

"사람들이 늘 말하기를 제갈양은 군사를 잘 쓴다 하더니, 이제 적진을 본즉 정기는 난잡하고 대오는 뒤죽박죽이며, 칼과 창과 무기도 우리 것보다 나은 것이 없으니, 내 비로소 지난날에 들은 말이 다 거짓임을 알겠다. 진작 이런 줄 알았더라면, 내 좀더 일찍이 반란을 일으켰을 것이다. 자, 그럼 누가 가서 촉장을 사로잡고 우리 군사의 위력을 과시할 테냐?"

말이 끝나기도 전에 한 장수가 응낙하고 선뜻 나오니, 그의 이름은 망아장忙牙長이었다. 그가 큰 칼을 잡고 황표마黃驃馬를 달려 나와서, 어우러져 싸운 지 수합에 왕평이 달아난다.

이에 맹획은 크게 군사를 휘몰아 왕평을 뒤쫓는다. 관삭도 약간 싸우다가, 또한 말 머리를 돌려 약 20여 리 밖으로 후퇴하니, 맹획은 신이 나서 추격한다. 홀연 함성이 크게 일어나더니 왼쪽에서는 장의가, 오른쪽에서는 장익이 군사를 거느리고 두 방면에서 일제히 쏟아져 나와 맹획이 돌아갈 길을 끊었다. 그제야 달아나던 왕평과 관삭도 군사를 거느리고 되돌아와서 맹획을 앞뒤로 협공하며 마구 무찌른다.

이에 만병이 대패하는지라. 맹획은 부장을 거느리고 싸워 겨우 죽음에서 벗어나자, 금대산錦帶山을 바라보고 달아나는데, 세 방면에서 촉군이 추격하며 마구 무찌른다.

맹획은 정신없이 달아나는데, 함성이 크게 일어나며 한 떼의 군사가 나타나 앞을 가로막으니, 맨 앞에 선 장수는 바로 상산 조자룡이었다.

맹획은 기겁 초풍을 하고 황망히 금대산 소로로 달아나니, 조자룡이 한바탕 시살하여 만병은 크게 패하고, 사로잡힌 자만도 무수했다.

맹획은 겨우 기병 10여 명만 거느리고 산골짜기 속으로 달려들어간다. 뒤에서 추격하는 촉군은 점점 가까워오고, 앞은 길이 좁아서 말이 더 이상 갈 수 없다. 이에 맹획은 말을 버리고 산을 엉금엉금 기어 넘어서 달아난다. 이젠 위기를 모면했나 보다고 생각하는데, 홀연 골짜기에서 북소리가 요란스레 일어나며 이번에는 위연이 군사를 거느리고 내달아 나온다.

원래 위연은 공명의 계책을 받고, 군사 5백 명을 거느리고 미리 이곳에 매복해 있었던 것이다. 기진맥진한 맹획은 더 어쩔 도리가 없어 위연에게 사로잡히니, 따르던 만병들도 모두 항복했다. 이에 위연은 맹획을 결박지어 대채로 돌아와서, 공명에게 보고한다.

이때 공명은 이미 소와 말을 잡아 영채 안에 잔치를 준비하고, 장중에는 의장병儀仗兵을 일곱 겹이나 둘러세웠다. 그들이 잡고 있는 칼과 창과 극戟은 서릿발처럼 번쩍이고, 또 어사御賜하신 황금 부斧와 월鉞, 굽은 자루[柄] 산개傘蓋를 내세우고 날개로 장식한 북과 소라를 울리고 좌우로 어림군을 벌여 세우니, 참으로 엄숙하고 빈틈이 없었다.

이윽고 공명이 장상에 나와 단정히 앉으니, 결박당한 만병들이 무수히 끌려 들어온다. 공명은 그들을 다 장중으로 불러들여, 그 결박을 풀

제갈양에게 처음으로 결박당한 맹획

어주게 하고 위로하며 타이른다.

"너희들은 선량한 백성들이건만 불행히도 맹획에게 강제로 징집당하여, 이제 이렇듯 놀라게 됐구나. 내 생각건대 너희들의 부모 형제 처자들은 문에 기대어 너희들이 돌아올 때를 몹시 기다리다가, 싸움에 크게 패했다는 소식을 들으면 반드시 애간장이 끊어지는 듯하고 피눈물을 흘리리라. 내 이제 너희들을 다 돌려보내니, 각기 집으로 돌아가서 부모 형제 처자들을 안심시켜라."

말을 마치자 그들에게 각각 술과 음식과 곡식을 주어 돌려보내니, 만병들은 감격한 나머지 울며 절하고 돌아간다.

그런 뒤에 공명은 무사들을 불러 맹획을 데리고 들어오도록 분부한다. 무사들은 결박지은 맹획을 이끌고 덜미를 잡고 들어와서 장하에 꿇어앉힌다.

공명은 묻는다.

"선제(유현덕)께서 너희들을 박대하지 않으셨는데, 어찌 감히 반역했느냐?"

맹획은 대답한다.

"양천(동천과 서천)은 다 다른 사람의 땅이었는데, 너의 주인이 힘만 믿고 강제로 빼앗고 황제라 자칭하지 않았느냐. 나는 대대로 이곳에 살고 있는데, 무례한 너희들이 나의 땅을 침범하면서 어찌 반역이라 하느냐?"

공명은 계속 묻는다.

"내 이제 너를 사로잡았으니, 진심으로 항복하겠느냐?"

"산은 궁벽지고 길이 좁아서, 너의 손에 잘못 걸려들었으니, 내 어찌 기꺼이 복종하리요."

"네가 복종하지 않으니, 내가 너를 놓아 보내면 어쩔 테냐?"

"네가 나를 놓아 보내주기만 한다면, 다시 군사와 말을 정돈하고 승부를 결정하리라. 만일 다시 잡히는 날이면, 그때는 내가 복종하리라."

공명은 즉시 결박을 풀어주며 옷을 주어 갈아입게 하고, 술과 음식에다 말과 안장까지 주어 사람을 시켜 큰길까지 전송했다.

이에 맹획은 자기 영채로 돌아가니,

> 오랑캐 왕이 잡혀왔건만 도리어 놓아 보내고
> 사람이 임금의 덕 밖에 있어 능히 항복하지 않는다.
> 寇入掌中還放去
> 人居化外未能降

맹획이 다시 와서 싸우니, 그 결과는 어찌 될 것인가.

제88회

공명은 노수를 건너가 만왕을 다시 결박하고
거짓 항복함을 알고서 맹획을 세 번째 사로잡다

공명은 맹획을 놓아 보냈다.

모든 장수들이 장상에 올라와 묻는다.

"맹획은 남만의 괴수입니다. 이번에 다행히 사로잡아 남방을 평정했
는데, 승상은 무슨 연고로 그를 돌려보냈습니까?"

공명이 웃는다.

"내 그 사람을 사로잡는 것은 주머니 속 물건을 꺼내는 것보다도 쉬
운 일이다. 그가 진심으로 항복해야만, 남방은 자연히 평정되느니라."

모든 장수들은 그 말을 믿지 않았다.

이날, 맹획은 돌아가다가 노수에 이르렀다. 싸움에 패하고 자기를 찾
아다니는 수하 군사들을 만났다.

모든 만병은 맹획을 보자 반색하며 절하고 묻는다.

"대왕은 어떻게 해서 능히 돌아오십니까?"

맹획은 잘난 체한다.

"서촉 사람들이 나를 장중에 감금했으나, 나는 그들 10여 명을 죽이

고 밤을 이용하여 나왔다. 오는 도중에 한 파발꾼을 만났으나 그놈도 내 손에 죽고, 그 말을 빼앗아 타고 벗어났노라."

모두가 기뻐하며 맹획을 호위하고 노수를 건너 영채를 세우고, 각 동천洞天의 추장들을 소집했다. 계속 석방되어 돌아오는 만병들까지 합치니 거의 10만여 명이었다.

이때 동도나와 아회남은 각기 자기 동천에 들어박혀 있었다. 맹획의 초청을 받은 그들은 겁이 나서 부득이 자기 군사를 거느리고 왔다.

맹획이 말한다.

"나는 이번에 제갈양의 계략을 다 알아왔다. 도저히 그와 직접 싸울 수는 없다. 싸우면 그 음흉한 계책에 말려들게 마련이다. 그러나 그들은 먼 길을 왔기 때문에 몹시 피로한데다 더구나 요즘 날씨가 몹시 더우니 어찌 오래 지탱할 수 있으리요. 우리는 이제 노수의 험한 방어선이 있으니, 배와 뗏목을 모조리 우리가 있는 남쪽 언덕으로 끌어 옮겨놓고 토성土城을 쌓고 구렁을 깊이 파고 성루城壘를 높이고, 다만 제갈양이 무슨 수를 쓰는지 보기만 하리라."

추장들은 맹획이 시키는 대로 배와 뗏목을 모조리 남쪽 언덕으로 옮기고 토성을 쌓는데, 산 옆이나 또는 절벽 곁마다 높이 성루를 세우고 그 위에다 궁노弓弩와 포석砲石을 잔뜩 준비했다. 즉 언제까지고 한없이 버틸 작정이었다. 곡식과 마초는 각 동천에서 공동으로 운반해오기로 했다. 이에 맹획은 스스로 만전지책萬全之策이라 믿고, 태연히 근심하지 않았다.

한편, 공명은 군사를 거느리고 크게 나아간다. 앞서간 전군前軍은 노수에 이르자, 파발꾼을 도로 보내어 공명에게 보고한다.

"노수에는 배나 뗏목이 한 척도 없습니다. 겸하여 물살이 매우 급하며, 저편 언덕 일대에는 토성이 높이 쌓였는데 만병들이 지키고 있습니다. 5월이라 찌는 듯이 더운 때인데, 더구나 남방 땅은 더위가 불처럼 혹심해서 군사들은 갑옷은커녕 옷도 입을 수 없는 실정입니다."

공명은 보고를 받자, 친히 노수 가에 가서 둘러보고 다시 본채本寨로 돌아와 모든 장수들을 장중으로 불러모은 후에,

"이제 맹획이 노수 남쪽에 군사를 주둔하고 구렁을 깊이 파고 성루를 높이 쌓고 우리 군사에 항거하고 있다. 그러나 내가 군사를 거느리고 이곳까지 왔다가, 어찌 그냥 돌아갈 수 있으리요. 너희들은 각각 군사를 거느리고 산 곁에 숲이 무성한 곳을 찾아가서, 함께 휴식하여라."

명령하고, 여개를 노수에서 백 리쯤 떨어진 곳으로 보내어 시원한 곳을 찾아 영채 네 개를 세우게 했다. 왕평·장의·장익·관삭을 보내어 각기 그 영채 하나씩을 지키게 하고, 풀로 시렁[栅]을 엮어 말들에게 그늘을 만들어주고 군사들을 피서시키도록 분부했다.

참군 장완이 가보고 와서 공명에게 묻는다.

"제가 가서 여개가 세운 영채들을 둘러보니 좋지 않더이다. 마치 지난날 선제께서 동오를 치시다가 패하셨던 그 당시와 흡사하게 진영을 벌였습니다. 만병들이 몰래 노수를 건너와 영채를 습격하고 불이라도 지르는 날이면, 어쩌실 요량입니까?"

공명은 웃는다.

"그대는 너무 의심하지 말라. 나에게 묘한 계책이 이미 섰노라."

장완 등은 공명의 뜻을 몰라 하는데, 수하 군사가 들어와서 고한다.

"촉에서 마대馬岱가 폐하의 칙명을 받고 더위 푸는 약과 군량미를 싣고 왔습니다."

공명은 데려오라 하여 마대가 들어와서 하는 절을 받고, 곡식과 약을 모든 영채로 나누어 보내고 나서 묻는다.

"그대는 이번에 군사를 얼마나 거느리고 왔는가?"

106

마대는 대답한다.

"3천 명만 데리고 왔습니다."

"우리 군사가 그 동안 여러 차례 싸움으로 피로하니, 그대의 군사를 좀 쓸까 하노라. 그대는 기꺼이 나아가겠느냐?"

"모두가 다 조정의 군사인데, 피차 무슨 분별이 있겠습니까. 승상께서 필요하시다면 죽을 곳이라도 사양하지 않고 나아가겠습니다."

"이제 맹획이 노수 건너편에서 항거하고 있어 우리가 건너갈 길이 없으니, 내 먼저 그들의 곡식 운반해오는 길부터 끊고, 그들을 저절로 혼란케 할 생각이다."

"어찌하면 끊을 수 있습니까?"

"이곳에서 150리쯤 가면 노수의 하류인 사구沙口라는 곳으로 나오게 된다. 그곳은 물이 천천히 흐르니, 뗏목을 만들어 타고 건널 수 있다. 그대는 본부 군사 3천 명을 거느리고 노수를 건너 바로 오랑캐의 동천으로 들어가서, 먼저 그 곡식 운반하는 길을 끊은 뒤에 동도나 · 아회남 두 동주洞主와 연락하면 그들이 내응內應할 터인즉, 결코 실수 없도록 하라."

마대는 흔연히 군사를 거느리고 떠나 사구에 이르렀다. 군사들은 물이 얕고 또 천천히 흐르는 것을 보자 군이 뗏목을 탈 필요가 없다 하고, 약 반수 가량이 벌거벗고 건너간다. 반쯤 갔을 때쯤 갑자기 군사들이 쓰러진다.

급히 그들을 언덕으로 구출해 본즉, 다 입과 코에서 피를 흘리며 죽는다. 마대는 깜짝 놀라, 밤낮을 가리지 않고 말을 달려 돌아가서 공명에게 이 사실을 고했다.

공명은 곧 길잡이 토인을 불러 물으니, 토인이 대답한다.

"요즘 날씨가 더워 독한 기운이 노수에 모였을 것이고, 더구나 요 며칠 사이에 몹시 더워서 그 독한 기운이 한참 피어오를 것입니다. 이럴 때 물을 건너면 반드시 중독되고, 그 물을 마시면 영락없이 죽습니다. 그러니 한밤중에 물이 식기를 기다렸다가 독한 기운이 미처 일어나기 전에 물을 실컷 마시고 건너야만 비로소 탈이 없습니다."

이에 공명은 토인에게 길을 안내해주라 하고, 마대에게 씩씩한 군사 5, 6백 명을 더 주어 보냈다. 그들은 사구에 이르자, 나무를 베어 뗏목을 만들고 토인이 시키는 대로 한밤중에 물을 건너간다. 과연 무사하였다.

마대는 2천 명의 씩씩한 군사들을 거느리고 토인의 길 안내를 받아, 오랑캐 동천에서 곡식을 운반하는 모든 통로의 입구를 장악하려고 협산곡夾山谷으로 나아간다.

협산곡은 양쪽이 다 깎아지른 산이고, 그 사이로 한 가닥 길이 나 있는데, 사람 한 명과 말 하나가 겨우 지나다닐 정도였다. 마대는 협산곡을 점령하고 군사를 흩어 도처마다 영채를 세웠다.

동천의 오랑캐들은 그런 줄도 모르고 곡식을 운반해오다가, 마대의 군사들에게 앞뒤를 끊기고 곡식 백여 수레를 몽땅 빼앗겼다. 오랑캐들은 이 사실을 보고하려고, 맹획의 대채로 달려간다.

이때 맹획은 대채 안에서 종일 술을 마시며 즐기느라 군무軍務는 다스리지 않고, 모든 추장들에게,

"내가 제갈양과 정면으로 싸우면 그 간특한 계책에 걸려들지만, 이제 험악한 노수를 방패로 삼아 구렁을 깊이 파고 성루를 높이 쌓고 기다리니, 촉군은 불 같은 더위에 견디다 못해 저절로 물러가리라. 그때에 나와 너희들이 뒤쫓아가서 무찌르면 제갈양을 사로잡을 수 있다."

말을 마치고 크게 껄껄 웃는데, 문득 반열 가운데서 한 추장이 제안한다.

"사구 일대는 물이 얕아서, 만일 촉병이 그리로 건너오면 큰일이니, 일부 군사를 보내어 지키게 하십시오."

맹획은 웃는다.

"너는 본시 이곳 토인인데 어찌 그만한 것도 모르느냐. 나는 적군이 그리로 건너오기를 기다리고 있다. 왜냐하면 그들이 건너다가 다 물 속에서 죽을 테니 말이다."

"그러나 토인들 중에서 누구든 밤에 건너면 안전하다는 것을 적에게 가르쳐줄지 모릅니다."

"쓸데없는 걱정은 하지 말라. 우리 영역에 사는 사람으로서 누가 적군을 돕겠느냐."

이렇게 말하는데, 밖에서 수하 사람이 들어와서 고한다.

"정확한 수효를 알 수 없는 적군이 몰래 노수를 건너와서 협산곡의 곡식 운반하는 길을 끊고, '평북장군 마대平北將軍馬岱'라고 쓴 기를 내걸었다 합니다."

맹획은 웃으며,

"그까짓 몇 놈은 근심할 것 없다."

하고 부장 망아장에게 군사 3천 명을 주어 협산곡으로 보냈다.

한편, 마대는 만병들이 오는 것을 바라보고, 군사 2천 명을 산 앞에 늘어세웠다. 이윽고 쌍방은 둥그렇게 진을 이루었다. 망아장은 말을 달려와 마대와 싸운 지 단 1합에, 마대의 칼을 맞고 두 동강이 나서 떨어진다. 이에 크게 패한 만병들은 도망쳐 돌아가서 맹획에게 자세히 보고했다.

맹획은 모든 장수들을 불러 묻는다.

"누가 가서 마대를 대적할 테냐?"

그의 말이 끝나기도 전에 동도나가 나서며 응한다.

"바라건대 제가 가겠소이다."

맹획은 흐뭇해하며 군사 3천 명을 주어 떠나 보냈으나, 그러고도 촉군이 다시 노수를 건너올까 봐 겁이 나서, 즉시 아회남에게 군사 3천 명을 주어 사구를 지키도록 보냈다.

한편, 동도나는 만병들을 거느리고 협산곡 아래로 가서 영채를 세우니, 마대가 군사를 거느리고 나온다. 촉군 중에 동도나를 알아보는 자가 있어 마대에게 일러준다.

마대가 말을 달려오며 큰소리로 꾸짖는다.

"의리도 없고 은혜도 모르는 놈아! 우리 승상께서 너를 살려주셨는데 이제 또 배반했으니, 스스로 부끄럽지 않느냐."

동도나는 스스로 부끄러워서 싸우지 않고 물러간다. 마대는 군사를 휘몰아 만병들을 한바탕 무찌르고 돌아왔다.

동도나는 돌아가서 맹획에게 고한다.

"마대는 영웅이라 대적할 수가 없었소."

맹획은 진노하여,

"제갈양이 살려준 일이 있다고 네가 일부러 싸우지도 않고 물러났구나. 너처럼 이적 행위를 하는 자는 용서할 수 없다."

하고 당장 끌어내어 참하라 호령한다.

다른 추장들이 거듭거듭 말려 동도나는 겨우 죽음을 면했으나, 그 대신 큰 곤장 백 대를 맞고 자기 영채로 돌아갔다.

모든 추장들이 다 와서 동도나에게 고한다.

"우리가 비록 남만 땅에 살지만 한 번도 중국을 침범한 일이 없었고, 중국도 또한 우리를 침범한 일이 없었는데, 우리는 이번에 맹획의 권세에 들볶여 하는 수 없이 반역한 것이오. 공명은 신인神人 같은 지략이 있어 조조와 손권도 늘 두려워했다는데, 더구나 우리가 어찌 대항할 수 있겠소. 뿐만 아니라 우리는 공명이 살려준 은혜를 입었으니 어찌 보답하지 않을 수 있으리요. 우리는 목숨을 걸고 맹획을 죽인 다음, 공명에게 항복함으로써 도탄에 빠진 모든 동천 백성을 건져야 하오."

동도나가 묻는다.

"너희들이 다 한마음 한뜻인지 모르겠다."

공명의 은혜로 살아 돌아온 추장들은 일제히 대답한다.

"바라건대 함께 가겠소이다."

이에 동도나는 강도鋼刀를 들고, 백여 명을 거느리고 바로 대채를 향해 달려갔다.

이때 맹획은 장중에서 크게 취하여 누워 있었다.

동도나가 모든 사람들을 거느리고 칼을 잡고 들어가니, 장막 아래에 두 장수가 지키고 서 있었다. 동도나는 칼로 두 장수를 가리키며 분부한다.

"너희들도 제갈승상이 살려주신 은혜를 입은 자가 아니더냐. 이럴 때 그 은혜에 보답해야 하느니라."

두 장수는 대답한다.

"장군께서 친히 손을 쓸 필요도 없습니다. 우리가 맹획을 사로잡아 승상께 바치리라."

이에 일제히 장중으로 들어가서 맹획을 결박하고, 노수 가로 끌어내어 곧 배에 싣고 북쪽 언덕으로 건너가서 먼저 사람을 보내어 공명에게 통지했다.

공명은 돌아온 첩자의 보고에 의해서 이 일을 미리 알고, 영令을 내려 모든 영채의 장수들에게 무기를 정돈하고 위의를 드날리라고 한 뒤에 분부한다.

"대표 격인 추장에게 맹획을 끌어들이라 하고, 그 나머지 사람은 다 자기 영채로 돌아가서 명령을 기다리라고 일러라."

동도나가 먼저 중군으로 들어와서 경과를 자세히 고하자, 공명은 그

두 번째로 맹획을 사로잡은 공명

에게 많은 상을 주고 위로하여 모든 추장들을 데리고 가도록 돌려보내
고, 도부수를 시켜 맹획을 잡아들였다.

공명은 웃으며 묻는다.

"네 지난날에 말하기를 다시 붙들려오는 날에는 진정으로 항복하겠
다고 했으니, 오늘은 어쩔 테냐?"

맹획이 대답한다.

"오늘날 내가 이 지경이 된 것은 너의 힘이 아니다. 부하들이 나를 배
반한 때문이니, 어찌 진정으로 항복할 수 있으리요."

"내 이제 너를 다시 놓아 보내면 어쩔 테냐?"

"내가 비록 남만 사람이지만 자못 병법을 아니, 승상이 돌려보내주기
만 한다면, 마땅히 군사를 거느리고 다시 와서 승부를 결정하리라. 그

러고도 다시 붙들리면 그때는 진심으로 항복하고 다시는 딴 짓을 않으리라."

"다시 사로잡히는 날에 또 항복하지 않으면, 그때는 결코 용서하지 않으리라."

공명은 좌우 사람을 시켜 맹획의 결박을 풀어주고, 전처럼 술과 음식을 내주며 장상에 자리를 늘어놓고 말한다.

"내가 초려에서 나온 후로 싸워서 진 일이 없고 쳐서 얻지 못한 일이 없는데, 네 남만 사람으로서 어찌하여 항복하지 않는가?"

맹획은 묵묵할 뿐 대답이 없다.

술자리가 끝난 뒤, 공명은 맹획과 함께 말을 타고 대채에서 나와 모든 영채의 곡식과 마초와 높이 쌓은 무기를 두루 보여주며 타이른다.

"너는 항복을 않으니 참으로 어리석은 사람이다. 나에게 이렇듯 씩씩한 군사와 용맹한 장수와 곡식과 마초와 무기가 많은데, 네가 어찌 이기겠느냐. 속히 항복하면, 내 천자께 아뢰어 너의 왕위王位를 빼앗지 않고 자자손손으로 길이 남만을 다스리게 할 테니 뜻에 어떠하냐?"

맹획은 대답한다.

"나는 항복하고 싶으나 동중洞中 사람들이 기꺼이 항복하려 하지 않는지라. 승상이 돌려보내주면, 내 본부 군사를 타일러 한마음 한뜻이 된 뒤라야 비로소 귀순할 수 있으리라."

공명은 흔쾌히 맹획을 데리고 다시 대채로 돌아와서 술을 마신다.

황혼이 되자, 맹획은 돌아가겠노라 청한다. 이에 공명은 친히 노수 언덕까지 가서 맹획을 배에 태워 전송했다.

맹획은 본채로 돌아오자, 즉시 도부수들을 장하에 매복시키고, 심복 부하를 동도나와 아회남의 영채로 보내어 '공명의 분부를 받고 모시러 왔다' 속인 후, 두 사람을 대채로 데려와, 무참히 쳐죽이고 산골 시냇가에 두 시체를 버렸다.

연후에 맹획은 신임하는 부하들을 보내어 요긴한 곳을 지키게 하고, 친히 군사를 거느리고 마대와 싸우러 협산곡으로 나왔다. 그런데 어찌 된 셈인지 촉군이라고는 한 사람도 보이지 않았다.

맹획이 물으니 그 지방 토인들이 대답한다.

"어젯밤에 촉군들은 곡식과 마초를 모조리 싣고서, 다시 노수를 건너 그들의 대채로 다 돌아갔습니다."

맹획은 다시 동중으로 돌아와서 친동생인 맹우孟優와 상의한다.

"내 이번에 제갈양의 허실을 다 알아왔으니 너는 가서 이러이러히 하여라."

맹우는 형이 일러주는 계책대로 즉시 만병 백여 명을 거느리고, 황금과 구슬과 희귀한 여러 가지 보배와 상아象牙와 서각犀角 등을 싣고 노수를 건너 공명의 대채로 간다. 홀연 북소리와 징소리가 일제히 일어나며 한 떼의 군사가 늘어서서 앞을 막는다. 앞장선 장수는 바로 마대였다.

맹우가 소스라치게 놀라는데, 마대는 온 뜻을 묻고 그들을 일단 정지시키고 즉시 사람을 공명에게로 보내어 보고했다.

이때 공명은 장중에서 마속·여개·장완·비의 등과 함께 남만 평정에 대해 의논 중이었다.

장막 아래에서 한 사람이 고한다.

"맹획이 친아우 맹우를 시켜 여러 가지 보배를 보내왔습니다."

공명은 마속을 돌아보고 묻는다.

"너는 맹획이 맹우를 보낸 뜻을 아는가?"

"감히 말로써 밝힐 수 없습니다. 제가 몰래 종이에 써서 보여드리겠습니다. 승상의 생각과 맞는지 보십시오."

공명이 머리를 끄덕이니, 마속은 종이에 써서 드린다.

공명은 종이를 보고서 손바닥을 쓰다듬으며,

"맹획을 사로잡을 계책을 내 이미 세웠더니, 너의 소견이 바로 내 생각과 같구나."

크게 웃고는, 조자룡을 불러들여 귀에다 대고 이러이러히 하라 분부하고, 또 위연을 불러들여 이러이러히 하라 분부하고, 또 왕평·마충·관삭을 불러들여 각기 비밀리에 분부했다. 그들은 각기 분부대로 떠나갔다.

그제야 공명은 맹우를 데려오라 했다. 맹우가 들어와, 장막 아래에서 절한다.

"저의 형님 맹획은 승상이 살려주신 은혜에 감격한 나머지 바칠 만한 것이 없어서 황금과 구슬 등 보배를 갖다 드리라 했습니다. 승상께서는 받아두셨다가, 군사들에게 상을 줄 때 쓰도록 하십시오. 천자께 바칠 공물은 따로 마련해서 보내올 것입니다."

공명은 묻는다.

"네 형은 지금 어디에 있느냐?"

"승상의 큰 은혜에 감격하고 은갱산銀坑山으로 보물을 수습하러 갔으니, 머지않아 돌아올 것입니다."

"네가 데리고 온 사람은 몇 명이나 되느냐?"

"별로 많지 않고, 한 백여 명이 수행해왔는데 그들은 물품을 운반한 사람들입니다."

공명이 그들을 데려오라 하여 보니, 모두 눈은 푸르고 얼굴은 검고 머리털은 누르고 수염은 자줏빛에다 귀마다 금고리를 달고 고수머리에 맨발인데, 키가 크고 힘이 센 장사들이었다. 공명은 그들에게 자리를 주어 앉게 하고, 장수들을 시켜 술을 권하며 은근히 대접했다.

한편, 맹획은 장중에서 소식을 고대하는데, 홀연 두 사람이 돌아왔다는 것이다. 즉시 불러들여 물으니, 돌아온 두 자가 자세히 보고한다.

"제갈양은 예물을 받고 크게 기뻐하며, 따라간 우리 편 사람을 장중으로 다 불러들이고, 소와 말을 잡아 잔치를 차려 대접하는 중입니다. 둘째 대왕(맹우)께서는 이 일을 비밀리에 대왕께 아뢰라 하면서, 오늘 밤 2경 때 안팎에서 서로 호응하여 큰일을 성공시켜야 한다고 하였습니다."

맹획은 잔뜩 고무되어 즉시 만병 3만 명을 일으켜 3대로 나누고, 각 동천의 추장들을 불러모았다.

"모든 군사는 각기 불 잘 붙는 유황과 염초를 지니고, 오늘 밤 촉채에 가서 불을 질러 신호로 삼아라. 나는 마땅히 적의 중군으로 쳐들어가서 제갈양을 사로잡으리라."

모든 오랑캐 장수들은 계책을 받고, 황혼 무렵에 좌우로 나뉘어 각기 노수를 건넜다.

맹획은 심복인 오랑캐 장수 백여 명을 거느리고 바로 공명의 대채로 가는데, 촉군이라고는 한 명도 보이지 않았다. 영채 문 앞에 당도한 맹획은 모든 장수들을 거느리고 일제히 말을 달려 쳐들어갔다. 웬일인가! 대채 안은 텅 비어 사람 한 명 보이지 않는다.

맹획이 중군으로 돌격하니, 장중에는 등불과 촛불만 휘황찬란하고, 맹우와 만병들은 다 취하여 쓰러져 있었다.

원래 맹우는 마속과 여개 두 사람이 공명의 분부를 받고 연거푸 권하는 술에 취했고, 악인樂人들이 보여주는 연극에 홀렸던 것이다. 나중에는 술에 약을 탄 줄도 모르고 마시다가 모두 정신을 잃고 쓰러졌으니, 마치 술에 취해서 죽은 사람들 같았다. 맹획이 물으니, 장중에는 그제야 술이 깬 자가 있어 손으로 입만 가리킬 뿐 말을 못한다.

맹획은 도리어 공명의 계책에 걸려든 것을 깨닫고, 맹우 등 천 명을 구출하여 급히 중대中隊로 돌아가는데, 앞에서 함성이 크게 진동하며 불이 일어난다. 만병들은 제각기 도망쳐 숨는데, 한 떼의 촉군이 내달아오니, 앞선 장수는 바로 왕평이었다. 맹획이 너무 놀라 왼쪽 부대 쪽으로 급히 달아나는데, 또 불빛이 하늘로 치솟으면서 한 떼의 촉군이 내달아오니, 앞선 장수는 바로 위연이었다.

그제야 맹획은 황망히 오른쪽 부대 쪽으로 방향을 바꾸어 달아나는데, 또 불빛이 일어나면서 한 떼의 군사가 쳐들어오니, 앞에 달려오는 장수는 바로 조자룡이었다.

세 방면에서 촉군이 쳐들어오므로, 사방에 빠져 나갈 길이 없었다. 이에 맹획은 군사들을 다 버리고 혼자서 노수로 달아난다. 마침 노수에는 만병 수십 명이 조그만 배를 타고 있었다. 맹획은 그 배를 언덕으로 가까이 오라 하여, 말을 탄 채로 배 위에 뛰어내렸다. 그 순간, 한마디 호령이 떨어지자마자, 배에 탄 만병들은 일제히 달려들어 맹획을 결박한다.

원래 마대는 공명에게서 계책을 받고 본부 군사를 만병으로 가장시켜 배를 타고 있다가, 맹획을 유인하여 사로잡은 것이다.

이에 공명이 만병들을 부르니, 항복하는 자가 무수했다. 공명은 그들을 일일이 위로하며 조금도 박해하지 않고, 타다 남은 불을 끄게 했다.

조금 지나자 마대는 맹획을 사로잡아오고, 조자룡은 맹우를 사로잡아오고, 위연·마충·왕평·관삭은 동천의 모든 추장들을 끌고 왔다.

공명은 맹획을 손가락으로 가리키며 웃는다.

"네가 너의 동생을 보내어 예물을 바치고 거짓 항복하게 했으니, 그런 수법으로 어찌 나를 속일 수 있으리요. 이번에도 나에게 사로잡혔으니 진정 항복할 테냐?"

맹획은 대답한다.

"내 동생이 음식을 욕심내다가, 너의 독한 술에 잘못 걸려들었기 때문에 큰일을 망쳤다. 이번에 내가 친히 오고 내 동생이 군사를 거느리고

거짓 항복임이 탄로나 세 번째 사로잡히는 맹획

뒤에 와서 도왔다면 반드시 성공하였으리라. 이는 하늘이 나를 망친 것이지, 내가 능력이 없어서 이렇게 된 것은 아니다. 그러니 어찌 기꺼이 항복할 수 있으리요."

"이번까지 세 차례나 붙들렸으면서도 어째서 항복하지 않느냐?"

"······"

맹획은 머리를 숙이고 대답을 못한다.

공명은 웃는다.

"너를 다시 놓아 보내주마."

맹획은 말한다.

"승상이 우리 형제를 돌려보내주기만 한다면, 온 집안 식구까지 데리고 와서 한바탕 크게 싸우겠으니, 그때에 또 사로잡히면 무조건 항복하리라."

"다시 사로잡히는 날에는 결코 용서하지 않으리라. 그러니 너는 병서를 열심히 읽어, 다시 너의 심복 군사를 거느리고 훌륭한 계책을 쓰되, 다음날에 후회하지 말라."

공명은 무사를 시켜 결박을 풀어주니, 맹획과 맹우와 모든 동천의 추장들은 절하며 감사하고 돌아갔다.

이때 촉군은 이미 노수를 건너가서 점령하고 있었다.

맹획 등이 노수를 건너서 보니, 언덕마다 촉의 군사와 장수들은 늘어서고 기가 가득히 꽂혀 있었다. 맹획이 영채에 이르니, 마대가 높이 앉아 칼로 가리키며 을러멘다.

"다시 잡히는 날에는 결코 살려주지 않으리라."

맹획이 자기 대채에 이르렀을 때는, 조자룡이 이미 그곳을 점령하고 군사와 말을 배치한 후였다.

조자룡은 큰 기 아래에 앉아 칼을 짚고, 맹획에게 타이른다.

"승상이 살려주신 그 큰 은혜를 결코 잊지 말라."

맹획은 연방 몸을 굽실거리면서 지나가 접경 지대인 산을 빠져 나가려 하는데, 위연이 군사 천 명을 거느리고 산 위에서 말을 급히 세우더니 소리를 지른다.

"내 너의 소굴로 깊이 들어와 험한 요충지를 차지했는데, 어리석은 너는 아직도 우리 대군에 항거하려 하느냐. 다시 너를 잡으면 온몸을 찢어 죽이고 용서하지 않으리라."

맹획 등은 머리를 감싸고 자기 동천으로 달아났다.

후세 사람이 이 일을 찬탄한 시가 있다.

  5월에 군사를 휘몰아 남쪽 오랑캐 땅으로 들어가니

달은 밝은데 노수에서 독한 기운이 오르도다.

맹세코 웅대한 계책을 써서, 그 옛날 선제께서 세 번이나 찾아

주신 은혜에 보답하리니

남만을 쳐서 맹획을 일곱 번 풀어준 수고 따위를 어찌 싫다 하랴.

五月驅兵入不毛

月明瀘水秧煙高

誓將雄略酬三顧

豈憚征蠻七縱勞

한편 공명은 노수를 건너와 영채를 세우며 삼군에게 상을 주고, 모든 장수들을 장막 아래에 모아놓고 말한다.

"두 번째 맹획을 사로잡았을 때 우리 영채들의 모든 실정을 그에게 보인 것은, 그가 우리 영채를 쳐들어오도록 유인하기 위해서였다. 맹획은 병법을 제법 알기 때문에, 나는 일부러 우리 군사와 곡식과 무기를 자랑하였다. 실은 맹획이 우리의 비밀을 전부 앎으로써 화공법火攻法을 쓰게끔 유인한 것이다. 그가 동생을 보내어 거짓 항복시킨 것은 우리 진영 안에 있으면서 밖으로 호응하라는 수작이었다. 내가 맹획을 세 번 잡아 죽이지 않은 것은 진실로 그의 마음을 항복받으려는 것이며, 남만의 종족을 없애지 않으려는 뜻이다. 내 이제 너희들에게 말하노니, 수고로움을 싫다 말고 힘을 다하여 나라에 보답하라."

모든 장수들이 절한다.

"승상은 지智·인仁·용勇을 겸비하셨으니, 비록 옛 자아子牙나 장양張良도 승상만은 못하였으리다."

공명이 대답한다.

"내 어찌 감히 옛사람과 견줄 수 있으리요. 다 너희들의 힘만 믿고 함

께 대업을 성공시키려는 것이다."

장막 아래의 장수들은 공명의 말을 듣고 모두 기뻐하였다.

한편, 맹획은 세 번이나 사로잡혔다가 석방됐기 때문에, 잔뜩 분이 나서 은갱동으로 돌아오자마자 심복 부하들에게 황금과 구슬과 보배를 나눠주어, 8번番 93전甸 등 남만의 모든 부락으로 보내고 패도牌刀 · 요정獠丁 · 군건軍健 등 씩씩한 군사 수십만 명을 얻어와서 다시 대오를 정비하니, 군사와 말이 구름과 안개처럼 모여, 맹획의 지시를 기다린다.

첩자로 갔던 군사들은 이 사실을 탐지하고, 즉시 공명에게 보고했다.

공명이 웃는다.

"바라던 바는 만병들이 다 와서 나의 능력을 보는 것이다."

공명은 마침내 조그만 수레를 타고 가니,

　　오랑캐 주인의 위풍이 사납지 않다면
　　제갈공명이 높은 솜씨를 어찌 나타내랴.
　　若非洞主威風猛
　　怎顯軍師手段高

장차 승부는 어떻게 날 것인가.

제89회

무향후는 네 번째 계책을 쓰고
남만왕은 다섯 번째로 사로잡히다

공명은 조그만 수레를 타고 기병 수백 명을 거느리고 길을 찾아가는데, 앞에 강물이 나타났다. 그 강 이름은 서이하西洱河였다. 물살은 급하지 않으나, 배도 뗏목도 없었다.

공명은 나무를 베어오라 하여 뗏목을 만들어 건너려 하는데, 웬일인지 나무들이 물에 들어가기만 하면 가라앉는다.

공명이 여개에게 물으니, 여개가 대답한다.

"제가 일찍이 들은 바에 의하면, 서이하 상류에 무슨 산이 있어 대나무가 많다는데, 큰 것은 몇 아름씩이나 된다고 하니, 그 대나무들을 베어오라 하여 물 위에 부교浮橋를 놓고, 군사와 말을 건너가게 하십시오."

공명은 곧 군사 3만 명을 산으로 보냈다. 군사들은 대나무 수십만 그루를 베고 물에 떠내려 보내어, 강물 폭이 가장 좁은 곳에다 부교를 놓으니, 폭이 10여 길이나 되었다.

이에 공명은 대군을 강물 북쪽 언덕으로 모아 일자 모양으로 진영을 세우고, 흐르는 강물을 참호塹壕로, 부교를 진문陣門으로 삼고, 흙을 쌓아 성을 만들었다. 그리고 다리를 건너가서 남쪽 언덕에다 일자 모양의 큰 영채 세 개를 세워놓고, 만병들이 쳐들어오기를 기다렸다.

한편, 맹획은 수십만 만병을 거느리고 원한과 분노에 들뜬 듯 서이하 가까이 와서, 전부前部 선봉인 도패와 요정의 군사 만 명을 지휘하여 바로 영채에 싸움을 건다.

이에 공명은 머리에 윤건綸巾을 쓰고, 몸에 학창의鶴氅衣를 입고 손에 우선羽扇을 들고, 네 마리 말이 이끄는 수레를 타고서 좌우로 여러 장수의 호위를 받으며 나온다.

맹획은 무소 가죽 갑옷에 주홍빛 투구를 쓰고 왼손에 방패, 오른손에는 칼을 들고 털이 붉은 소를 타고 입으로 갖은 욕설을 하는데, 그 수하 군사 만여 명은 각기 칼과 방패로 춤을 추며 좌충우돌하면서 점점 밀어닥친다.

공명은 군사를 급히 본채로 후퇴시키고 사방을 굳게 닫아걸고, 아무도 나가서 싸우지 못하게 했다.

만병들은 모두 벌거숭이 알몸으로 영채 앞까지 와서 괴상한 소리를 지르며 욕질한다.

장수들이 보다가 벌컥 화가 치밀어 공명에게 품한다.

"저희들이 영채를 나가서 일대 결전을 하겠습니다."

공명은 허락하지 않는다. 모든 장수들이 거듭거듭 싸우게 해달라고 청한다.

공명은 손을 들어 제지한다.

"남만 사람들은 원래 왕의 은덕을 입지 못했기 때문에 이번에 몰려와서 미쳐 날뛰니, 그들과 겨룰 수는 없다. 그저 굳게 지키기만 하고 며칠 동안만 기다려라. 그들의 발악이 좀 식으면, 내 그때에 묘한 계책을 써서 저들을 격파하리라."

이에 촉군은 며칠 동안 굳게 지키기만 했다. 공명이 높은 언덕에 올라가서 살펴보니, 만병들은 다소 지쳐 있었다.

공명은 모든 장수들을 모으고 묻는다.

"너희들이 감히 나가서 만병들과 싸우겠느냐?"

모든 장수들은 흔쾌히 응한다.

공명은 먼저 조자룡과 위연을 장중으로 불러들여 귀에다 대고 이러이러히 하라 분부한다. 두 사람은 계책을 듣고 먼저 떠나갔다. 다음에 공명은 왕평과 마충을 장중으로 불러들여 역시 계책을 일러주어 떠나보내고, 또 마대를 불러 분부한다.

"나는 이제 세 영채를 다 버리고 서이하 북쪽으로 물러갈 테니, 너는 부교를 끊어 하류로 떠내려 보내되 조자룡과 위연의 군사가 건너기를 기다렸다가 함께 접응接應하여라."

마대가 분부를 받고 떠나자, 공명은 또 장익을 불러 지시한다.

"내가 군사를 거느리고 물러간 뒤에, 너는 영채 안에다 되도록 많은 등불을 켜놓아라. 그러면 맹획이 알아차리고 반드시 뒤쫓아올 테니, 너는 그 뒤를 끊어라."

장익은 지시를 받고 물러갔다.

공명은 다만 관삭에게 자기가 탄 수레를 호위하라 하고, 모든 군사들을 후퇴시켰다. 이윽고 영채 안에는 곳곳마다 등불이 가득히 켜졌다. 만병들은 수많은 등불을 바라만 보고 감히 쳐들어오지 못했다.

이튿날, 날이 밝은 후에야 맹획이 군사를 거느리고 촉진에 이르러 보니, 세 개의 대채 안이 텅 비어 사람 한 명 말 한 마리 없고, 곡식과 마초를 실은 수백 대의 수레만 남아 있었다.

맹우가 묻는다.

"공명이 영채 세 개를 버리고 달아났으니, 무슨 계책이라도 있는 게 아닐까요?"

맹획은 대답한다.

"내 생각으로는, 제갈양이 치중輜重을 버리고 간 것을 보면 자기 나라에 무슨 긴급한 일이 생긴 모양이니, 필시 오가 쳐들어왔거나 아니면 위가 쳐들어왔을 것이다. 그러기에 공연히 곳곳마다 등불만 가득히 켜서 군사가 그대로 주둔한 것처럼 꾸미고 수레만 버리고 간 것이다. 속히 그들을 추격해야 한다. 이러고 있을 때가 아니다."

이에 맹획은 친히 앞 부대를 거느리고 바로 서이하 강변에 이르러, 강 건너편 북쪽 언덕을 바라보니, 영채에는 기들이 정연히 꽂혔는데 비단인 듯 구름인 듯 찬란하고, 언덕 따라 성이 죽 쌓여 있었다.

만병들은 그 광경을 바라보고 감히 나아가려 하지 않는다.

맹획이 맹우에게 말한다.

"제갈양은 우리가 추격해올까 두려워서, 강 건너 북쪽 언덕에 일부러 잠시 머물고 있는 것이다. 2, 3일 안에 반드시 달아나리라."

맹획은 마침내 만병들을 강변에 주둔시키고, 사람들을 산 위로 보내 대나무를 베어 뗏목을 만들게 하여 서이하를 건너갈 준비를 서두르는 동시에, 씩씩한 군사들을 다 영채 앞으로 옮겼다.

그러나 맹획이 어찌 알았으리요. 촉군은 이미 맹획의 영역 안으로 깊이 들어가 있었다.

이날 광풍이 크게 일어나며 사방에서 불길이 오르더니, 북소리가 진동하면서 촉군이 쳐들어왔다. 남만의 요정군獠丁軍들은 어찌나 혼이 났는지, 저희들끼리 치고 베는 사태까지 벌어졌다.

이에 맹획은 크게 놀라 종족宗族과 동정洞丁(동천의 장정)들을 급히 거느리고 혈로血路를 열어 자기 본채로 내빼가니, 그 본채 안에서 한 장수가 군사를 거느리고 살기 등등하여 달려 나온다. 보니 바로 조자룡이었다.

맹획은 정신이 아찔하여 다시 서이하로 황망히 돌아가다가 궁벽진 산속으로 달아나는데, 그 산속에서도 한 장수가 군사를 거느리고 달려 나온다. 바로 마대였다.

맹획은 남은 수십 명의 패잔병만 거느리고 다른 산골을 향하여 달아 나며 바라보니, 남쪽·북쪽·서쪽 세 곳에서 먼지가 일어나며 불꽃이 일어난다. 그는 그쪽으로는 감히 가지 못하고 다시 동쪽으로 달아난다.

어느 산기슭을 돌아 나갔을 때였다. 바로 앞에 큰 숲이 있고, 그 밑에서 수십 명이 조그만 수레를 밀고 나오는데, 그 수레 위에 공명이 단정히 앉아 크게 웃는다.

"만왕 맹획이 크게 패하여 이리로 올 줄 알고 기다린 지 오래다."

맹획이 약이 오를 대로 올라 좌우를 돌아보고 외친다.

"내, 저자의 속임수에 걸려 세 번씩이나 수모를 당했는데, 이제 다행히 이곳에서 만났다. 너희들은 용맹을 분발하고 달려들어 사람과 말과 수레를 몽땅 부수어버려라!"

말 탄 만병 몇 명이 힘을 분발하여 나아가고, 맹획이 앞장서서 큰 숲으로 달려가는데, 순간 땅이 꺼지면서 으악! 외마디소리를 지르는 찰나에 하늘이 뒤집어지면서 깊은 함정 속으로 일제히 굴러 떨어졌다. 그제야 큰 숲 속에서 위연이 수백 명 군사를 거느리고 나와, 함정에 빠진 그들을 낱낱이 끌어올리는 대로 결박했다.

공명은 먼저 영채로 돌아가서 만병들과 모든 전旬의 추장과 각 동천의 장정들을 초안招安하니, 이때 태반은 그들의 고향으로 돌아가고 없었으므로 사상자 외에는 다 와서 항복했다.

공명은 그들을 술과 고기로 대접하고, 좋은 말로 위로하며 모두 석방했다. 만병들은 다 감격하여 돌아갔다.

함정으로 맹획(왼쪽)을 네 번째 사로잡는 제갈양

이윽고 장익이 맹우를 결박지어 끌고 들어온다.

공명이 타이른다.

"네 형은 참으로 어리석은 사람이다. 네가 잘 간하여라. 이번까지 나에게 네 번이나 사로잡혔으니, 무슨 면목으로 다시 여러 사람을 대하리요."

맹우는 부끄러워서 얼굴을 붉히고 땅바닥에 엎드려 살려만 달라고 애걸한다.

공명은

"내가 너를 죽이려면 오늘이 아니라도 얼마든지 할 수 있다. 그러나 나는 너를 죽이지 않고 살려줄 터이다. 네 형에게 옳은 짓을 하라고 권하여라."

하고, 무사들에게 명하여 결박을 풀어주고 일으켜 세웠다. 맹우는 울면서 절하고 돌아갔다.

이번엔 위연이 맹획을 잡아 끌고 들어왔다.

공명이 노한 목소리로 말한다.

"네 이번에 또 나에게 사로잡혔으니, 이러고도 할말이 있느냐?"

맹획이 대답한다.

"나는 이번에 속임수에 걸렸다. 죽어도 눈을 감지 못하겠노라."

공명은 무사들에게 명령을 내린다.

"끌어내어 참하라."

그러나 맹획은 전혀 두려워하지 않고 끌려 나가면서 공명을 돌아본다.

"나를 다시 한 번 놓아주면, 네 번 잡힌 원한을 다 설욕하리라."

공명은 크게 웃더니 좌우 사람에게 결박을 풀어주게 한다. 그리고 술을 주어 놀란가슴을 진정시킨 다음 장중에 앉히고 묻는다.

"내가 이번까지 네 번씩이나 예의로써 대접했는데, 네가 오히려 항복 않는 것은 웬일이냐?"

"나는 임금의 교화 밖에서 사는 사람이지만, 승상은 오로지 속임수만 쓰는지라. 내 어찌 기꺼이 항복할 수 있으리요."

공명은 다시 묻는다.

"너를 다시 돌려보내면 능히 싸우겠느냐?"

"승상이 나를 다시 잡는 날에는 내 진정으로 항복하여, 동천의 물건을 다 바쳐 촉군을 호궤躬饋하고, 맹세코 다시는 반역하지 않으리라."

공명은 즉시 웃고 떠나가게 하니, 맹획이 흔연히 절하고 감사한다.

맹획은 돌아가는 길에 각 동천의 장정 수천 명을 모아 거느리고 남쪽을 향하여 가다가, 바라보니 저편에서 먼지가 뿌옇게 일어나며 한 떼의 군사가 달려온다. 자세히 보니 맹획의 동생 맹우가 다시 패잔병들을 모아 거느리고 형의 원수를 갚으러 오는 길이었다. 이에 형과 동생은 도중에서 만나, 서로 얼싸안고 통곡하며 분통해한다.

"우리 군사는 연달아 패하고 촉군은 이기기만 하니, 이대로 대적하기는 어렵습니다. 그러니 산그늘이 시원한 동천으로 물러가 피하고 나오지 않으면, 촉군은 더위에 견디다 못해 저절로 물러갈 것입니다."

맹획이 묻는다.

"그런 적당한 곳이 어디에 있을까?"

"여기서 서남쪽으로 가면 동천이 하나 있는데 그곳 이름은 독룡동禿龍洞이며, 동주洞主 타사대왕朶思大王은 나와 매우 절친한 사이입니다. 그리로 가십시다."

이에 맹획은 동생 맹우를 먼저 독룡동으로 보내어 타사대왕과 교섭시켰다.

타사대왕은 황급히 군사를 거느리고 나와서 맹획을 영접한다. 맹획은 독룡동으로 들어가서 인사를 마치자, 지금까지 겪은 일을 원통하다고 호소했다.

타사대왕이 위로한다.

"대왕은 조금도 걱정 마십시오. 촉군이 오기만 하면 한 사람도 돌아가지 못하고 제갈양과 함께 이곳에서 죽게 하리다."

맹획은 귀가 번쩍 뜨여서 그 계책을 묻는다. 타사대왕이 설명한다.

"이 동천에 오려면 길이 둘밖에 없습니다. 동북쪽으로 나 있는 길은 바로 대왕이 온 길이니, 땅이 평탄하고 흙이 많고 물맛이 좋아서 사람과 말이 다닐 수 있지만, 만일 나무를 쌓고 돌로 입구를 막아버리면 비록 백만 대군이 온다 해도 더 이상 들어올 수 없습니다. 또 하나의 길은 서북쪽으로 나 있는데, 산이 험하여 산줄기가 흉악하고 길은 좁습니다. 그 중에 비록 소로가 있지만 독한 뱀과 무서운 벌레들이 많고, 해가 저물면 독한 기운이 크게 일어나 사시巳時·오시午時가 되어야 겨우 사라지며, 미시未時·신시申時·유시酉時나 되어야 겨우 왕래할 수 있습니다. 뿐만 아니라 그 방면의 물은 마실 수가 없어 거의 사람과 말이 다닐 수 없고, 더구나 네 개의 독한 샘물이 있습니다. 하나는 아천啞泉으로 그 물은 맛이 좋으나 마시면 곧 벙어리가 되고, 10일이 못 되어 죽습니다. 둘째는 멸천滅泉으로 그 물은 끓는 물과 같아 사람이 들어가면 온 피부가 익어서 뼈를 드러내고 죽습니다. 셋째는 흑천黑泉으로 그 물은 약간 맑으나 사람 몸에 닿기만 하면 손발이 다 검게 변하여 죽습니다. 넷째는 유천柔泉으로 그 물은 차기가 얼음 같아서 사람이 마시면 목구멍에 더운 기운이 싹 가시고 온몸이 솜처럼 물렁물렁해져서 죽습니다. 그러기에 그곳에는 벌레도 새도 없고, 다만 옛날에 한나라 복파장군伏波將軍이 한 번 다녀간 이후로는 온 사람이 없습니다. 그러니 동북쪽 큰길은 나무와 돌을 쌓아 완전히 차단해버리고, 대왕은 우리 동천에 숨어 계십시오. 촉군은 동북쪽 길이 차단된 걸 보면 반드시 서북쪽 길로 들어오다가, 도중에 물이 없기 때문에 그 네 개의 독한 샘을 보면 반드시 덤벼들어 마실 것입니다. 그러면 그들이 백만 명이라도 다 돌아가지 못할 테니, 우리가 굳이 군사와 칼을 쓸 것까지 있겠습니까?"

맹획은 기뻐서 이마에 손을 대며,

"이제야 내 몸을 용납할 곳이 생겼소."

하고 북쪽을 노려보며 저주한다.

"제갈양아, 네게 신출귀몰하는 재주가 있대도 이젠 별수없으리라. 네 개의 샘물이 내 지금까지의 원한을 족히 갚아주리로다."

이때부터 맹획과 그 동생 맹우는 날마다 타사대왕과 함께 술만 마셨다.

한편, 공명은 그 후로 맹획이 군사를 거느리고 나타나지 않아서, 마침내 대군에게

"서이하를 건너라."

하고 명령을 내리니, 일제히 남쪽으로 행군하여 들어간다.

　이때가 바로 유월 염천炎天이라 날씨는 불 같았다.

　후세 사람이 남방의 무서운 더위를 읊은 시가 있다.

　　산과 물은 타서 오므라들 것 같은데

　　불빛은 하늘을 가득히 덮었도다.

　　모를 일이다, 천지 밖의

　　더위는 또한 어떤지?

　　山澤欲焦枯

　　火光覆太虛

　　不知天地外

　　暑氣更何如

또 이런 시도 있다.

　　여름 신은 권력을 마음껏 휘둘러

　　검은 구름 한 조각 보이지 않네.

　　구름은 생기기도 전에 증발하니 외로운 학도 숨이 가쁘고

　　바다는 뜨거워서 천년 묵은 자라도 놀라더라.

　　시냇가를 버리고는 앉을 곳이 없고

　　대나무 숲을 벗어나면 걸을 수가 없도다.

　　과연 어쩌하랴, 사막의 나그네는?

　　더구나 무거운 갑옷 차림으로 행군하는 군사야 더 말할 것 있

　　으리요.

　　赤帝施權柄

陰雲不敢生

雲蒸孤鶴喘

滿熱巨鰲驚

忍捨溪邊坐

幇抛竹裏行

如何沙塞客

饑甲復長征

공명이 대군을 거느리고 가는데, 홀연 척후병이 말을 달려와서 고한다.

"맹획은 독룡동 속에 들어박혀 나오지 않고, 동구로 통하는 길은 나무와 돌을 쌓아 꽉 막혔는데 그 속에서 만병들이 지키고 있습니다. 산은 험악하고 고개는 높아서 더 이상 나아갈 수가 없습니다."

공명이 여개를 불러 물으니, 그가 대답한다.

"독룡동으로 통하는 길이 있다는 말은 일찍이 들었으나, 자세한 것은 모르겠습니다."

장완이 말한다.

"맹획은 네 번이나 우리에게 사로잡혔기 때문에 넋을 잃었으니, 어찌 다시 나올 리 있겠습니까. 더구나 날씨는 불처럼 뜨겁고 사람과 말이 지칠 대로 지쳤으니, 그들을 친대도 아무 소용이 없습니다. 차라리 군사를 돌려 귀국하느니만 못합니다."

공명이 대답한다.

"그렇게 하면 바로 맹획의 계책에 우리가 걸려드는 것이다. 우리 군사가 후퇴하기만 하면 그들은 반드시 추격해올 것이다. 이곳까지 와서 어찌 그냥 돌아갈 수 있으리요."

공명은 마침내 왕평에게 군사 수백 명을 주어 선봉으로 삼고, 새로 항복한 만병을 길 안내인으로 삼아 서북쪽 소로를 따라 들어간다.

얼마쯤 가다가 보니, 앞에 한 샘물이 나타났다. 사람과 말은 다 목이 타서 다투어 물을 마시는데, 왕평은 곧 뒤쪽으로 가서 공명에게 길이 있다는 것을 보고하고, 다시 돌아가보니 군사들이 손가락으로 입만 가리킬 뿐 말을 못한다.

공명은 이러한 사실을 또 보고받자, 무엇에 중독된 줄로 짐작하고 매우 놀라 친히 조그만 수레를 타고 수십 명 군사를 거느리고 가서 본다. 깊이도 모를 맑은 물이 괴었는데, 가까이 가기도 섬뜩했다.

공명이 수레에서 내려 높은 곳에 올라가 바라본즉, 사방 산에 날짐승 우는 소리가 없었다. 크게 의심이 나서 문득 바라보니, 먼 산등성이에 옛 사당[古廟]이 한 채 있었다.

공명이 등나무와 칡덩굴을 더위잡고 올라가보니 한 돌집 속에 조각한 장군이 단정히 앉아 있고, 그 곁에 비석이 있는데 바로 복파장군 마원馬援을 모신 사당이었다. 그 옛날에 복파장군이 남만을 평정하고 이곳까지 왔기 때문에, 토인들이 사당을 짓고 제사를 지내는 터였다.

공명이 두 번 절하고 축원한다.

"양亮은 선제(유현덕)로부터 젊은 아드님을 맡아 중한 책임을 지고, 이제 성지聖旨를 받들어 남만을 평정하고자 이곳에 왔습니다. 남만을 평정한 뒤에 위를 치고 오를 무찔러 한나라 황실을 다시 일으켜야 할 처지에 놓였습니다. 그런데 이제 군사들이 지리를 몰라 독한 물을 잘못 마시고 말을 못하니, 바라건대 신령께서는 옛 한나라의 은혜와 의리를 생각하시고 영험을 나타내사, 우리 삼군을 도우소서."

공명이 기도를 마치고 사당에서 나와 토인을 찾아가 물으려 하는데, 은은히 바라보이는 건너편 산에서 한 노인이 지팡이를 짚고 온다. 그 노인의 모습은 매우 기이하였다.

공명이 노인을 청하여 사당으로 들어가서 인사를 나누고, 돌 위에 자리잡고 앉아 묻는다.

"노인장은 누구신지요?"

노인이 대답한다.

"노부老夫는 대국大國 승상의 높은 명성을 오래 전부터 들어 알고 있었으나, 이제 직접 뵙게 되니 참으로 다행이오. 이곳 남만 사람들은 승상께서 살려주신 은혜를 많이 입었기 때문에 다 감격하고 있소이다."

공명이 샘물에 관해서 물으니, 노인이 설명한다.

"군사들이 마신 것은 바로 아천으로 그 물을 마시면 말을 못하다가 수일 후에 죽지요. 그 밖에도 또 샘물이 세 군데나 있는데, 동남쪽에 있는 샘은 물이 차서 마시면 목에 더운 기가 없어지고 몸이 물렁물렁해져서 죽으니, 이름을 유천이라 하오. 또 바로 남쪽에 있는 샘은 그 물이 몸에 닿기만 해도 손발이 검게 변해서 죽으니, 이름을 흑천이라 하고, 또 서남쪽에 있는 샘은 끓는 물과 같아서 그 물에 들어가면 살이 죄 빠지고 뼈가 드러나서 죽으니 이름을 멸천이라 하오. 그러니 네 곳의 샘은 항상 독이 모여 있고 약으로 다스릴 수 없으며, 또 독한 안개가 일어나기 때문에 미시·신시·유시라야 지나다닐 수 있고, 그 밖의 시간에는 안개를 쏘이기만 해도 곧 죽습니다."

공명이 결연히 말한다.

"그렇다면 남만을 평정할 수 없음이라. 저들을 평정하지 못하면 어찌 오와 위를 무찌르고 다시 한나라 황실을 일으킬 수 있겠습니까. 선제의 부탁하신 바를 저버릴 바에야 차라리 죽느니만 못합니다."

"승상은 근심 마시오. 내가 한 곳을 지시할 테니 가히 해결할 수 있을 것이오."

"노인장은 어떤 높은 의견이 있으신지요? 바라건대 지도해주십시오."

"이곳에서 서쪽으로 가면 산골짜기가 하나 있으니, 그 안으로 20리쯤 들어가면 한 계곡이 있는데 이름은 만안계萬安溪라 하며, 그 위에 한 선비가 살고 있으니 호를 만안은자萬安隱者라 하오. 그분은 그곳에서 나오지 않은 지 수십여 년이며, 그 거처하는 초암草庵 뒤는 샘이 있으니 이름이 안락천安樂泉이라. 무엇에고 중독된 사람이 그 샘물을 마시면 곧 낫지요. 혹 옴을 앓거나 또는 문둥병을 앓거나 괴질에 걸린 자라도 만안계에서 목욕만 하면 자연 낫습니다. 겸하여 그 암자 앞에는 훌륭한 풀이 있으니 이름이 해엽운향薤葉芸香이라. 그 풀잎 하나만 따서 입에 머금어도 괴질이 침범하지 못하니, 승상은 속히 가서 구하시오."

공명이 절하고 묻는다.

"노인장께서 사람 살리는 법을 가르쳐주셨으니, 이 은혜를 뭐라 감사드려야 할지 모르겠습니다. 바라건대 노인장의 존함을 일러주십시오."

노인은 사당 안으로 들어가며 말한다.

"나는 이곳 산신山神이오. 복파장군의 분부로 특히 승상을 지도하러 왔소이다."

노인은 말을 마치자 사당 뒤의 석벽石壁을 열고 그 안으로 사라져버린다. 공명은 놀랍고도 신기해서 사당에 두 번 절하고 내려와 수레를 타고 대채로 돌아왔다.

이튿날, 공명은 향香과 예물을 갖추어가지고, 왕평과 벙어리가 된 군사들을 거느리고 산신이 지시해준 곳으로 나아가 산골짜기 좁은 길을 20여 리쯤 들어가니, 낙락장송과 큰 잣나무가 들어차고 무성한 대나무와 기이한 꽃이 한 산장山莊을 에워쌌는데, 울타리 안에는 수간 띳집[茅屋]이 있어 은은한 향기가 코에 스민다.

공명은 크게 기뻐하며 그 산장 앞에 이르러 문을 두드리니, 어린 동자 하나가 나온다.

공명이 자기 소개를 하려는데, 죽관竹冠을 쓰고 짚신을 신고 흰 도포에 검은 띠를 두르고 푸른 눈에 누런 모발을 한 사람이 흔연히 나오면서 묻는다.

"오신 분은 바로 한나라 승상이 아니신지요?"

공명이 웃으며 되묻는다.

"높은 선비께서는 어찌 나를 아시나요?"

"오래 전부터 승상의 큰 전기戰旗가 남쪽을 평정하러 왔다는 소문을 들었는데, 어찌 모를 리가 있겠소?"

은자隱者는 마침내 공명을 초당草堂으로 영접하여 서로 인사를 나누고, 주인과 손님으로 자리를 정한 다음에 앉았다.

공명이 말한다.

"양亮은 소열황제昭烈皇帝(유현덕)로부터 젊은 태자를 돌보라는 무거운 책임을 맡았으며, 뒤를 이어 등극하신 폐하의 성지를 받들어 이제 대군을 거느리고 이곳에 왔소이다. 바라는 바는 남만을 감복시켜 왕의 은덕을 입게 함이라. 그런데 뜻밖에도 맹획이 동중洞中으로 숨어버리고 우리 군사는 아천 물을 마셨습니다. 지난밤에 복파장군이 영험을 나타내사, 이곳에 약물 샘이 있으니 가히 군사를 치료할 수 있다고 지시하신지라. 바라건대 은자께서는 불쌍히 생각하시고 신령한 물을 주사 군사들의 목숨을 건져주십시오."

은자가 대답한다.

"노부는 산속 폐인廢人이라 어찌 승상께서 친히 왕림하심을 바라기나 했으리까. 그 약물 샘이 집 뒤에 있으니 맘대로 떠 마시라 하십시오."

이에 동자는 왕평이 거느리는 벙어리 군사들을 약물 샘으로 안내했다. 군사들은 약물을 마시자, 곧 속에 든 것을 다 토하더니 문득 말문이 열려 말을 한다. 동자는 다시 그들을 만안계로 데리고 가서 목욕을 시켰다.

은자는 암자에서 잣차와 송화다식松花茶食을 내어 공명을 대접하며 고한다.

"이곳 만동蠻洞에는 독한 뱀과 흉측한 벌레들이 많고, 또 버들꽃이 시냇물이나 샘물에 들어가면 그 물을 마실 수 없으니, 땅을 파서 샘을 만들고 그 물을 길어 마시도록 하십시오."

공명이 해엽운향을 구하니 은자가 대답한다.

"그 풀은 많으니 군사들에게 마음대로 따 가라고 하십시오. 그 풀을 한 잎씩 입에 머금으면 자연 괴질이 침범하지 못합니다."

공명은 절하고 성명을 묻는다. 은자가 웃으며 대답한다.

"나는 바로 맹획의 친형인 맹절孟節이올시다."

너무나 뜻밖의 말이라 공명은 놀랐다.

은자가 계속 설명한다.

"승상은 의심 말고 내 말을 들으십시오. 부모께서 우리 삼 형제를 두셨으니, 맏아들은 이 늙은 맹절이고 그 다음이 맹획이고 막내가 맹우입니다. 부모님은 세상을 떠나셨고, 동생 둘은 성미가 강하고 악해서 왕王의 교화에 복종하지 않기에 여러 번 타일렀으나 듣지 않는지라. 나는 성명을 바꾸고 이곳에 은거하였습니다. 이제 동생 둘이 반역하여 승상께서 수고로이 불모의 땅으로 깊이 들어오셔서 이처럼 고생을 하시니, 이 맹절도 죽어 마땅한지라. 먼저 승상 앞에 사죄하나이다."

공명은

"춘추 시대 때 도척盜跖 · 유하혜柳下惠(두 사람은 형제간이나 유하혜는 어진 분이었고 도척은 큰 도둑놈이었다)와 같은 일이 오늘날도 있군요."

탄식하고, 맹절에게 묻는다.

"내 천자께 아뢰고 귀공을 남만왕으로 삼을까 하오. 뜻에 어떠하신지요?"

"부귀 공명이 싫어서 이곳에 숨어 있거늘, 어찌 다시 부귀를 탐하리까."

공명은 황금과 비단을 선사하였으나 맹절은 굳이 사양하고 받지 않는다. 공명은 탄식해 마지않다가 절하고 암자를 떠났다.

후세 사람이 읊은 시가 있다.

높은 선비는 깊숙이 깃들여 홀로 인연을 끊고
제갈무후諸葛武侯는 일찍이 이곳에서 모든 남만을 격파했도다.
오늘에 이르도록 고목만 우거지고 사람은 없는데
아직도 한 가닥 연기가 옛 산에 감돌더라.
高士幽棲獨閉關
武侯曾此破諸蠻
至今古木無人境
猶有寒烟銷舊山

공명은 대채로 돌아와서 군사를 시켜 땅을 파고 물을 찾는데, 20여 길씩 파도 물 한 방울 나오지 않는다. 10여 곳을 팠으나 역시 허탕이었다. 군사들은 실망하고 당황한다.

그날 밤, 공명은 한밤중에 향을 사르며 하늘에 고한다.

"제갈양은 재주도 없으면서 대한大漢의 복을 받고 남만을 평정할 책임을 졌으나, 이제 도중에 물이 없어 군사와 말이 목말라 합니다. 상천上天이 대한을 도우시거든 즉시 좋은 샘물을 주소서. 만일 운수가 끝났다면, 제갈양 등은 바라건대 이곳에서 죽고 싶습니다."

그날 밤에 축원을 마치고 날이 밝은 후에 보니, 파놓았던 우물에 물이 가득 괴어 있었다.

후세 사람이 찬탄한 시가 있으니,

> 나라를 위해 남만을 평정하러 대군을 거느리고 와서
> 마음을 바른 일에 기울이니 신명도 감동하도다.
> 옛 경공耿恭[1]은 우물에 절하여 단물이 솟았고
> 제갈양도 지극한 정성을 다하니 물이 밤중에 솟았도다.
> 爲國平蠻統大兵
> 心存正道合神明
> 耿恭拜井甘泉出
> 諸葛虔誠水夜生

공명은 군사와 말이 좋은 물을 마시고 나자, 마침내 유유히 작은 길로 나아가 바로 독룡동 아래에 이르러 영채를 세웠다.

파수보던 만병은 황급히 맹획에게 가서 촉군이 들이닥쳤다고 보고했다. 맹획이 타사대왕에게 말한다.

"촉군이 병에 걸리지도 않고 또 목이 말라 비틀어지지도 않은 채 왔다니, 이게 웬일이오. 네 곳의 샘물도 아무 반응이 없었나 보구려."

타사대왕은 믿기지가 않아서 친히 맹획과 함께 높은 산에 올라가 바라보았다.

과연 촉군은 유유히 큰 통을 지고 작은 통을 메고 물을 운반해다가 말을 먹이며 밥을 짓고 있었다. 타사대왕은 머리 끝이 쭈뼛해져서 맹획을 돌아보며 말한다.

---

1 경공은 후한 시대 장수로 흉노匈奴에게 포위당하여 마실 물이 없었는데 의관을 정제하고 기도하여 물을 얻었다는 고사가 있다.

"저들은 바로 신인神人의 군사요, 보통 인간이 아니로다."

"우리 형제 두 사람이 촉군과 일대 결전을 벌여 여기서 다 죽으면 죽었지, 어찌 두 손에 결박을 받을 수 있으리요."

타사대왕이 대답한다.

"대왕의 군사가 지면 나의 처자도 또한 죽게 되오. 그러니 소와 말을 잡아 동중 군사들을 배불리 먹인 뒤에 물불을 가리지 말고 촉군 영채로 돌격해야만 비로소 이길 수 있으리다."

이에 만병들에게 크게 상을 주고 출발하려는데, 파발꾼이 말을 달려와서 고한다.

"서쪽에 있는 은야동銀冶洞의 21동주洞主 양봉楊鋒이 군사 3만 명을 거느리고 우리를 도우러 옵니다."

맹획은 매우 기뻤다.

"이웃의 군사가 나를 도우니, 반드시 이길 것이다."

맹획은 타사대왕과 함께 동구에 나가서 양봉을 영접했다.

양봉이 군사를 거느리고 동천으로 들어와서 말한다.

"나에게 씩씩한 군사 3만 명이 있어 다 쇠갑옷 차림으로 능히 산과 고개를 날아 넘으니, 촉군 백만 명을 대적할 수 있으며, 더구나 나의 아들 다섯은 모두 무예가 출중하니 족히 대왕을 도울 수 있으리다."

양봉은 다섯 아들을 불러들여 절을 시킨다. 보니, 아들 다섯이 다 범 같은 체격으로 위풍이 늠름하였다.

맹획은 잔뜩 생기가 돌면서 잔치를 벌이고 서로 마시다가, 다들 술이 얼근히 취했을 때였다.

양봉이 제의한다.

"군중에 풍류가 없으니 흥취가 없구려. 나에게 군사를 따라온 여자들이 있어 다 칼과 방패 춤을 잘 추니, 여러분의 흥취를 돕게 하리다."

맹획은 흔연히 보여달라고 청한다.

조금 지나자, 오랑캐 여자 수십 명이 다 머리를 풀고 맨발로 장막 밖에서 뛰어들어와 춤을 추니, 모든 오랑캐들은 손뼉을 치며 노래부른다.

양봉은 두 아들에게 술잔을 드리라고 분부한다. 두 아들이 맹획과 맹우 앞에 가서 술을 따른다. 맹획과 맹우 두 사람이 술을 받아서 막 마시려는 찰나였다. 양봉이 벽력 같은 소리를 지른다.

순간 두 아들은 맹획과 맹우의 멱살을 덥석 잡고, 자리 아래로 끌어내렸다. 타사대왕은 장내의 공기가 일변하자, 슬며시 달아나다가 양봉에게 붙들렸다. 동시에 오랑캐 여자들이 춤을 추며 앞을 막으니, 누가 감히 근접할 수 있으리요.

맹획이 볼멘소리를 한다.

"토끼가 죽으면 여우도 슬퍼하나니, 생물은 동류同類를 아낀다는 옛말이 있다. 나와 너는 다 남만 땅의 한 동주洞主로서 오늘날까지 아무 원수진 일이 없는데, 어째서 나를 죽이려 하느냐?"

양봉이 대답한다.

"나의 형제와 자식과 조카들은 다 제갈승상께서 살려주신 은혜를 입었건만 갚을 길이 없던 참에, 네가 아직도 반역하니 너를 잡아 바치지 않고 무엇을 하리요."

이에 동천에서 온 모든 만병들은 제각기 고향으로 슬슬 달아나버렸다. 그날로 양봉은 맹획, 맹우, 타사를 결박지어 공명의 영채로 끌고 갔다.

공명이 불러들이자 양봉 등은 들어와 장막 아래에서 절하며 고한다.

"저희들의 자식과 조카들은 다 승상께서 살려주신 은혜를 입었기에 이제 맹획과 맹우 등을 사로잡아 바치나이다."

공명은 그들에게 많은 상을 주었다. 이윽고 맹획이 끌려들어오자 공명은 껄껄 웃는다.

맹획을 다섯 번째 결박한 공명

"네가 이젠 진심으로 항복하겠구나."

"나는 너의 능력으로 붙들리지 않았다. 바로 우리 동족이 나를 이 지경으로 팔아 넘겼으니 죽일 테면 어서 죽여라. 결코 항복할 수는 없다."

"너는 나를 속여 물 없는 곳으로 끌어들이고 더구나 아천·멸천·흑천·유천의 독으로써 우리를 멸망시키려 했지만, 보아라. 우리 군사들은 건재하니 어찌 하늘의 뜻이 아니리요. 너는 어째서 이렇듯 이치를 판단 못하느냐."

"우리는 조상 때부터 은갱산 속에 살면서 험한 삼강과 수많은 관소를 두었으니, 네가 그곳에서 나를 사로잡는다면, 내 마땅히 자손 대대로 성심껏 복종하고 섬기게 하리라."

"내 다시 너를 돌려보낼 테니, 군사를 정돈하고 나와 함께 승부를 결

142

정지어라. 그때에 사로잡혀 또 복종하지 않으면, 너의 9족族까지 죽을 줄 알라."

공명은 좌우에 명하여 맹획의 결박을 풀어주라 했다. 맹획은 공명에게 두 번 절하고 떠나갔다. 공명은 또 맹우와 타사의 결박을 풀어주고, 술을 주어 놀란가슴을 진정시켰다. 두 사람은 너무나 송구해서 감히 바라보지를 못한다.

공명이 말에 안장까지 얹어주어 그들을 떠나 보내니,

험한 곳으로 깊이 들어가기란 쉬운 일이 아닐세.
다시 기이한 계책을 펴니 어찌 우연이라 하리요.
深臨險地非容易
更展奇謀豈偶然

이리하여 맹획이 다시 군사를 거느리고 오니, 승부는 어떻게 날 것인가.

제90회

큰 짐승을 몰아 만병을 여섯 번째 격파하고
등갑을 불질러 맹획을 일곱 번째 사로잡다

공명은 맹획 등 천 명을 돌려보내고, 양봉과 그 아들들에게는 다 벼슬을 주고, 동천 군사들에게도 많은 상을 주었다. 이에 양봉 등도 공명에게 감사해하며 절하고 돌아갔다.

한편 맹획 등은 밤낮을 가리지 않고 말을 달려 은갱동으로 갔다. 은갱동 밖에 삼강이 있으니, 이는 노수·감남수甘南水·서성수西城水 세 물길이 합쳤기 때문에 생긴 명칭이었다.

은갱동 북쪽 2백여 리 땅은 매우 평탄해서 여러 가지 물품이 생산되고, 서쪽 2백 리에는 염정鹽井이 있고, 서남쪽 2백 리 지점은 바로 노수와 감남수와 직결하고, 남쪽 2백 리에는 바로 양도동梁都洞이 있었다.

이 동천은 산이 주위를 에워싸고, 그 안이 은광銀鑛이므로 산 이름을 은갱산이라 했다.

산속에는 만왕의 소굴인 궁전과 누대樓臺가 있는데, 그 중에 한 사당[廟]이 있어 이름을 '가귀家鬼'라 하고, 춘하추동으로 소와 말을 잡아 제사를 드렸다. 그 제사를 '복귀卜鬼'라 하는데, 촉 땅 사람과 외국 사람도

144

있어 해마다 함께 제사를 지냈다. 그들은 병이 나면 결코 약을 쓰지 않고, 다만 무당을 시켜 기도를 드리니, 그것을 '약귀藥鬼'라 한다.

또 그곳에는 형법이 없어, 누구고 죄를 저지르면 즉시 칼로 베어 죽이고, 또 딸이 장성하면 시내에서 목욕을 하는데, 그때 남자와 여자들이 마구 뒤섞여 멱을 감다가 서로 눈이 맞으면 저희들끼리 짝을 지어 살게 할 뿐, 부모는 간섭하지 않으니, 이를 '학예學藝'라 한다.

또 그 해에 비와 바람의 때와 분량이 알맞을 때 곡식을 심되, 만일 흉년이 들면 뱀을 잡아 국을 끓이고 코끼리를 구워 주식을 삼는다. 부락 중에서 가장 큰 집을 차지한 두목은 동주洞主요, 그 다음 지위는 추장이다. 매달 초하룻날과 보름날에는 백성들이 모두 삼강성三江城으로 올라가 물건을 팔고 사서 물자를 교환하니, 그들의 풍속이란 대개 이런 것이었다.

맹획은 동중洞中에서 종당宗黨 천여 명을 모으고 묻는다.

"나는 촉군에게 여러 번 모욕을 당했으니, 맹세코 원수를 갚고야 말겠다. 너희들에게 무슨 좋은 의견이라도 있느냐?"

말이 끝나기도 전에 한 사람이 썩 나선다.

"내가 한 사람을 천거하겠으니, 제갈양을 격파하기는 어렵지 않을 것입니다."

모든 사람들이 보니, 그는 바로 맹획의 처남이요, 현재 팔번八番 부장部長인 대래동주帶來洞主였다.

맹획이 크게 반기며 묻는다.

"그 사람이 누구냐?"

"여기서 동남쪽으로 가면 팔납동八納洞이며, 그곳 동주는 목록대왕木鹿大王인데, 법술法術에 능통하여 나올 때면 코끼리를 타고 능히 바람을 일으키고 비를 부르며, 항상 범과 표범과 늑대와 독한 뱀과 흉악한 전갈을 거느리고, 또 매우 용맹한 귀신 군사 3만 명을 두었습니다. 대왕은 친서를 쓰고 예물을 갖추어주십시오. 제가 가서 구원을 청하겠습니다. 그가 응낙만 하는 날이면, 그까짓 촉군쯤은 두려워할 것 없습니다."

맹획은 흔쾌히 대래동주에게 친서와 예물을 주어 떠나 보내고, 타사대왕을 삼강성으로 보내어 전방을 막고 지키게 했다.

한편, 공명은 군사를 거느리고 삼강성 쪽으로 나아가 멀리 그 성을 바라보니, 삼면이 다 강물이요 한 쪽만 저편 언덕과 통하였다.

공명은 즉시 위연과 조자룡에게 군사를 주어, 육로로 가서 성을 공격하게 했다.

그들이 삼강성 아래에 이르렀을 때, 성 위에서 화살이 빗발치듯이 날아 내려온다. 원래 동중 사람들은 활과 노 쏘는 법을 많이 익혔기 때문에, 한 번 쏘면 화살 열 대가 동시에 날고, 화살촉마다 독약을 발라서 한 대라도 맞기만 하면 살이 줄곧 썩어, 결국 오장五臟을 드러내고 죽게 마련이다.

조자룡과 위연은 능히 대적할 수가 없어서, 돌아가 공명에게 독약을 칠한 화살에 관해서 보고했다. 공명은 친히 조그만 수레를 타고 가서 그 허실을 살펴보고, 영채로 돌아가서 군사를 몇 리 밖으로 후퇴시키고 영채를 세웠다.

만병들은 촉군이 멀리 물러가는 것을 바라보고 크게 웃으며, 적군이 겁이 나서 달아난다고 서로 축하했다. 그래서 만병들은 안심하고 그날 밤에 편안히 자면서 초탐군도 배치하지 않았다.

한편, 공명은 후퇴한 후로 영채를 굳게 닫고 연 5일 동안을 나오지 않고, 일절 명령도 내리지 않았다.

해는 기울고 황혼이 되자, 문득 바람이 천천히 불기 시작한다.

드디어 공명이 명령을 내린다.

"모든 군사들은 각기 겉저고리 하나씩을 준비하고 초경 때에 점검을 받도록 하여라. 준비를 아니한 자는 그 자리에서 참하리라."

모든 장수들은 그 뜻을 알 수 없었으나, 모든 군사들은 그저 분부대로 준비했다.

초경 때 공명은 또 명령을 내린다.

"군사마다 준비한 저고리에 흙을 가득 싸라. 명령을 어기면 즉시 참하리라."

군사들은 역시 영문도 모르면서 명령대로 했다.

공명이 또 영을 내린다.

"모든 군사는 그 흙을 삼강성 아래로 가서 쏟아라. 제일 먼저 간 자에게는 상을 주리라."

모든 군사들은 명령을 듣자, 저고리에 싼 흙을 가지고 삼강성 아래로 나는 듯이 달려갔다.

공명이 분부한다.

"흙을 쌓아 오를 길을 만들되, 성 위에 맨 먼저 올라간 자를 첫째 공功으로 삼겠다."

이에 촉군 10만여 명과 항복한 만병 만여 명이 일제히 성 아래에 흙을 버리니, 삽시에 흙은 쌓이고 산이 되어 성 높이와 같게 됐다.

신호 소리와 함께 촉군이 다 성 위로 올라가니, 만병들은 급히 활을 쏘려다가 미처 쏘지도 못하고 반수 이상이 사로잡혔다. 그 나머지는 성을 버리고 달아나고, 타사대왕은 혼전混戰 중에 죽고 말았다.

촉장들은 군사를 나누어 달아나는 만병을 마구 무찔러 죽인다. 공명은 삼강성을 점령하자, 그곳에서 얻은 보물들을 다 삼군에게 상으로 나누어줬다.

싸움에 패한 만병들은 도망쳐 맹획에게 돌아가서 보고한다.

"타사대왕은 죽고, 삼강성을 빼앗겼습니다."

맹획은 소스라치듯 놀라 깊은 생각에 잠겨 있는데, 군사가 들어와서 고한다.

"촉군은 이미 강을 건너서, 지금 이곳 은갱동 앞에 와서 진영을 세우고 있습니다."

맹획은 몹시 당황해하는데, 문득 병풍 뒤에서 한 사람이 크게 웃으며 나온다.

"소위 남자로서 어찌 이리도 무능하시오. 나는 한낱 여자지만, 바라건대 당신과 함께 나가서 싸우리다."

맹획이 보니, 바로 자기 아내인 축융부인祝融夫人이었다. 부인은 대대로 남만에서 살아온 축융씨祝融氏(화신火神)의 후손으로서 비수를 던지면 백발백중하는 명수였다.

맹획이 일어나 감사하니, 부인은 흔연히 말에 올라 동족 출신인 사나운 장수 수백 명과 새로운 동병洞兵 5만 명을 거느리고 은갱동 궁궐에서 나왔다.

그들이 동 입구 앞에 이르자 한 무리의 촉군이 앞을 막으니, 맨 앞에 선 장수는 바로 장의였다.

만병들은 촉군을 보자 즉시 일렬로 늘어서고, 축융부인은 비수 다섯 자루를 자기 등에 꽂고, 손에 1장 8척의 긴 창을 잡고, 곱슬털 적토마를 달려 썩 나선다.

장의는 축융부인의 날렵한 풍채를 보고 속으로 은근히 감탄했다.

두 사람이 동시에 달려들어 서로 어우러져 싸운 지 수합에 축융부인은 말 머리를 돌려 달아난다.

장의가 뒤쫓아가는데, 문득 비수 한 자루가 날아온다. 장의는 급히 손을 들어 막다가 왼쪽 팔에 비수를 맞고, 몸을 뒤집으며 말에서 떨어진다. 만병들은 일제히 달려들어, 장의를 사로잡아 꽁꽁 묶어 끌고 가버렸다.

마충은 장의가 사로잡혔다는 보고를 듣고 급히 구출하러 왔으나, 어느새 만병들에게 포위당하고 말았다. 마충이 바라보니, 저쪽에 축융부인이 긴 창을 잡고 말을 세우지 않는가!

마충은 분이 나서 축융부인과 싸우러 달려가다가, 만병들이 준비해둔 줄에 말 다리가 걸려 말과 함께 쓰러지는 바람에 역시 사로잡혀 은갱동으로 끌려들어가 맹획 앞에 서게 됐다.

맹획은 촉장 둘이 잡혀온지라, 기뻐서 잔치를 차리고 축하하는데, 축융부인이 도부수들에게 추상같이 호령한다.

"적의 장수 둘을 즉시 참하여라."

맹획이 말린다.

"제갈양은 나를 다섯 번씩이나 석방했는데, 이제 그의 장수들을 죽이면 이는 의리가 아니다. 그들을 감금해뒀다가 제갈양을 사로잡는 날에 함께 죽여도 늦지 않으리라."

축융부인은 남편의 뜻을 따르기로 하고, 서로 웃고 마시고 즐겼다.

한편, 패잔병들은 돌아가서 공명에게 경과를 보고했다. 공명은 즉시 마대와 조자룡과 위연 세 사람을 불러 계책을 일러주고, 각각 군사를 주어 떠나 보냈다.

이튿날, 만병이 은갱동에 들어와서 고한다.

"조자룡이 와서 싸움을 걸고 있습니다."

축융부인이 즉시 말을 타고 나가서, 조자룡을 맞이하여 싸운 지 수합에 이르렀을 때였다.

조자룡은 문득 말을 돌려 달아나는데, 축융부인은 혹 복병이 있을까 겁이 나서 뒤쫓지 않고 군사를 거느리고 돌아간다.

이번에는 위연이 군사를 거느리고 나타나서 싸움을 건다. 축융부인이 말을 달려와 서로 싸운 지 수합에 이르렀을 때 위연이 또 패한 체하고 달아나니, 축융부인은 역시 뒤쫓지 않는다.

이튿날, 조자룡이 군사를 거느리고 가서 싸움을 걸자, 축융부인은 동병을 거느리고 나온다. 두 사람이 어우러져 싸운 지 불과 수합에 조자룡이 패한 체 달아나니, 축융부인은 더 이상 쫓지 않고 은갱동으로 돌아가려 한다. 이에 위연이 군사를 거느리고 나타나서 온갖 욕설을 마구 퍼붓는다.

축융부인은 참다못해 창을 꼬느어 잡고 위연에게로 달려 들어온다. 위연이 곧 말 머리를 돌려 달아나자, 축융부인은 분해서 쫓아온다.

위연은 말을 달려 산속 좁은 길로 들어가는데, 문득 등뒤에서 외마디 소리가 나기에 돌아본즉, 축융부인이 말 위에서 벌렁 나자빠지며 땅에 떨어진다.

원래 마대가 그곳에 매복하고 줄을 가로질러뒀다가 갑자기 잡아당겨, 축융부인이 탄 말 다리를 옭아 쓰러뜨렸던 것이다.

촉군들이 뛰어나와 축융부인을 사로잡아 결박지어 대채로 끌고 간다. 오랑캐 장수들이 만병을 거느리고 부인을 구출하러 왔을 때는, 조자룡이 나타나서 그들을 무찔러 흩어버렸다.

공명은 장상에 단정히 앉아 있는데, 마대가 축융부인을 잡아온다. 공명은 급히 무사들에게 분부하여 부인의 결박을 풀어주고 다른 장막으로 안내하게 한 뒤에, 술을 보내어 놀란 마음을 진정시켰다. 그리고 즉시 맹획에게 사람을 보내어, 축융부인을 장의 · 마충 두 장수와 교환하자고 교섭했다.

맹획은 응낙하고 즉시 장의와 마충을 공명에게로 돌려보냈다. 이에 공명도 마침내 축융부인을 은갱동으로 정중히 돌려보냈다.

맹획은 아내인 축융부인을 영접해 들이고, 한편으론 기뻐하며 동시에 고민하는데, 아랫사람이 들어와서 고한다.

"팔납동주八納洞主가 옵니다."

맹획은 곧 동구 밖으로 나가서 영접한다. 팔납동주인 목록대왕은 흰 코끼리를 타고, 몸에 황금과 구슬과 장신구를 주렁주렁 달고, 허리에는 두 개의 큰 칼을 차고, 호랑이·표범·늑대 등을 데리고 온 군사들을 거느리고 위풍당당히 들어온다.

맹획은 두 번 절하고, 지금까지의 경과를 호소했다.

목록대왕은 머리를 끄덕이며,

"원수를 갚아드리겠소."

하고 쾌히 허락한다.

맹획은 크게 기뻐하며 잔치를 베풀어 융숭히 대접했다.

이튿날, 목록대왕은 자기 군사들과 사나운 짐승들을 거느리고 나온다.

조자룡과 위연은 만병들이 나온다는 보고를 받자, 군사들을 벌여 진영을 이루고, 말을 나란히 타고 바라본다.

그런데 만병들의 기치와 무기들은 전에 보던 것과는 전혀 다르다. 더구나 그들은 옷도 갑옷도 입지 않은 새빨간 알몸인데다 얼굴은 추잡하고, 몸에는 네 자루의 날카로운 칼을 차고, 북도 징도 각적角笛(뿔로 만든 피리)도 울리지 않고, 다만 사금篩金(오늘날의 체 같은 것) 하나로 신호를 삼고 있었다.

이윽고 목록대왕이 허리에 두 자루의 보검을 차고, 많은 사마귀가 달린 종鐘을 들고, 흰 코끼리를 타고 큰 기 속에서 나온다.

조자룡이 위연에게 말한다.

"우리가 오늘날까지 허다한 싸움을 했지만, 저런 놈들은 처음 보는도다."

두 사람이 잠시 작전을 생각하는 동안에 목록대왕이 입으로 무슨 주문을 중얼중얼 외며 손으로 종을 흔들자, 문득 광풍이 크게 일더니 모래가 날고 돌은 데굴데굴 굴러 마치 소나기가 쏟아지는 것 같았다.

문득 화각畵角(뿔에 그림을 그려넣은 악기) 소리가 한 번 울리자 범·표범·늑대·독사 등 맹수들이 바람 따라 나와서, 입을 쩍 벌리고 발톱을 휘둘러 춤추며 달려 들어오니 촉군이 어찌 감당할 수 있으리요. 즉시 후퇴하니, 만병은 뒤쫓아오며 촉군을 마구 죽이고, 삼강 경계에 이르러서야 비로소 돌아갔다.

조자룡과 위연은 패잔병을 수습하여 돌아와, 공명에게 벌을 청하고 경과를 소상히 보고한다.

공명이 웃는다.

"이는 그대들 두 사람의 죄가 아니로다. 나는 옛날에 세상에 나오지 않고 초려에 있을 때부터 남만에는 범과 표범을 싸움에 쓰는 법이 있다는 것을 알고 있었다. 그래서 나는 이미 촉에서 이러한 진법陣法을 격파할 물건을 마련했고, 뒤따라온 수레 20대에 봉하여 싣고 왔다. 이번에는 반만 쓰고 나머지는 뒀다가 뒤에 따로 쓰리라."

공명은 마침내 좌우에 명하여 붉은 기름을 먹인 궤櫃를 실은 수레 열 대를 장막 아래로 끌어오라 하고, 검은 기름을 먹인 궤를 실은 수레 열 대는 그냥 뒤에 남겨두라 했다.

모든 군사들은 영문을 몰라 어리둥절해한다. 공명이 그 궤들을 열게 하니, 그 안에서 나온 물건은 다 나무로 조각하고 채색을 한 큰 짐승들이었다. 다 똑같이 5색 융단 실로 털을 만들어 입혔고, 강철로 발톱과 어금니를 만들었는데, 그 한 마리에 열 명은 탈 수 있었다.

공명은 씩씩한 군사 천여 명을 뽑아 만든 짐승 백 마리를 거느리게 하고, 그 짐승 속에다 유황과 염초를 장착시켰다.

이튿날, 공명은 대규모 군사를 거느리고 나아가, 동구 앞에 진영을 벌였다.

만병은 곧 은갱동으로 들어가서 만왕 맹획에게 촉군이 왔다고 보고했다. 목록대왕은 스스로 '나를 대적할 자는 없다'며, 맹획과 함께 만병들을 거느리고 나온다.

공명은 윤건을 쓰고 깃털 부채를 들고 도포를 입고, 수레에 단정히 앉아 있었다.

맹획이 손가락으로 가리킨다.

"저기 수레에 앉아 있는 자가 바로 공명이니, 그를 잡기만 하면 큰일은 결정나오."

목록대왕이 입으로 주문을 외며 종을 흔들자, 순식간에 광풍이 크게 일어나고 사나운 짐승들이 뛰어나온다.

이에 공명이 깃털 부채를 한 번 흔들자, 억센 바람은 도리어 만병들 쪽으로 불고 촉군 진지에서 나무로 만든 가짜 짐승들이 일제히 뛰어나간다.

남만의 진짜 맹수들은 촉군 쪽에서 큰 짐승들이 입으로 불을 뿜고 코로 검은 연기를 내고 몸에 달린 구리 방울을 요란스레 울리며, 어금니를 드러내고 발톱으로 춤을 추며 달려오는 것을 보자, 기가 질려 감히 덤벼들지도 못하고 다 은갱동 쪽으로 달아난다. 그러는 도중에 도리어 만병들을 마구 들이받아 쓰러뜨린다.

공명이 군사를 크게 진격시키고 북과 징을 일제히 울리며 달아나는 적을 무찔러 죽이는 바람에 목록대왕은 혼전 중에 죽으니, 마침내 은갱동 안의 맹획의 일가 친척도 궁궐을 버리고 산을 기어 넘어 달아난다.

공명의 대군은 마침내 은갱동을 완전히 점령했다.

이튿날이었다. 공명은 군사를 나누어 맹획을 잡을 작정인데, 수하 군사가 보고한다.

큰 짐승을 몰아 목록대왕을 쫓는 조자룡

"맹획의 처남인 대래동주가 맹획에게 항복하도록 여러 번 권했으나 끝내 듣지 않는지라. 대래동주는 맹획과 축융부인과 그 종당宗黨 수백 명을 모조리 사로잡아 승상께 바치러 왔습니다."

공명은 즉시 장의와 마충을 불러 이러이러히 하라 분부했다. 이에 두 장수는 계책을 받자 군사 2천 명을 거느리고 복도 양쪽에 매복했다. 그 제야 공명은 수문장을 시켜 그들을 데리고 들어오도록 명령했다.

대래동주가 도부수들과 함께 맹획 등 수백 명을 끌고 들어와 궁궐 뜰 아래에 엎드려 절하는데, 공명이 크게 호령한다.

"이놈들을 모조리 사로잡아라!"

순간, 장막 양쪽에 숨어 있던 군사들이 일제히 뛰어나와 두 사람이 한 사람씩 사로잡아 모조리 결박했다.

공명이 크게 웃는다.

"너희들이 조그만 꾀로 어찌 나를 속일 수 있으리요. 너희들은 동중 사람이 두 번씩 붙들려 와도 내가 죽이지 않는 것을 보고, 그래 이 동네에서 나를 죽이려고 거짓 항복해온 것이 아니더냐?"

공명이 무사들을 시켜 그들의 몸을 수색하니, 과연 각기 날카로운 칼을 지니고 있었다.

공명이 맹획에게 묻는다.

"네가 전에 너의 집에서 붙들리면 진심으로 항복하겠다더니, 이제 어찌할 테냐?"

맹획이 대답한다.

"일이 이렇게 되면, 우리는 스스로 죽으러 온 것밖에 안 된다. 그러니 네가 우리를 붙들었다고는 할 수 없다. 내 어찌 항복할 수 있으리요."

"너는 여섯 번째 사로잡혔건만, 그래도 항복하지 않겠다면 언제라야 항복할 작정이냐."

"네가 나를 일곱 번째 사로잡으면 내 진심으로 항복하고, 맹세코 다시는 반역하지 않으리라."

"너의 소굴을 격파했으니, 내 무엇을 근심하리요."

공명은 무사를 시켜 그 결박을 풀어주고 꾸짖는다.

"또 사로잡혀 딴소리를 하는 날에는 결코 용서하지 않으리라."

이에 맹획은 머리를 감싸고 쥐구멍을 찾듯 떠나갔다.

이번 싸움에 패한 만병 천여 명과 부상하여 달아났던 만병들이 다시 모였을 때, 그들은 돌아오는 맹획을 만났다. 맹획은 패잔병들을 수습하고서야 약간 기뻐서, 대래동주와 함께 상의한다.

"나의 동부洞府가 촉군에게 점령당했으니, 이제 우리는 어디로 가야할까."

대래동주가 대답한다.

"오직 한 곳이 있으니, 그 나라로 가야만 촉군을 격파할 수 있습니다."

맹획이 반색을 하며 묻는다.

"그곳이 어디냐?"

"여기서 동남쪽으로 7백 리를 가면 나라가 하나 있으니, 그 나라 이름은 오과국烏戈國이라 합니다. 그 나라 주인 올돌골兀突骨은 키가 두 길이며, 오곡五穀을 먹지 않고 살아 있는 뱀과 사나운 짐승만 먹으며, 몸에는 비늘이 돋아 있어 칼과 화살도 뚫지 못합니다. 그리고 그의 군사는 모두 등갑藤甲(등藤으로 만든 갑옷)을 입고 있으니, 그 등은 산속 계곡 사이에서 나서 석벽石壁 속에 서려 있던 것으로, 그 나라 사람들이 베어 반년 동안 기름에 담가뒀다가 햇볕에 말리고 마르면 다시 기름에 담그는데, 이러기를 10여 차례씩 한 이후에 갑옷을 만들어 입었기 때문에, 그 등갑을 입으면 강을 건너도 빠지지 않고 뜨며, 물이 묻어도 젖지 않으며, 칼로 치고 화살로 쏴도 상하지 않습니다. 그래서 등갑군藤甲軍이라고 하니 대왕은 가서 그들에게 구원을 청하십시오. 그들이 우리를 돕기만 하면, 칼로 대[竹]를 쪼개듯 제갈양을 잡기는 어렵지 않습니다."

맹획은 귀가 번쩍 뜨여, 마침내 올돌골을 만나러 오과국으로 가서 보니, 그들의 동네에는 집도 없고 다 혈거穴居 생활을 하고 있었다.

맹획은 동네 안으로 들어가서, 두 번 절하고 지난 일을 호소하며 애원했다.

올돌골이 말한다.

"나의 군사들을 거느리고 너의 원수를 갚아주리라."

맹획은 너무나 기뻐서 다시 절하고 감사했다.

이에 올돌골은 군사를 거느리는 두 부장을 부르니, 한 명은 이름이 사안土安이요, 다른 한 명은 해니奚泥였다. 그들은 군사 3만 명을 일으켜,

다 등갑을 입고 오과국을 떠나 동북쪽으로 가서, 한 강물 앞에 이르렀다.

그 강물 이름은 도화수桃花水로, 양쪽 언덕에는 복숭아나무가 많아서 해마다 떨어진 잎이 물 속에 쌓여 있었다. 만일 다른 나라 사람이 그 물을 마시면 다 죽지만, 오직 오과국 사람이 마시면 정신이 배로 맑아지는 물이었다.

올돌골의 군사는 도화수 건널목에 이르러 영채를 세우고, 촉군을 기다렸다.

한편, 공명은 귀순한 만병을 시켜 맹획의 소식을 염탐하는데, 그 만병이 돌아와서 보고한다.

"맹획이 오과국에 가서 등갑군 3만 명을 원조받아 현재 도화수 건널목에 주둔하고 있으며, 맹획은 또 각처의 만병들을 모아 힘을 합쳐 전투 태세를 갖추고 있습니다."

공명은 보고를 듣자 대군을 거느리고 크게 나아가, 바로 도화수 건널목에 이르러 건너편 언덕을 바라보니 만병들은 모습이 기괴하여 사람 같지가 않았다.

그곳 토인들에게 물으니,

"요즘 복숭아 잎이 한참 떨어지는 때라 그 물을 마실 수 없습니다."
하고 대답한다.

이에 공명은 5리 밖으로 물러가서 영채를 세우고, 위연에게 영채를 지키도록 했다.

이튿날, 오과국 주인이 한 무리의 등갑군을 거느리고 도화수 물을 건너오는데, 징소리와 북소리가 진동한다. 위연이 군사를 거느리고 나가서 맞이하니, 만병이 땅을 휩쓸듯 몰려온다. 촉군은 노와 활을 마구 쏘았으나, 만병들이 입고 있는 등갑을 능히 뚫지 못하고 땅에 떨어진다. 칼로 치고 창으로 찌르나 아무 효과가 없었다.

반대로 만병들은 모두 날카로운 칼과 강차鋼叉를 휘두르며 덤벼드니, 촉군이 어찌 대적할 수 있으리요. 다 패하여 달아나는데, 만병은 뒤쫓지 않고 그냥 돌아간다.

이에 위연은 다시 돌아와서, 만병들을 뒤쫓아가 도화수 건널목에 이르렀다. 만병들은 등갑을 입은 그대로 유유히 물을 건너는데, 그들 중에 피곤한 자는 등갑을 벗어 배처럼 타고 둥둥 떠서 건너간다.

위연은 급히 대채로 돌아가서, 공명에게 보고 온 바를 소상히 보고했다. 공명이 여개와 토인들을 불러 물으니, 여개가 대답한다.

"제가 전에 들은 바에 의하면, 남만 중에 오과국이라는 나라가 있는데, 그들은 사람으로서의 윤리가 전혀 없고 더구나 몸을 등갑으로 보호하기 때문에 부상당하는 일이 없으며, 또 복숭아 잎이 쌓인 흉악한 물이 있는데 그 나라 사람이 마시면 한결 정신이 맑아지되, 반대로 다른 나라 사람이 마시면 즉시 죽는다는 것입니다. 이러한 오랑캐들을 다 무찔러 이긴다 한들 무슨 이득이 있겠습니까. 그러니 군사를 돌려 본국으로 돌아가느니만 못합니다."

공명이 웃는다.

"내 여기까지 오기도 쉽지 않았는데, 어찌 그냥 돌아갈 수 있으리요. 내 내일이면 저절로 남만을 평정할 계책이 서 있노라."

공명은 곧 조자룡을 불러 분부한다.

"그대는 위연을 도와 영채를 지키되 경솔히 나가서 싸우지 말라."

이튿날 공명은 토인을 시켜 길을 안내하게 하고, 친히 조그만 수레를 타고 도화수 건널목에 이르러 북쪽 언덕의 궁벽한 산 일대를 살펴봤다. 산은 험하고 고개는 너무나 높아서 수레가 갈 수 없었다.

공명은 수레를 버리고 걸어가다가 어느 산에 이르러 바라보니 골짜기가 하나 보이는데, 모양은 긴 뱀 같고, 높이 솟은 봉우리에 깎아지른

석벽에다 나무는 하나도 없고, 그 사이로 한 가닥 큰길이 나 있었다.

공명이 토인에게 묻는다.

"저 골짜기 이름은 뭐냐?"

토인이 대답한다.

"저곳은 반사곡盤蛇谷이라 합니다. 저 골짜기를 나가면 바로 삼강성으로 통하는 큰길이 나서고, 골짜기 앞은 이름을 탑랑전塔郎甸이라 합니다."

공명이 내심 미소 짓는다.

"하늘이 나에게 이곳에서 성공하도록 만들어주심이로다."

공명은 왔던 길로 되돌아가 수레를 타고 영채로 돌아가서, 마대를 불러 분부한다.

"검은 기름을 바른 궤만 실은 수레 열 대를 줄 터이니, 대나무 천 개로 궤 속 물건을 이러이러히 하되, 본부 군사를 거느리고 가서 반사곡 앞과 뒤를 지키고 시킨 대로 하여라. 너에게 반달 동안 기한을 줄 테니 모든 준비를 다하고, 그때가 되거든 모든 장치를 하여라. 만일 이번 일에 소홀한 점이 있으면 군법으로써 문책하리라."

마대는 계책을 받고 떠나갔다.

공명은 또 조자룡을 불러 분부한다.

"너는 반사곡 뒤로 가서 삼강성으로 통하는 큰길을 지키고 이러이러히 하되, 필요한 물건을 그날까지 빈틈없이 준비하라."

조자룡은 계책을 받고 떠나갔다. 공명은 또 위연을 불러 분부한다.

"너는 본부 군사를 거느리고 가서 도화수 건널목에 영채를 세우고 있다가, 만병이 물을 건너 싸우러 오거든 즉시 영채를 버리고 흰 기가 있는 곳을 향하여 달아나되, 반달 동안에 잇달아 15진陣을 패하고 일곱 개의 영채를 버리고 노상 달아나기만 하여라. 단 한 번이라도 이기는 날이면 다시는 나를 못 볼 줄 알아라."

위연은 계책을 받고, 연속 패해야만 하는 사명을 맡았기 때문에 우울해하며 떠나갔다. 공명은 또 장의를 불러 군사를 주고, 지정한 곳에 가서 영채를 세우도록 보내고, 또 장익과 마충을 불러 지시한다.

"항복한 만병 천 명을 거느리고 이러이러히 하라."

한편, 맹획은 오과국 주인 올돌골에게 말한다.

"제갈양은 원래 속임수를 잘 쓰기 때문에, 군사를 매복시키는 데 이골이 난 사람이오. 앞으로 적군과 싸울 때는 삼군에게 분부하여 산골짜기가 있거나 또는 나무가 많은 곳에는 결코 경솔히 나아가지 말라고 이르시오."

"대왕의 말이 옳도다. 나도 중국 사람이 속임수를 많이 쓴다는 것은 익히 들어서 알고 있소. 앞으로는 대왕 말대로 하겠소. 나는 앞장서서 적을 무찌를 테니, 그대는 뒤에서 나를 지도하시오."

두 사람이 상의하고 결정을 하는데, 문득 척후병이 돌아와서 보고한다.

"촉군이 도화수 건널목 북쪽 언덕에 와서 영채를 세우고 있습니다."

올돌골은 곧 부장에게 명령을 내리고, 두 부장은 곧 등갑군을 거느리고 도화수를 건너갔다. 그들이 촉군과 싸운 지 불과 수합에 이르렀을 때였다. 위연이 패하여 달아난다.

그러나 만병들은 혹 촉군이 매복하고 있지나 않을까 겁이 나서 위연을 뒤쫓지 않고, 그냥 돌아가버렸다.

이튿날, 위연이 또 가서 영채를 세우자 만병은 이 사실을 보고하고, 또 많은 만병들이 도화수를 건너 싸우러 왔다. 위연이 그들을 맞이하여 싸운 지 수합에 또 패하여 달아난다. 만병들은 10여 리를 뒤쫓으며 촉군을 무찌르다가, 사방에 별다른 동정이 없음을 보고서 그제야 안심하고 위연이 버리고 간 촉채에 들어가서 주둔했다.

　이튿날, 두 부장은 올돌골을 모시고 촉채로 가서 경과를 보고했다. 이에 올돌골은 군사를 거느리고 한껏 나아가 위연의 군사를 추격하여 한바탕 무찌른다. 촉군은 다 갑옷과 무기를 버리고 달아나다가 보니, 저 멀리 흰 기가 서 있었다.

　위연은 패잔병을 거느리고 급히 그 흰 기가 있는 곳에 가서 보니, 이미 영채 하나가 서 있는지라, 그 안에 들어가서 주둔했다. 올돌골이 또 만병들을 몰고 쳐들어오므로, 위연은 또 군사를 거느리고 영채를 버리고 달아난다. 만병들은 그 촉채마저 점령했다.

　이튿날, 만병들이 또 뒤쫓아온다. 위연은 군사를 돌려 만병들과 싸운 지 불과 수합에 패하여 달아나다가, 흰 기가 보이기에 그리로 가니, 또 영채 하나가 서 있었다. 위연은 그 영채로 들어가서 주둔했다.

　이튿날, 만병들이 또 오거늘 위연은 싸우는 체하다가 다시 달아난다. 이에 만병들은 그 촉채마저 점령했다.

　이야기를 지루하게 끌 것 없이 요점만 말하기로 하면, 위연은 날마다 싸우다가는 달아나고 싸우다가는 달아나기를 되풀이하여 15진을 패하고, 모두 일곱 개의 영채를 버렸다. 이와는 반대로 신이 난 만병들은 크게 추격하여 촉군을 마구 무찔렀다.

　올돌골은 촉군을 자유자재로 격파하며 뒤쫓아가면서도, 숲이 무성한 곳이 있으면 감히 나아가지 못하고 사람을 시켜 알아봤다. 과연 그 숲속에는 촉군의 정기가 가득 들어차 있다는 것이었다.

　올돌골이 맹획에게 말한다.

　"과연 대왕의 짐작이 바로 들어맞았소."

　맹획이 크게 껄껄 웃는다.

　"이번엔 제갈양이 나의 짐작에서 벗어나지 못했기 때문에 대왕은 연일 싸워 15진을 이겼고 영채 일곱을 탈취했으며, 촉군은 달아나기에 바쁘니 제갈양도 이젠 바닥이 드러났소. 자 이럴 때 한 번만 더 나아가 무찌르면 대사는 결정나오."

올돌골은 크게 만족해하며 촉군을 무시했다.

16일째 되던 날, 위연이 패잔병을 거느리고 와서 등갑군에 대한 전투 태세를 취하자, 올돌골이 코끼리를 타고 나오는데 머리에는 일월日月을 장식한 낭수모狼鬚帽를 쓰고, 몸에는 황금과 구슬과 장신구를 걸고, 양쪽 겨드랑이 밑으로는 비늘을 드러내고, 눈은 야릇한 빛을 뿜으며 손으로 위연을 가리키며 크게 욕질한다.

위연이 곧 말 머리를 돌려 달아나니, 뒤에서 만병들이 바짝 쫓아온다.

위연은 군사를 거느리고 반사곡으로 접어들어, 흰 기를 바라보며 달아난다.

올돌골은 군사를 거느리고 위연의 뒤를 쫓으며 무찌르다가, 산속을 바라보니 풀 한 포기 나무 한 그루가 없었다. 그제야 올돌골은 매복한 촉군이 없음을 짐작하고, 마음놓고 뒤쫓아 골짜기 안으로 들어가서 보니, 검은 기름을 칠한 궤를 실은 수레 열 대가 길에 놓여 있었다.

만병이 고한다.

"이곳은 촉군이 곡식을 운반해오는 길인데, 대왕의 군사가 오는 걸 보고 그들이 버리고 달아난 수레올시다."

올돌골은 기뻐하며 군사를 몰고 뒤쫓아 골짜기 출구까지 가고 보니, 촉군은 어디로 달아났는지 보이지 않고, 갑자기 산 위에서 큰 나무와 돌들이 마구 굴러 떨어져 순식간에 출구를 막아버린다.

만병들은 길을 찾아 나아가다가 문득 보니, 크고 작은 수레에 가득 실은 마른 나무에서 일제히 불이 일어난다.

올돌골은 황망히 군사를 후퇴시키는데, 문득 후군後軍의 아우성 소리가 들리더니 한 군사가 달려와서 고한다.

"이 골짜기 입구도 이미 큰 나무와 돌들로 막혔고, 모든 수레에 실린 것은 다 화약이라, 일제히 타들어가고 있습니다."

올돌골은 사방에 풀도 나무도 없기 때문에 오히려 당황하지 않고 길을 찾아 달리는데, 문득 양쪽 산 위에서 무수한 횃불이 마구 날아 떨어지고, 횃불이 땅에 닿자마자 땅속 도화선導火線에 불이 붙어 철포鐵砲가 폭발하니, 온 골짜기에 불덩어리가 어지러이 춤을 추며 난다.

만병들이 입은 등갑마다 모조리 불이 붙어, 올돌골과 3만 명 등갑군은 서로 얼싸안고 반사곡 안에서 모두 타서 죽었다.

공명이 산 위에서 굽어보니, 만병들은 불에 타서 주먹과 다리를 쭉 뻗었고, 거의 철포에 맞아 머리가 깨지거나 또는 몸 일부가 없어진 채로 골짜기 안에 죽어 있으니, 그 지독한 악취에 코를 들 수가 없었다.

공명이 눈물을 흘리며 탄식한다.

"내 국가를 위해 공은 세웠으나, 이런 참혹한 짓을 했으니, 나도 오래 살지는 못하리라."

좌우의 모든 장수들도 머리를 숙이고 추연해졌다.

한편, 맹획은 영채에 있으면서 만병이 돌아와 기쁜 소식을 전해주기만 고대하는데, 홀연 만병 천여 명이 영채 앞에 와서 웃으며 절한다.

"오과국 군사들이 촉군과 크게 싸워 제갈양을 반사곡 안으로 몰아넣고 에워쌌습니다. 청컨대 대왕은 속히 가서 후원하소서. 우리는 다 본시 은갱동 사람으로서 하는 수 없이 한때 촉군에게 항복했으나, 이제 대왕에게 와서 도움을 청하나이다."

맹획은 기뻐서 어쩔 줄을 모르며 자기 종당宗黨과 모아둔 번인蕃人들을 거느리고, 만병들의 길잡이를 따라서 반사곡 가까이 이르렀을 때였다. 불빛이 수없이 일어나고 고약한 냄새가 코를 찌른다.

등갑을 불질러 맹획을 사로잡는 제갈양(왼쪽 위)

맹획은 속임수에 걸려든 줄 알고 급히 군사를 후퇴시키는데, 왼쪽에서는 장의가, 오른쪽에서는 마충이 군사를 거느리고 내달아 나온다.

맹획이 맞이해서 싸우는데, 난데없는 함성이 일어나더니, 지금까지 만병이던 자들이 갑자기 촉군으로 돌변하여 만왕의 족당과 번인들을 모조리 사로잡는다. 맹획은 급히 말을 돌려 마구 무찌르며 포위를 뚫고 산을 향하여 한참 달아나는데, 움푹 파인 산속에서 한 떼의 군사가 조그만 수레를 호위하고 나온다.

보니, 수레에 한 사람이 단정히 앉았는데 머리에 윤건을 쓰고 손에 깃털 부채를 들고 몸에 도포를 입었으니, 바로 공명이었다.

공명이 크게 꾸짖는다.

"반적 맹획아, 이제 어쩔 테냐?"

맹획은 급히 말을 돌려 달아나는데, 한 장수가 달려 나와 길을 막는다. 마대였다.

맹획은 미처 손쓸 사이도 없이 마대에게 사로잡혔다.

이때 왕평과 장익은 이미 일지군을 거느리고 만병의 영채로 가서 축융부인과 그 일당을 몽땅 사로잡아왔다.

공명은 영채로 돌아와서 장상에 앉아 모든 장수들에게 말한다.

"이번에 딴 도리가 없어 그런 계책을 쓰긴 했으나, 나는 크게 음덕陰德을 잃었다. 적은 숲이 있는 곳에 우리 군사가 매복하고 있을 것으로 생각했고 나는 그걸 알았기 때문에 숲 속마다 정기만 꽂아두었을 뿐 군사를 매복시키지 않았으니, 이는 적에게 더욱 의심을 일으키기 위해서였으며, 또 위연에게 15진을 연달아 지게 한 것은 적에게 확고한 자신감을 주기 위해서였다. 내가 보니 반사곡은 한 가닥 길 외에 양쪽 산은 다 석벽이며, 아울러 나무가 없고 땅바닥은 다 모래흙이었다. 그래서 마대를 시켜 검은 기름 칠한 궤를 골짜기 안에 배치했으니, 궤는 다 미리 만들어온 대포로서 그 이름은 지뢰地雷라. 지뢰마다 철포가 아홉 개씩 장착되어 있으니, 그것을 30보마다 묻고, 대나무를 써서 도화선을 끌어들였으니 건드리기만 해도 돌이 찢어지고 산이 무너짐이라. 내 조자룡을 시켜 미리 마른풀을 실은 수레를 반사곡 출구에 배치하고, 또 산 위에 큰 나무와 돌들을 준비하고, 그런 뒤에 위연으로 하여금 올돌골과 등갑군을 속여 골짜기 안으로 끌어들이게 하고, 위연이 빠져 나오자마자 출구를 막아 그들을 태워 죽인 것이다. 내 듣건대 '물에 이로운 것이 불에는 불리하다' 하니, 등갑은 칼과 화살로도 뚫을 수 없지만 기름을 먹여 만든 물건이라 불이 닿기만 하면 반드시 탈 것이다. 만병이 입고 있는 그런 등갑을 불로 공격하지 않고서 어찌 이길 수 있으리요. 그러나 오과국 사람을 씨도 남기지 않고 몰살한 것은 나의 큰 죄로다."

모든 장수들이 절하고 엎드린다.

"승상의 하늘 같은 계책은 귀신도 측량할 수 없나이다."

공명은 맹획을 끌어들이라 한다.

맹획이 장막 아래에 꿇어앉자, 공명은 그 결박을 풀어주라 하고 다른 장막으로 데리고 가서 술을 주어 놀란가슴을 진정시키도록 했다. 그러고 나서 공명은 음식을 맡아보는 사람을 안상 앞으로 불러 이러이러히 하라 분부하고 내보냈다.

맹획은 축융부인과 맹우와 대래동주와 모든 종당과 함께 장막에서 술을 마시는데, 한 사람이 들어와서 고한다.

"승상께서 서로 대하기가 쑥스럽다면서, 귀공과 만나고 싶어하지 않으십니다. 그래서 저에게 분부하시기를, 귀공을 돌려보내고 다시 싸워 승부를 짓겠다고 하십니다. 귀공은 어서 돌아가십시오."

맹획이 운다.

"일곱 번이나 사로잡았다가 일곱 번을 놓아준다는 일은 예로부터 없었다. 내 비록 왕의 은덕을 모르는 외방外方 사람이나 자못 예의를 아노니, 어찌 염치마저 없겠느냐."

맹획은 마침내 형제 · 처자 · 종당들과 함께 기어서 공명의 장막으로 가서 윗옷을 벗고 꿇어앉아 사죄한다.

"승상의 하늘 같은 위엄 앞에 남쪽 사람들은 다시 반역하지 않으리다."

공명이 묻는다.

"귀공은 이제야 항복하는가?"

맹획이 울며 고한다.

"저의 자자손손에 이르도록 하늘과 땅 같은 생성生成의 은혜에 감복하리니, 어찌 항복하지 않겠습니까."

공명은 맹획을 장상으로 부축해 올리고 잔치를 베풀어 축하하는 동시에, 맹획에게 길이 남만 땅을 다스리게 하고 그 동안 빼앗은 땅을 모두 돌려주었다.

이에 맹획과 그 종당과 모든 만병들은 깊이 감격하고, 다 기뻐 날뛰며 돌아갔다.

후세 사람이 공명을 찬탄한 시가 있다.

깃털 부채를 들고 윤건을 쓰고 푸른 기에 호위되어

만왕을 일곱 번 사로잡아 남만을 항복받았도다.

오늘에 이르도록 남만 계곡과 동천마다 위엄과 덕을 전하니

그들은 고원에 사당을 세워 공명을 모셨도다.

羽扇綸巾擁碧幢

七擒妙策制蠻王

至今溪洞傳威德

爲選高原立廟堂

장사 비의가 들어와서 간한다.

"이번에 승상께서 친히 군사를 거느리고 불모의 땅에 깊이 들어오셔서 남만을 수복하여 이제 만왕이 항복했거늘, 어째서 이곳에 관리를 두어 맹획과 함께 다스리도록 하지 않습니까?"

공명이 대답한다.

"그렇게 하면 세 가지 어려운 일이 있다. 남만에 외국 사람을 둔다면 마땅히 외국 군사도 둬야 하는데, 그러면 식량이 매우 부족할 테니 이것이 그 첫 번째 어려움이며, 이번에 만인蠻人들이 많이 상하고 부형父兄들이 죽었으니, 우리 관리만 두고 우리 군사를 두지 않으면 반드시 감정 대립으로 불상사가 일어날 것이니 이것이 그 두 번째 어려움이다. 만인

들은 자고로 싸운 일이 많아서 남을 의심하는 마음도 크니 외국 사람이 머물면 끝내 믿지 않을지라, 이것이 그 세 번째 어려움이니라. 그러므로 남만에 우리 나라 사람을 두지 않고, 또 우리 나라 곡식을 보내지 않으면 저절로 무사 태평하리라."

모든 사람들은 공명의 말에 다 감복했다.

이에 남만은 공명의 은덕에 감격하여 공명을 위해 생사당生祠堂(살아 있는 사람을 신으로 모시는 곳)을 세우고, 계절마다 제사를 지내기로 하고, 모두 공명을 자부慈父라 불렀다.

그리고 각기 진주와 황금과 보배와 단칠丹漆(염료染料)과 농우農牛와 전마戰馬를 보내어 군용軍用에 쓰도록 선사하고, 다시는 배반 않기로 맹세하니 남방이 안정되었다.

공명은 모든 군사를 호궤하고 위로하며, 군사를 돌려 촉으로 돌아가는데, 선봉 위연이 거느린 본부 군사가 노수에 이르렀을 때였다.

문득 사방에서 검은 구름이 모여들고, 노수 물에서 한바탕 광풍이 일어나더니, 모래가 날고 돌이 데굴데굴 굴러서 군사들은 더 이상 나아갈 수가 없었다.

위연은 군사를 후퇴시키고, 돌아가 공명에게 보고했다. 이에 공명은 마침내 맹획을 초청하여 그 원인을 물으니,

국경 바깥의 남만이 겨우 항복하더니
이젠 물가에서 귀신들이 또 미쳐 날뛴다.
塞外蠻人方帖服
水邊鬼卒又猖狂

맹획이 어떤 대답을 할까?

제91회

한나라 장수들은 노수에 제사지낸 후 회군하고
무후는 중원을 치려고 표문을 올리다

공명은 군사를 거느리고 촉나라로 돌아가는데, 맹획이 모든 동주洞主와 추장과 각 부락민들을 거느리고 늘어서서 전송한다.

앞서가는 군사가 노수에 이르니, 이때가 바로 9월이라. 가을 하늘에 갑자기 검은 구름이 모여들고, 광풍이 휘몰아쳐서 군사들은 노수를 건너지 못한다.

공명은 이 사실을 보고받고, 맹획에게 그 까닭을 물었다.

맹획이 대답한다.

"노수에는 원래 미친 신이 있어 재앙을 일으키니, 그곳을 왕래하는 자는 반드시 제사를 지내야 합니다."

"무슨 물건으로 제사를 지내야 하는가?"

"지난날에는 미친 신이 작희할 때, 7·7이 49개의 사람 머리와 검은 소와 흰 염소를 잡아 제사지내면 저절로 바람과 물결이 자고, 겸하여 해마다 풍년이 들었습니다."

"이제 모든 일이 평정됐는데, 어찌 한 사람인들 죽일 수 있으리요."

공명이 친히 노수 가에 가본즉, 과연 음습한 바람이 크게 불고 파도가 들끓어서 사람과 말이 다 놀라고 있었다.

공명은 의심이 나서 곧 토인에게 물으니, 토인이 고한다.

"지난날 승상이 이곳을 지나간 후로 밤이면 물가에서 귀신들이 울부짖는데, 황혼부터 이튿날 새벽까지 곡성이 그치지 않고 안개 속에서 음귀陰鬼들이 무수히 나타나기 때문에 아무도 건너가지 못합니다."

공명이 말한다.

"이는 다 나의 죄로다. 지난번에 마대가 거느린 촉군 천여 명이 다 이 물에서 죽었고, 또 우리가 죽인 남만 사람을 다 이 물에 버렸으니, 미친 넋과 원한 맺힌 귀신들이 원통해서 이러는구나. 내 오늘 밤에 친히 제사를 지내고 위로하리라."

토인이 또 고한다.

"예부터 49명의 사람을 죽여 그 머리를 바치고 제사지내면, 원귀怨鬼들이 저절로 흩어졌습니다."

"본시 사람이 죽어서 원귀가 된 것인데, 어찌 또 산 사람을 죽인단 말이냐. 내게 생각이 있으니 여러 말 말라."

공명은 음식을 담당하는 사람을 불러,

"소와 말을 잡고, 밀가루로 사람 머리를 만들어 그 속에 사람 고기 대신 쇠고기 염소 고기로 소를 넣어라."

분부하고, 그것을 만두饅頭라 이름했다.

그날 밤에 노수 언덕에다 향안香案을 차리고 제물을 놓고, 49개의 등잔을 밝힌 다음 기를 세우고 만두를 늘어놓았다.

3경이 되자, 공명은 금관金冠을 쓰고 학창의를 입고, 친히 나아가 제사를 지낼새, 동궐을 시켜 제문祭文을 읽으니,

대한大漢 건흥建興 3년(225) 가을 9월 1일에, 무향후武鄕侯·영익 주목領益州牧·승상 제갈양은 삼가 제사지내는 의식을 펴고, 왕사王事에 전몰한 촉의 군사와 남쪽 사람으로서 죽은 음귀에게 고하노라. 우리 대한 황제의 위엄은 오패五覇(춘추 시대의 제齊 환공桓公, 진晋 문공文公, 진秦 목공穆公, 송宋 양왕襄王, 초楚 장왕莊王)보다 뛰어나고 밝음은 삼왕三王(하夏의 우왕禹王, 은殷의 탕왕湯王, 주周의 문왕文王)을 계승하셨거늘, 작금에 먼 곳이 경계를 침범한지라. 풍속이 다른 곳이 군사를 일으켜 독한 꼬리를 흔들며 요사한 짓을 하고, 늑대 같은 마음을 휘둘러 난亂을 일으킬새, 내 왕명王命을 받들고 오랑캐를 문죄問罪함이라. 씩씩한 군사를 크게 일으켜 개미 떼 같은 적을 무찌르고, 웅장한 군사가 구름처럼 모이자 미친 적이 얼음 녹듯 사라지고, 즉시 어지러이 달아나는지라. 우리 군사와 남아男兒들은 다 구주九州(중국)의 호걸들이며, 관료와 장교들은 다 사해四海의 영웅들로서, 무술을 익히고 싸움에 따라와 광명 정대한 일에 몸을 바쳐 주인을 섬기고 한결같이 명령에 복종하여 함께 일곱 번 사로잡은 공적을 쌓아 다 같이 나라를 위하는 정성을 굳게 하고 임금에게 충성하더니, 뉘 알았으리요! 너희들이 우연한 기회를 잃어, 적의 간특한 계책에 떨어지고, 혹은 지나가는 화살에 맞아 영혼이 무덤 되고, 또는 칼과 창에 찔려 혼백이 영원한 어둠으로 가버렸으니, 살아서는 용맹하였고 죽어서는 이름을 남김이로다. 이제 개가凱歌를 부르고 돌아가기에 앞서 포로의 목을 바쳐 위로하노니, 너희들 영령英靈이 있다면 나의 기도를 반드시 들으리라. 바라건대 나의 정기를 따르고 우리 대오를 따라 함께 나라로 돌아가서, 각기 그리던 고향에 이르러 일가 친척과 집안사람들의 제사를 받고, 타향의 귀신이 되지 말며 이역異域의 영혼이 되지 말라. 내 마

노수의 언덕에 만두를 늘어놓고 원혼을 달래는 제갈양

땅히 천자께 아뢰어 너희들 집마다 나라의 은혜를 입게 하고, 해마다 의복과 곡식을 보내고 달마다 급료를 주어 너희들의 충성에 보답하며, 너희들의 마음을 위로하리라. 더구나 본토本土의 토신土神과 남방 사람으로서 죽은 영혼에게는 너희들 나라가 엄연히 망하지 않았고 제사가 그치지 않아 항상 배고프지 않으리니, 실로 이곳에 의지할 수 있음이라. 살아 있는 자는 이미 천자의 위엄에 복종했으니, 죽은 자도 또한 왕화에 귀의하라. 생각건대 마땅히 원한을 거두고 슬피 통곡하지 말라. 애오라지 지극한 정성을 나타내고 공손히 제사를 드리노니, 아아 애달프고 슬프구나, 엎드려 바라건대 운감하라.

維大漢建興三年秋九月一日 武鄕侯領益州牧丞相諸葛亮 謹陳祭儀 享於

故沒王事 蜀中將校及南人亡者陰魂曰 我大漢皇帝 威勝五霸 明繼三王 昨自遠方侵境 異俗起兵 縱棖尾以興妖 恣狼心而逞亂 我奉王命 問罪遐荒 大擧被頓 悉除瑪蟻 雄軍雲集 狂寇唧消 糿聞破竹之聲 便是失猿之勢 但士卒兒郎盡是九州豪傑 官僚將校 皆爲四海英雄 習武從戎 投明事主莫不同申三令 共展七擒 齊堅奉國之誠 疊效忠君之志 何期汝等 偶失兵機 緣落奸計 或爲流矢所中 魂掩泉臺 或爲刀劍所傷 魄歸長夜 生則有勇 死則成名 今凱歌欲還 獻馘將及 汝等英靈尙在 祈禱必聞 隨我旌旗 逐我部曲 同回上國 各認本鄉 受骨肉之蒸嘗 領家人之祭祀 莫作他鄉之鬼 徒爲異域之魂 我當奏之天子 使汝等各家 盡霑恩露 年給衣糧 月賜稟祿 用玆酬答 以慰汝心 至於本境土神 南方亡鬼 血食有常 憑依不遠 生者旣凜天威 死者亦歸王化 想宜寧帖 毋致號召聊表丹誠 敬陳祭祀 嗚呼哀哉 伏惟尙饗

제문 읽는 것이 끝나자, 공명은 방성통곡하고 극히 비통해하니, 삼군이 다 운다.

맹획 등 모든 남만 사람들도 다 우는데, 수심에 잠긴 듯한 구름과 원한이 서린 듯한 안개 속에 은은히 나타났던 수천의 귀신들이 다 바람을 따라 흩어진다. 이에 공명은 좌우 사람들에게 분부하여 모든 제물을 노수 물에 던져 넣었다.

이튿날, 공명이 대군을 거느리고 노수의 남쪽 언덕에 이르니, 구름이 걷히고 안개가 흩어지고 바람은 자고 물결은 조용했다.

이에 촉군이 편안히 노수를 건너니,

> 말채찍으로 금등을 두드리는 소리 울려 퍼지고
> 사람들은 개가를 부르며 돌아간다.
> 鞭敲金鐙響

영창 땅에 당도하자, 공명은 네 군郡을 지키도록 왕항과 여개를 남기고, 많은 사람을 거느리고 따라온 맹획을 돌려보내면서 부탁한다.

"정사政事에 부지런하여 아랫사람을 잘 부리고, 백성들을 사랑하여 농사지어야 할 때 시기를 잃지 말라."

맹획 등은 울며 절하고 돌아갔다. 공명은 친히 대군을 거느리고 곧장 성도로 돌아간다.

후주는 어련御輦을 타고 성 바깥 30리까지 나와, 연에서 내려 길가에서 공명을 기다린다.

이윽고 공명이 이르러, 황망히 수레에서 내려 길에 엎드리고 고한다.

"속히 남방을 평정하지 못하고, 폐하께 많은 근심을 끼친 것은 바로 신의 죄로소이다."

후주는 공명을 부축해 일으키고, 함께 수레를 타고 돌아가 태평연太平宴을 베풀고 삼군에게 많은 상을 하사하니, 그 후로 먼 나라에서 조정까지 와서 조공을 바치는 곳만도 2백여 곳이나 되었다.

공명은 후주에게 아뢰어 허락받고 남방 평정에 전몰한 군사들 집에 일일이 은혜를 베푸니, 인심은 기뻐하고 조정과 민간이 다 평안했다.

한편, 위왕 조비가 위位에 오른 지도 7년이 되었다. 촉한蜀漢으로 말하면 건흥建興 4년이었다. 조비가 맨 먼저 들어앉힌 부인은 진甄씨로, 그녀는 원래 원소袁紹의 둘째 아들 원희袁熙의 아내였다. 지난날 업성鄴城을 격파했을 때 조비가 그녀를 가로챈 것이다(제33회 참조). 그 후 진씨의 몸에서 아들 하나를 두었으니, 이름은 예叡며 자는 원중元仲인데 어려서부터 총명했다. 조비는 예를 무척 사랑했다.

후에 조비는 또 안평군安平郡 광종현廣宗縣 땅 사람 곽영郭永의 딸을 귀비貴妃로 들어앉혔으니, 그녀는 얼굴이 매우 아름다웠다.

그녀의 아버지 곽영은 일찍이 말하기를,

"내 딸은 여자들 중에서도 왕王이라."

자랑하면서, 그 딸을 늘 여왕女王이라고 불렀을 정도였다.

조비가 그녀를 귀비로 삼은 이후로 진甄부인은 사랑을 잃었고, 그 대신 사랑을 독차지한 곽郭귀비는 이왕이면 황후가 되고 싶어서 심복인 신하 장도張韜와 함께 일을 꾸미기에 이르렀다.

이때는 조비가 병이 나서 약을 쓰는 중이었다. 마침내 곽귀비와 상의하여 일을 꾸민 장도는 진부인을 모략했다.

"진부인이 거처하는 궁에서 오동나무로 만든 우인偶人(인형) 하나를 파냈는데, 거기에 천자의 생년월일시生年月日時가 적혀 있었으니 이는 폐하를 주살呪殺하려는 수작입니다."

조비는 크게 노하여 드디어 진부인에게 사약을 보내 죽였다. 곽부인을 황후로 삼았으나, 아기를 낳지 못해 결국 조예曹叡(진부인 소생)를 아들로 삼았다. 그러나 조비는 예를 사랑하면서도 세자世子로 책봉하지는 않았다.

조예는 나이 15세가 되자, 활 쏘는 솜씨가 매우 능숙해졌다. 그 해 봄 2월에, 조비는 아들 조예를 데리고 사냥을 나가 산속을 달리는데, 어미 사슴과 새끼 사슴 두 마리가 뛰어나온다. 조비는 활을 당겨 단번에 어미 사슴을 쏘아 죽이고 돌아보니, 새끼 사슴이 조예의 말 앞을 달린다.

조비가 큰소리로 외친다.

"나의 아들은 어째서 쏘지 않느냐?"

조예가 말 위에서 울며 고한다.

"폐하께서 이미 그 어미를 죽였는데, 어찌 차마 그 자식까지 죽일 수야 있습니까."

그 말을 듣자 조비는 활을 땅에 던지고 탄식한다.

"나의 아들은 참으로 인자하고 덕 있는 주인이로다."

이리하여, 조비는 조예를 평원왕平原王으로 봉했다.

그 해 여름 5월에, 조비는 한질寒疾병이 나서 약으로 다스렸으나 낫지 않았다. 이에 조비는 중군대장 조진과 진군대장鎭軍大將 진군陳群과 무군대장 사마의 세 사람을 침궁寢宮으로 불러들이고, 아들 조예를 가까이 오라 하여 조진 등 세 사람에게 보이며 부탁한다.

"이제 짐은 병이 위중하여 다시 회복할 수 없다. 이 아이가 아직 어리니, 경들 세 사람은 잘 보좌하되 짐의 부탁을 저버리지 말라."

세 사람이 다 고한다.

"폐하께서는 왜 그런 말씀을 하시나이까. 신들이 바라건대 힘을 다하여 폐하를 천추만세千秋萬歲에 이르도록 섬기려 하나이다."

조비가 쓸쓸히 대답한다.

"금년에 허창許昌(허도) 성문城門이 까닭 없이 저절로 무너진 것이 바로 좋지 못한 징조였다. 그러므로 짐은 더 살지 못할 것을 알고 있다."

이때 내시內侍가 들어와 아뢴다.

"정동대장군 조휴가 문안 드리러 입궁하였습니다."

조비는 조휴를 들라 하고, 그들을 둘러보며,

"경 등은 다 이 나라 주석지신柱石之臣이라. 능히 합심 협력하여 짐의 아들을 돕는다면 짐은 죽어도 또한 눈을 감겠다."

하고, 유언을 마치자 눈물을 주르르 흘리더니 세상을 떠났다. 이때 조비의 나이 40세요, 왕위에 오른 지 7년째였다.

이에 조진·진군·사마의·조휴 등은 초상을 알리는 한편, 조예를 대위大魏 황제로 세우고, 죽은 조비에게는 문황제文皇帝라는 시호諡號를,

조예의 생모 진씨에게는 문소황후文昭皇后라는 시호를 바쳤다. 그리고 종요種繇를 태부로 삼고, 조진을 대장군으로, 조휴를 대사마로, 화흠華歆을 태위로, 왕낭王朗을 사도로, 진군을 사공司空으로, 사마의를 표기대장군으로 삼았다. 그 외의 문무 관료들도 각각 승진시키고 천하에 대사령을 내렸다.

이때 옹주雍州와 양주凉州 두 고을을 지킬 관원 자리가 비어 있었다. 사마의는 표문을 올리고, 서량 땅 일대를 지키겠다고 자원했다.

조예는 허락하고 마침내 옹주와 양주 땅 일대의 군사를 통솔하는 제독提督으로 봉하니, 사마의는 칙명을 받고 떠나갔다. 이 일은 첩자에 의해 즉시 서천으로 보고됐다.

공명이 보고를 듣고 크게 놀란다.

"조비는 이미 죽고, 어린 아들 조예가 즉위했으니 족히 걱정할 것은 없다. 그러나 지혜가 깊은 사마의가 옹주와 양주 군사를 거느리게 됐으니, 그가 그 군사들을 한동안 훈련한다면 이는 우리 촉의 큰 근심거리라. 차라리 내가 먼저 군사를 일으켜 그들을 치느니만 못하다."

참군 마속이 말한다.

"승상이 남방을 평정하고 돌아와 이제 군사와 말은 지칠 대로 지쳤는데, 어찌 또 멀리 싸우러 간다 하십니까. 제게 한 가지 계책이 있으니 조예의 손에 사마의가 죽도록 하겠습니다. 승상은 이 일을 허락하시겠습니까?"

"어떤 계책을 쓸 테냐?"

"사마의는 위나라 대신大臣이지만, 조예는 평소 그를 의심하고 있습니다. 그러니 사람을 비밀리에 낙양 업군鄴郡으로 보내어 '사마의가 반역할 준비를 한다'는 유언비어를 퍼뜨리고, 또 '천하에 고한다'는 사마의의 방문榜文을 만들어 여러 곳에 붙이면, 조예는 더욱 의심이 나서 반드시 사마의를 죽일 것입니다."

공명은 그 계책대로 사람을 비밀리에 보내어 그 일을 시켰다.

드디어 어느 날 업군 성문 위에 방문이 나붙었다. 성문을 지키는 자가 그 방문을 떼어가지고 가서, 조예에게 바치고 아뢰었다.

표기대장군 총령總領 옹양(옹주와 양주) 등처等處 병마사兵馬事 사마의는 신의信義로써 만천하에 고하노라. 옛날에 태조太祖 무황제武皇帝(조조)께서 나라를 세우시고 진사왕陳思王 자건子建(조식曹植)을 세워 이 나라 주인으로 삼으려 하셨으나, 불행히도 간특한 신하들이 중상모략해서 참다운 주인은 때를 만나지 못하고 오랫동안 숨어 계심이로다. 황손皇孫 조예는 원래 덕이 없건만 망령되이 황제의 위에 앉았으니, 이는 태조의 남기신 뜻을 저버림이라. 내 이제 하늘의 뜻을 따르고 백성의 바라는 바를 따라 날을 받아 군사를 일으키고 천하의 소원을 풀어주려 하노니, 이 방문이 이르는 날에는 다 함께 새 임금을 절대 지지하라. 만일 따르지 않는 자가 있으면 그 9족까지 멸하리라. 우선 알리노니, 삼가 명심하라.

조예는 방문을 보고, 대경 실색하여 급히 모든 신하들에게 묻는다.

"이게 웬일이냐?"

태위 화흠이 아뢴다.

"사마의가 표문을 올리고 옹주와 양주를 지키겠다고 간 것이 바로 이 때문이었습니다. 지난날 태조 무황제께서 일찍이 신에게 말씀하시기를 '사마의는 독수리 눈이며 돌아볼 때는 늑대 눈이니 결코 그에게 병권兵權을 맡겨서는 안 된다. 그가 군사를 거느리면 언젠가는 나라에 큰 불행이 일어날 것이라'고 하셨습니다. 이제야 그가 반역하는 싹수가 보이니,

속히 죽여버리소서."

왕낭이 아뢴다.

"사마의는 병법에 매우 능통하고 군사 쓰는 솜씨가 놀라우며 평소 엉뚱한 큰 뜻을 품고 있으니, 속히 없애버리지 않으면 후일에 큰 재앙이 되리다."

조예는 이에 명령을 내리고 군사를 일으켜 친히 거느리고 가서 사마의를 칠 작정인데, 반열 가운데서 대장군 조진이 나와 아뢴다.

"그러시면 안 됩니다. 문황제文皇帝(조비)께서 신들 세 사람에게 폐하를 보좌하도록 유언하신 것은, 사마의에게 딴 뜻이 없다는 것을 잘 아셨기 때문이었습니다. 그런데 방문이 진짜인지 가짜인지도 모르시면서 갑자기 군사를 일으켜 사마의를 친다면, 이는 도리어 반란을 일으키라고 상대를 윽박지르는 것이나 다름없습니다. 뿐만 아니라 우리는 서촉이나 동오의 간특한 첩자들이 쓰는 반간계反間計에 걸려들어 임금과 신하 간에 혼란이 일어날지도 모르며, 그렇게 되면 적국은 그 틈을 타서 우리를 칠 것입니다. 그러니 폐하는 깊이 살피소서."

조예가 묻는다.

"사마의가 과연 모반하면, 장차 어찌할까?"

조진이 대답한다.

"폐하께서 정 의심이 나시면, 한 고조가 일부러 운몽雲夢 땅에 행차했던 옛일을 본받아, 안읍安邑 땅으로 행차하십시오. 그러면 사마의가 폐하를 영접하러 나오지 않고는 못 배길 터이니, 그때 그의 동정을 보아 수레 앞에서 사로잡으면 됩니다." 한 고조는 한나라를 세운 후 한신韓信이 모반했다는 보고를 받고 운몽 땅으로 행차한다고 속이고서 모든 제후들을 불러모았는데, 그때 멋도 모르고 온 한신을 사로잡았다는 고사가 있다.

조예는 그러기로 하고, 조진에게 나라를 맡긴 뒤에 친히 어림군 10만 명을 거느리고 안읍 땅으로 갔다.

과연 사마의는 까닭도 모르고, 천자에게 씩씩한 군사들을 보이려고 무장한 군사 수만 명을 거느리고 영접하러 온다.

가까이 모시는 신하가 조예에게 아뢴다.

"사마의가 과연 군사 10만여 명을 거느리고 항거하러 오는 중이니, 반역할 뜻이 분명합니다."

조예는 황망히 조휴에게 군사를 거느리고 먼저 가보도록 분부했다.

한편, 사마의는 오다가 군사가 오는 것을 보자, 천자의 어가御駕가 오는 줄 알고 길에 엎드렸다. 그런데 천자의 어가는 나타나지 않고, 조휴가 말을 달려와서 꾸짖는다.

"중달仲達(사마의의 자)은 선제先帝(조비)의 막중한 부탁을 받은 몸으로서 어찌하여 반역했느냐!"

사마의는 대경 실색하여 온몸에 땀이 흐른다.

"그게 무슨 말이오?"

조휴는 사마의에게 그간 일을 소상히 일러준다.

사마의는 선뜻 알아듣고서,

"이는 오나 촉의 간특한 첩자가 반간계를 써서 우리 임금과 신하 사이를 이간하고 그 틈을 타서 쳐들어오려는 수작이니, 내가 천자를 직접 뵙고 변명하겠소."

하고 군사들을 급히 물러가게 하고, 바로 조예의 어가가 있는 곳으로 가서 엎드려 울며 아뢴다.

"신은 선제의 막중한 부탁을 받은 한 사람으로서 어찌 감히 딴생각을 품겠습니까. 이는 반드시 오와 촉의 간악한 계책에 걸려든 것이니, 신은 청컨대 1여旅의 군사를 거느리고 먼저 촉을 격파한 후에 계속 오를 쳐서 선제와 폐하께 보답하고 신의 마음을 밝히겠습니다."

그래도 조예는 의심하고 결정을 내리지 못하는데, 화흠이 아뢴다.

"사마의에게 병권을 맡겨서는 안 됩니다. 즉시 파직하고 시골로 돌아가게 하십시오."

조예는 그 말대로 사마의를 삭탈관직하여 그 고향으로 보내고, 조휴에게 옹주와 양주 일대의 군사를 통솔하라 하고 낙양으로 돌아갔다.

한편, 첩자는 이 일을 탐지하고 서천으로 돌아가서 보고했다. 공명이 크게 기뻐한다.

"내, 오래 전부터 위를 칠 생각이었으나 사마의가 옹주와 양주의 군사를 거느리기 때문에 주저했건만, 이제 우리 계책이 맞아떨어져 시골로 쫓겨갔으니 내 다시 무엇을 근심하리요."

이튿날, 후주는 이른 아침에 문무 백관의 조례朝禮를 받는데, 공명이 반열에서 나와 「출사표出師表」(출정문出征文)를 올린다.

　　신 제갈양은 아뢰나이다. 선제(유비)께서 대업大業을 일으키사, 반도 이루지 못하신 채 중도에서 세상을 떠나시고, 이제 천하는 세 쪽으로 나뉘어 우리 익주(촉)는 매우 지쳤으니 진실로 망하느냐 존재하느냐의 위급한 때올시다. 그러나 폐하를 모시고 호위하는 신하들이 안에서 부지런하고 충의忠義의 군사가 밖에서 목숨을 아끼지 않는 것은, 선제로부터 특별한 대우를 받았던 그들이 그 은혜를 생각하고 오로지 폐하에게 보답하려는 일념에서입니다. 그러니 모든 진실한 말을 잘 들으사, 선제의 남기신 덕을 빛내시고 지사志士들의 기상을 크게 일으켜주시고 마땅히 스스로 단념하지 마시고, 옳지 않은 비유를 인용하여 충성으로 간하는 말을 막지 마소서. 궁중宮中과 부중府中(승상부丞相府)이 한마음 한뜻이 되어 벼슬을 올리고 잘못을 벌하고 잘한 일을 상 주되 옳지 못한 일을 판단

師出中原寶劍疑霜寒六月
孔明初上出師表
表辭北闕忠心噴火烈三台

유선에게 「출사표」를 올리는 제갈양

하는 데 있어 서로 적용하는 법이 다르면 안 됩니다. 만일 간악한 짓을 하고 죄를 지은 자와 또는 충성하고 착한 일을 한 자가 있으면, 마땅히 맡은바 부서에 보내어 그 상벌을 밝히게 함으로써 폐하의 공평하고 명백한 정치를 나타내야 하며, 사정私情에 가려 궁중과 부중의 법이 각각 다르다는 그런 인상을 주어서는 안 됩니다.

시중侍中 벼슬에 있는 곽유지郭攸之, 비의, 황문시랑黃門侍郎 동윤 등은 다 어질고 성실하여 그 바탕이 충성스럽고 순수하기 때문에 선제께서 그들을 발탁하사 폐하에게 남겨주신 바이니, 신의 어리석은 생각으로는 궁중의 크고 작은 모든 일은 다 그들에게 물어보시고, 그 뒤에 시행하면 반드시 부족한 점을 보충하여 널리 이로울 것입니다. 장군 상충向忠은 선량하고 공평할 뿐만 아니라 군사軍事

에 숙달해서, 옛날에 선제께서 시험 삼아 써보시고 '능숙하다'고 말씀하셨기 때문에 모두가 의논하고 상충을 도독으로 천거했으니, 군중軍中 일은 크건 작건 간에 다 그에게 물어서 결정하시면 군사들간에 서로 화목하고, 뛰어난 자와 그만 못한 자도 각기 그 적당한 책임을 완수할 것입니다. 어진 신하와 친하고 소인小人을 멀리했기 때문에 전한前漢은 번영했으며, 소인과 친하고 어진 신하를 멀리했기 때문에 후한後漢은 무너졌으니, 선제께서 생존하셨을 당시 신臣과 더불어 이 일을 논하실 때마다 환제桓帝와 영제靈帝의 한 일을 매우 탄식하셨습니다. 시중(시중 벼슬에 있는 곽유지와 비의)과 상서(상서 벼슬에 있는 진진陳震)와 장사(장사 벼슬에 있는 장예)와 참군(참군 벼슬에 있는 장완)은 다 인품이 곧고 밝아서 절개를 위하여 죽을 수 있는 신하들이니, 바라건대 폐하는 그들을 믿고 친하소서. 그러면 머지않아 한나라 재흥再興을 달성하리이다.

신은 본시 가난한 선비로서 남양 땅에서 몸소 밭을 갈며 이 어지러운 세상에서 목숨을 보존하고자 하였을 뿐 제후를 섬긴다거나 부귀 영화를 누릴 생각은 없었습니다. 그런데 선제께서 신을 미천하다 않으시고 스스로 몸을 굽히사 세 번씩이나 초려로 찾아오시어, 그 당시 세상일을 물으셨습니다. 이에 감격하여 선제를 위하여 일신을 돌보지 않기로 허락했더니, 그 뒤 당양 장판 땅 싸움에 패하여 어려운 고비에서 책임을 맡았고, 동오에 구원을 청하는 등 위험한 때에 명령을 받아 동분서주한 이래 어언 20년이요 또 1년이 지났습니다. 선제께서는 신이 모든 일에 조심하고 신중하다는 것을 아셨기 때문에, 세상을 떠나실 때 신에게 대사大事를 맡기셨으니, 남기신 부탁을 받은 이후로 자나깨나 근심하고, 또 책임을 완수하지 못하여 선제의 밝은 뜻을 손상시키지나 않을까 두려웠습니다. 그러므로 5월에 노수를 건너 오랑캐 땅으로 깊이 들어갔습니다. 이제 남쪽이 이미 안정됐고 무장한 군사도 충분하니, 마땅히 삼군을 거느리고 북쪽을 정벌하여 중원(위)을 평정하고, 노둔하나마 있는 힘을 다하여 간악하고 흉악한 무리들을 무찌르고 한나라 황실을 다시 일으켜 옛 도읍으로 환도하는 것이 바로 신이 선제께 보답하고 폐하께 충성하는 직분이로소이다. 그리고 손해와 이익을 살펴서 폐하께 충언을 드리는 일은 바로 곽유지·비의·동윤 등의 임무로소이다.

바라건대 폐하께서는 신에게 역적을 치고 나라를 부흥하는 일을 명령하시고, 성과를 올리지 못하거든 신의 죄를 다스리사 선제의 영전에 고하소서. 또 나라를 다시 일으키는 데 필요한 충언이 없을 경우에는 바로 곽유지·비의·동윤 등의 허물을 문책하사, 그 태만함을 세상에 밝히소서. 뿐만 아니라 폐하께서도 또한 스스로 연구하여 옳은 길을 물으시고 좋은 말을 잘 받아들이사, 선제의 남기신 뜻을 깊이 명심하소서. 신은 크나큰 은혜에 감격한 나머지 이제 멀리 떠나는 자리에서 표문을 적으니, 눈물이 앞을 가려 더 말할 바를 모르겠나이다.

臣亮言 先帝創業未半 而中道崩殂 今天下三分 益州疲弊 此誠危急存亡之秋也 然侍衛之臣 不懈於內 忠志之士 忘身於外者 蓋追先帝之殊遇 欲報之於陛下也 誠宜開張聖聽 以光先帝遺德 恢弘志士之氣 不宜妄自菲薄 引喻失義 以塞忠諫之路也 宮中府中 俱爲一體 陟罰臧否 不宜異同 若有作奸犯科 及爲忠善者 宜付有司 論其刑賞 以昭陛下平明之治 不宜偏私 使內外異法也 侍中侍郎敦攸之·費禕·董允等 此皆良實 志慮忠純 是以先帝簡拔以遺陛下 愚以爲宮中之事 事無大小 悉以咨之 然後施行 必得裨補闕漏 有所廣益 將軍向寵 性行淑均 曉暢軍事 試用於昔日 先帝稱之曰能 是以衆議擧寵以爲督 愚以

爲營中之事 事無大小 悉以咨之 必能使行陣和穆 優劣得所也 親賢臣 遠小人
此先漢所以興隆也 親小人 遠賢臣 此後漢所以傾頹也 先帝在時 每與臣論此
事 未嘗不嘆息痛恨於桓靈也 侍中(郭攸之 · 費禕) · 尙書(陳震) · 長史(張
裔) · 參軍(蔣琬)此悉貞亮死節之臣也 願陛下親之信之 則漢室之隆 可計日
而待也 臣本布衣 躬耕南陽 苟全性命於亂世 不求聞達於諸侯 先帝不以臣卑
鄙 猥自枉屈 三顧臣於草廬之中 咨臣以當世之事 由是感激 遂許先帝以驅馳
後値傾覆 受任於敗軍之際 奉命於危難之間 爾來二十有一年矣 先帝知臣謹
愼 故臨崩寄臣以大事 受命以來 夙夜憂慮 恐付託不效 以傷先帝之明 故五月
渡瀘 深入不毛 今南方已定 甲兵已足 當獎帥三軍 北定中原 庶竭駑鈍 攘除
姦凶 興復漢室 還於舊都 此臣所以報先帝而忠陛下之職分也 至於斟酌損益
進盡忠言 則攸之 · 禕 · 允之任也 願陛下託臣以討賊興復之效 不效則治臣之
罪 以告先帝之靈 若無興復之言 則責攸之 · 禕 · 允等之咎 以彰其慢 陛下亦
宜自謀 以諮諏善道 察納雅言 深追先帝遺詔 臣不勝受恩感激 今當遠離 臨表
涕泣 不知所云

후주가 표문을 보고 나서 말한다.

"상부相父(제갈양)가 남방을 치기 위해 먼 길을 가서 갖은 고생을 다
하고 이제 겨우 도읍에 돌아왔는데, 자리에 편안히 앉기도 전에 또 북쪽
을 치러 간다니 너무 심신心身을 소모할까 두렵소."

공명이 대답한다.

"신은 선제로부터 폐하를 보좌하라는 책임을 맡고 자나깨나 근념하
였습니다. 이미 남방을 평정하고 뒤를 돌아봐야 할 근심이 없으니, 이때
에 역적을 쳐서 중원을 회복하지 않으면 다시 어느 때를 기다리리까."

문득 반열 가운데서 태사太史 초주初周가 나와 말한다.

"신이 밤에 천문을 보니, 북쪽을 맡은 별이 배나 밝고 왕성한즉, 지금

은 일을 도모할 때가 아닌 줄로 아오. 승상은 더구나 천문을 잘 알면서 어찌 무리를 하려 하시오?"

공명이 대답한다.

"천도天道는 항상 변하는 것이라. 어찌 한때의 현상만을 고집하리요. 나는 일단 군사를 한중漢中 땅에 주둔시키고 다시 동정을 살핀 후에 실천할 요량이오."

초주가 굳이 간하나, 공명은 끝내 듣지 않았다.

이에 공명은 곽유지·동윤·비의 등을 시중으로 삼아 궁중 일을 총섭하도록 남기고, 또 상총向寵을 대장으로 삼아 어림군을 총독하도록 남겼다. 진진을 시중으로, 장완을 참군으로, 장예를 장사로 삼아 승상부의 일을 맡아보게 하고, 두경을 간의대부諫議大夫로, 두미杜微·양홍楊洪을 상서尙書로, 맹광孟光·내민來敏을 좨주祭酒로, 윤묵尹默·이찬李伶을 박사博士로, 극정汐正·비시費詩를 비서秘書로, 초주를 태사로 삼고 안팎 문무 관원 백여 명을 성도에 남겨두어 국내 일을 보살피게 했다.

그런 다음에 공명은 조서를 받고 부중으로 돌아가, 모든 장수들을 불러 분부한다.

이에 전독부前督府(독전부督前部의 오기誤記인 듯하다)는 진북장군鎭北將軍 영승상사마領丞相司馬 양주涼州 자사 도정후都亭侯 위연이 맡고, 전군도독前軍都督은 영부풍領扶風 태수 장익이 맡고, 아문장牙門將은 비장군裨將軍 왕평이 맡고, 후군영병사後軍領兵使는 안한장군安漢將軍 영건녕領建寧 태수 이회李恢가 맡고, 부장副將은 정원장군定遠將軍 영한중領漢中 태수 여의呂義가 맡고, 겸관운량좌군영병사兼管運糧左軍領兵使는 평북장군平北將軍 진창후陳倉侯 마대가 맡고, 그 부장은 비위장군飛衛將軍 요화廖化가 맡았다.

우군영병사右軍領兵使는 분위장군奮威將軍 박양정후博陽亭侯 마충과 진

186

무장군鎭撫將軍 관내후關內侯 장의張嶷가 맡고, 행중군사行中軍師는 거기대장군車騎大將軍 도향후都鄕侯 유염劉琰이 맡고, 중감군中監軍은 양무장군揚武將軍 등지가 맡고, 중참군中參軍은 안원장군安遠將軍 마속이 맡았다.

전장군前將軍은 도정후都亭侯 원임袁琳이 맡고, 좌장군左將軍은 고양후高陽侯 오의吳懿가 맡고, 우장군右將軍은 현도후玄都侯 고상高翔이 맡고, 후장군後將軍은 안락후安樂侯 오반吳班이 맡았다.

영장사領將史는 수군장군綏軍將軍 양의楊儀가 맡고, 전장군은 정남장군征南將軍 유파劉巴가 맡고, 전호군前護軍은 편장군偏將軍 한성정후漢成亭侯 허윤許允이 맡고, 좌호군左護軍은 독신중랑장篤信中郞將 정함丁咸이 맡고, 우호군右護軍은 편장군 유민劉敏이 맡고, 후호군後護軍은 전군중랑장典軍中郞將 관옹官輩이 맡았다.

행참군行參軍은 소무중랑장昭武中郞將 호제胡濟와 간의장군諫議將軍 염안閻晏과 편장군 찬습爨習과 비장군裨將軍 두의杜義와 무략중랑장武略中郞將 두기杜祺와 수융도위綏戎都尉 성발盛勃이 맡고, 종사從事는 무략중랑장 번기樊岐가 맡고, 전군서기典軍書記는 번건이 맡고, 승상영사丞相令史(승상부 소속)는 동궐이 맡고, 장전좌호위사帳前左護衛使는 용양장군龍塗將軍 관흥이 맡고, 우호위사右護衛使는 호익장군虎翼將軍 장포가 맡았다.

이상 모든 관원들은 다 평북대도독平北大都督 승상丞相 무향후武鄕侯 영익주목領益州牧 지내외사知內外事 제갈양을 따르게 됐다.

이처럼 부서를 정하자, 공명은 이엄 등에게 격문을 보내어, 대강大江의 입구를 지키고 동오에 대비하도록 분부했다.

건흥建興 5년 봄 3월 병인일兵寅日에 출사出師(군사를 거느리고 싸우러 가는 것)하여 위를 치러 출발하려 하는데, 장하에서 한 늙은 장수가 버럭 소리를 지르며 나온다.

"내 비록 늙었으나 오히려 염파廉頗(전국 시대의 유명한 장수)의 용맹과 마원馬援의 기상이 있도다. 옛 두 장수도 늙어서 크게 싸웠거늘 어째서 나를 쓰지 않는가!"

모든 사람들이 보니 바로 조운趙雲(조자룡)이었다.

공명이 대답한다.

"내 남만을 평정하고 돌아온 후로 마초가 병이 나서 세상을 떠났기 때문에 팔 하나를 잃은 듯 애석했는데, 이제 장군은 나이가 너무 많으니 만일 실수라도 하는 날이면 일세一世의 그 영용한 이름이 흔들릴 뿐만 아니라 우리 군사의 사기에도 큰 영향이 있으리라."

조자룡이 소리를 지른다.

"내 선제(유비)를 따른 이후로 싸움에서 물러선 일이 없고, 적군을 만나면 늘 앞장섰음이라. 대장부가 난리에 나가서 죽을 수 있다면 이보다 더 큰 다행이 없거늘 내 무슨 한이 있겠소. 바라건대 전부前部 선봉으로 가게 해주오."

공명은 재삼 말렸으나 조자룡이 우긴다.

"나에게 전부 선봉을 시켜주지 않으면, 이 섬돌에 머리를 짓찧고 차라리 자결하겠소이다."

공명도 어찌할 도리가 없었다.

"장군이 굳이 선봉이 되겠다면, 반드시 한 사람이 함께 가야 하리라."

그 말이 끝나기도 전에 한 사람이 앞으로 썩 나선다.

"제가 재주는 없으나, 바라건대 노장군을 도와 먼저 일지군을 거느리고 가서 적을 격파하리다."

공명이 보니 그 사람은 바로 등지였다.

공명은 흡족해하고, 조자룡과 등지에게 씩씩한 군사 5천 명과 부장급 장수 열 명을 주어 떠나 보냈다.

공명이 출발한다. 후주는 모든 관원들을 거느리고 북문北門 밖 10리까지 나가서 전송한다. 공명이 후주께 하직하고 떠나가니, 군사들의 정기는 평야를 뒤덮고, 칼과 창은 숲과 같이 치솟아 한중 땅을 향하여 계속 나아간다.

한편, 위나라 변방 관리는 이 일을 탐지하자 급히 낙양으로 보고했다.

이날 조예가 조회에 나오니, 가까이 모시는 신하가 아뢴다.

"변방에서 보고가 왔는데, 제갈양이 30만 대군을 거느리고 한중 땅에 와서 주둔하고, 조자룡과 등지가 전부 선봉이 되어 군사를 거느리고 경계에 들어섰다 합니다."

조예는 깜짝 놀라 신하들에게 묻는다.

"누가 장수가 되어 촉군을 물리치겠는가?"

문득 한 사람이 나서며 응한다.

"신의 부친이 한중 땅에서 세상을 떠나셨건만 철천지 원한을 아직 갚지 못했습니다. 이제 촉군이 우리 경계를 침범하니, 신이 바라건대 본부本部 맹장猛將들과 관서關西의 군사를 거느리고 가서 서촉을 격파하여, 위로는 국가에 이바지하고 아래로는 부친의 원수를 갚겠습니다. 이 소원만 들어주신다면 신은 만 번 죽어도 한이 없겠나이다."

모든 사람들이 보니, 그는 바로 하후연夏侯淵의 아들 하후무夏侯楙였다. 하후무의 자는 자휴子休로, 성미가 매우 급한데다가 매우 인색하였다. 어려서부터 하후돈夏侯惇의 양자로 들어갔는데, 그 후 친아버지 하후연이 황충黃忠과 싸우다 죽자 조조가 불쌍히 생각하고 자기 딸 청하공주淸河公主와 하후무를 결혼시켜 부마(임금 사위)로 삼았던 것이다. 그때부터 사람들은 하후무를 존경했다. 하후무는 병권까지 잡았으나 직접 전쟁에 나가서 싸운 경험은 한 번도 없었다.

조예는 곧 그를 대도독으로 삼고, 관서 일대의 모든 군사를 거느리고 가서 적군을 격퇴하라고 분부하는데, 사도 왕낭이 간한다.

"안 됩니다. 하후부마夏侯駙馬는 직접 전장에 나가서 싸운 경험이 없으니 이런 큰일을 맡을 수 없습니다. 더구나 제갈양은 지혜와 꾀가 많고 병법에 능통하니 경솔히 상대해서는 안 됩니다."

하후무가 꾸짖는다.

"대감은 제갈양과 내통하려는 것이 아니오? 나로 말하면 어려서부터 부친 밑에서 병법을 배웠고 작전作戰하는 데 깊이 통달했거늘, 어찌 나를 어리다고 만만히 보는가! 만일 제갈양을 사로잡지 못하면 내 맹세코 천자를 뵈러 돌아오지 않으리라."

왕낭 등은 감히 더 이상 말을 못했다.

이에 하후무는 위주魏主 조예에게 하직하고, 밤낮을 가리지 않고 장안으로 가서 관서 일대의 모든 군사 20여만 명을 일으켜 거느리고 공명과 싸우러 떠나니,

위대한 장수에게 어려운 일을 부탁한다는 것이
도리어 젖내 나는 어린것에게 병권을 맡긴다.
欲秉白滴麾將士
却敎黃吻掌兵權

장차 승부가 어찌 날 것인가.

제92회

조자룡은 힘써 다섯 장수를 참하고
제갈양은 지혜로써 세 개의 성을 함락하다

공명은 군사를 거느리고 면양沔陽 땅에 이르러 마초의 무덤 앞을 지나다가, 그의 동생 마대에게 상복을 입게 하고, 친히 제사를 지낸 후에 영채로 돌아와서 진군할 일을 상의한다.

문득 첩자가 돌아와서 보고한다.

"위주 조예는 부마 하후무에게 관서 일대의 군사를 거느리고 대적하라 했답니다. 그래서 하후무가 우리 군사와 싸우러 오는 중입니다."

위연이 장상에 올라가 공명에게 계책을 말한다.

"하후무는 부유한 집 자제로 나약하고 철이 없습니다. 나에게 군사 5천 명만 주시면, 포중襃中에서 진령秦嶺을 따라 동쪽으로 나아가서 자오곡子午谷을 경유, 북쪽으로 쳐올라가면 10일 안에 장안으로 들이밀 수 있습니다. 하후무는 우리가 쳐들어왔다는 걸 알기만 하면 반드시 성을 버리고 곡식을 쌓아둔 횡문橫門으로 달아나리니, 나는 동쪽에서 공격하고 승상은 대군을 휘몰아 사곡斜谷에서 나오면 함양咸陽 서쪽 땅을 단번에 평정할 수 있습니다."

공명이 웃는다.

"그건 완전한 계책이 못 된다. 너는 중원에 지혜 있는 사람이 없다고 생각하는가. 만일 어떤 사람이 '산골 길에 군사를 배치하고 오는 촉군을 무찌르라'고 말한다면, 우리 군사 5천 명만 결판날 뿐 아니라 우리의 전체 사기도 크게 손상되리니, 결코 그래서는 안 된다."

위연이 계속 의견을 말한다.

"승상이 군사를 큰길로 나아가게 하면, 적은 반드시 관중關中의 군사를 모조리 일으켜 큰길에서 막을 것입니다. 그러면 서로 오랜 세월을 끌게 되니, 어느 때에야 중원을 평정한단 말씀입니까?"

"농우隴右로부터 평탄한 큰길을 따라 우리 군사가 병법에 의해서 나아간다면, 실수할까 근심할 것도 없다."

위연은 자기 계책을 써주지 않아서 불쾌했다.

공명은 사람을 보내어 조자룡에게 '곧 진군하라'는 명령을 내렸다.

한편, 하후무는 장안에서 각 방면의 군사들을 소집하는 중이었다. 이때 서량 땅 대장 한덕韓德은 개산대부開山大斧(큰 도끼)를 잘 쓰기로 유명한 장수로 서강西羌(서쪽 오랑캐) 군사 8만 명을 거느리고 왔다. 하후무는 한덕을 환영하고 많은 상을 주어 선봉으로 삼았다.

한덕에게는 아들이 넷 있었다. 네 아들은 다 무예에 정통하고 활 쏘는 솜씨와 말 타는 법이 출중했으니, 큰아들은 이름이 한영韓瑛이요, 둘째 아들은 이름이 한요韓瑤며, 셋째 아들은 이름이 한경韓瓊이요, 넷째 아들은 이름이 한기韓琪였다.

한덕은 네 아들과 함께 서강병西羌兵 8만 명을 거느리고 떠나 봉명산鳳鳴山에 이르러 촉군과 서로 진영을 치고 대치했다.

한덕이 네 아들을 양쪽에 거느리고 나와 큰소리로 외친다.

"나라를 배반한 역적 놈아! 어찌 감히 우리의 경계를 침범하느냐."

조자룡이 분개하여 창을 잡고 말을 달려 한덕과 일 대 일로 싸우니, 큰아들 한영이 말을 달려와서 아비를 도와 싸우다가 불과 3합에 조자룡의 창에 찔려 말 아래로 떨어져 죽는다.

둘째 아들 한요가 형이 죽는 광경을 보고 말을 달려와 칼을 휘두르며 조자룡에게 덤벼든다.

조자룡은 지난날의 그 범 같은 위엄을 분발하여 정신을 가다듬고 맞이하여 싸우는데, 한요가 쩔쩔맨다.

셋째 아들 한경이 급히 말을 달려와 방천극方天戟을 휘두르며 둘째 형과 함께 공격하나, 조자룡은 전혀 겁을 내지 않고 창 쓰는 법에 추호도 흔들림이 없다.

넷째 아들 한기는 두 형님이 조자룡을 꺾지 못하는 것을 바라보다가, 또한 말을 달려와 쌍칼인 일월도日月刀를 휘두르며 셋이서 조자룡을 에워싼다.

조자룡은 한가운데서 세 장수를 상대로 싸우는데, 잠시 후 한기가 먼저 창에 찔려 말에서 떨어져서 죽는다. 이때 한덕의 진영에서 편장 한 명이 그들을 구출하러 달려오기에 조자룡은 말 머리를 돌려 급히 돌아가는데, 한경이 방천극을 안장에 걸고 조자룡을 향해 연달아 화살 세 대를 쏜다. 그러나 날아오는 화살 세 대를 조자룡이 창으로 쳐서 다 떨어뜨리는지라, 한경은 분을 참지 못하고 다시 방천극을 들고 말을 달려 뒤쫓아가다가 드디어 조자룡이 쏜 화살을 얼굴 한가운데 맞고 말에서 떨어져 죽는다.

순간, 어느새 달려왔는지 한요가 칼로 조자룡을 친다. 조자룡은 창을 버리는 동시에 칼을 비키며 팔을 뻗어 한요를 끌어안아 사로잡아가지고 자기 진영으로 돌아가서야 내려놓았다. 그런 뒤에 조자룡은 말을 달

봉명산에서 분전하는 조자룡

려가서, 땅바닥의 창을 다시 주워 들고 적진 속으로 쳐들어간다.

한덕은 아들 셋이 조자룡의 손에 죽고, 나머지 한 명마저 잃게 되자 정신이 아찔하여 먼저 진영 속으로 도망쳐 들어간다. 서량군은 원래부터 조자룡의 명성을 익히 들어 알던 차에 그 영특한 용맹이 옛날과 조금도 다르지 않음을 직접 목격했으니 누가 감히 맞서리요.

조자룡이 이르는 곳마다 적의 진영은 산산조각이 난다. 조자룡은 필마단창匹馬單槍으로 좌충우돌하며, 무인지경을 드나들듯 휩쓴다.

후세 사람이 조자룡을 찬탄한 시가 있다.

생각건대 옛날에 상산 조자룡은
나이 일흔에도 기이한 공을 세웠도다.

혼자서 장수 넷을 죽이고 다시 와서 적진을 무찌르니

오히려 지난날 당양에서 주인을 구출하던 씩씩한 모습 그대로

더라.

憶昔常山趙子龍

年登七十建奇功

獨誅四將來衝陣

猶似當陽救主雄

　등지는 조자룡이 크게 이기는 것을 보자 군사를 몰고 쳐들어가서 마구 무찌르니, 서량 군사는 산지사방으로 패하여 달아난다. 한덕은 하마터면 조자룡에게 사로잡힐 뻔한지라, 어찌나 혼이 났던지 갑옷을 벗어 버리고 걸어서 달아났다. 이에 조자룡과 등지는 군사를 거두고 영채로 돌아왔다.

　등지가 치하한다.

　"장군은 연세가 일흔이로되 그 용맹함이 지난날과 같아서, 오늘 진 앞에서 장수 넷을 참했으니 참으로 세상에 드문 일입니다."

　"승상이 나를 늙었다고 쓰지 않으려 했기 때문에, 내 이번에 힘써 싸웠을 뿐이다."

　조자룡은 마침내 공명에게 첩서捷書(승리를 보고하는 글)를 보내고 사로잡은 한요를 압송하게 하였다.

　한편, 한덕은 패잔병을 거느리고 돌아가서, 하후무에게 아들 넷을 다 잃고 싸움에 진 경과를 소상히 고하고 통곡했다. 마침내 하후무는 친히 군사를 거느리고 조자룡을 맞이해서 싸우러 떠났다.

　척후병이 촉군의 영채로 돌아가서 보고한다.

　"하후무가 군사를 거느리고 옵니다."

조자룡은 창을 들고 말에 올라, 군사 천여 명을 거느리고 봉명산 앞에 진을 쳤다.

이날, 하후무는 황금 투구를 쓰고 흰 말을 타고 손에 대척도大隻刀를 잡고 와서 진영을 벌인 뒤에 문기門旗 아래로 나서서 보았다.

조자룡이 말을 껑충껑충 달리며, 창을 들고 이리저리 돌아다닌다.

한덕은 이를 갈며,

"저놈이 내 아들 넷을 죽였으니, 내 어찌 그 원수를 갚지 않을 수 있으리요."

하고 개산대부를 휘두르며 말을 달려 바로 조자룡에게 덤벼든다.

분노한 조자룡은 맞이하여 싸운 지 불과 3합에 한덕을 창으로 찔러 죽이고, 바로 하후무에게 달려들어간다. 하후무는 황망히 진영 안으로 도망쳐 들어간다. 이에 등지가 군사를 휘몰아 엄습하고 무찌르니, 위군은 또 패하여 10여 리쯤 물러가서 영채를 세웠다.

하후무는 모든 장수들과 함께 밤을 새우며 상의한다.

"내 오래 전부터 조자룡의 이름은 익히 들었으나 직접 보지는 못했는데, 오늘 본즉 늙었지만 아직도 영용하니 비로소 당양 장판의 옛일이 사실이었음을 알겠도다. 그를 대적할 사람이 없으니 장차 어찌할까?"

참군 정무程武는 바로 정욱程昱의 아들이다.

정무가 진언한다.

"조자룡은 용맹하지만 꾀가 없으니 족히 걱정할 것 없습니다. 내일 도독都督(하후무)께서는 다시 군사를 거느리고 나가되, 먼저 군사를 양쪽에 매복시키십시오. 나아가 적군과 싸우다가 먼저 후퇴하면서 조자룡을 군사들이 매복한 곳으로 유인하고, 바로 산으로 올라가서 사방 군사를 지휘하여 겹겹이 포위하면 조자룡을 사로잡을 수 있습니다."

하후무는 그 말대로 동희董禧에게 군사 3만 명을 주어 왼쪽 지대에 가서 매복하라 하고, 또 설칙薛則에게 군사 3만 명을 주어 오른쪽 지대에 가서 매복하도록 분부했다.

두 사람은 곧 가서 각기 군사를 거느리고 매복했다.

이튿날, 하후무는 다시 징을 치고 북을 울리며 기를 정제한 뒤에 군사를 거느리고 나아간다. 조자룡과 등지는 위군이 오는 것을 보고 싸우러 나온다.

등지가 말 위에서 조자룡에게 말한다.

"어젯밤 위군이 크게 패하여 달아났다가 오늘 다시 저러고 오는 걸 보니, 반드시 무슨 속임수를 쓰려나 봅니다. 노장군은 특히 조심하십시오."

"저런 젖비린내 나는 아이를 무슨 염려할 것 있으리요. 내 오늘은 반드시 사로잡으리라."

조자룡은 즉시 말을 달려 나간다.

이에 위장魏將 반수潘遂가 또한 달려와서, 서로 싸운 지 3합에 문득 말 머리를 돌려 달아난다. 조자룡이 뒤쫓아가는데, 위의 진영에서 장수 여덟 명이 일제히 나와 앞을 가로막더니 우선 하후무부터 도망치게 하고는 여덟 명이 계속 달아난다. 조자룡이 이긴 김에 뒤쫓아가면서 마구 죽이니, 등지도 군사를 거느리고 계속 나아간다.

그런데 어느새 조자룡은 위험 지구에 깊이 들어가고야 말았다. 사방에서 함성이 크게 진동하는지라, 등지는 급히 군사를 거두어 물러가려 하는데, 왼편에서는 동희의 군사가, 오른편에서는 설칙의 군사가 일제히 쏟아져 나온다.

등지는 군사의 수효가 적어서 능히 조자룡을 구출하지 못하는데, 조자룡은 포위당하여 좌충우돌하나 워낙 위군이 많아서 곤경에 빠지고 말았다.

이때 조자룡의 수하 군사는 겨우 천여 명에 불과했다. 그들이 위군을 무찌르며 산밑으로 가서 보니, 산 위에서 하후무가 삼군을 지휘하고 있지 않은가.

조자룡이 동쪽으로 가면, 산 위에서 하후무가 동쪽을 가리켜 군사를 그쪽으로 모으고, 서쪽으로 가면 서쪽을 가리켜 군사를 또 그쪽으로 모은다. 결국 조자룡은 포위를 뚫지 못하여 고전하다가 군사를 거느리고 바로 하후무가 지휘하고 있는 산 위로 쳐 올라가는데, 산 위에서 큰 나무와 돌이 날아 내려와 더 이상 올라갈 수가 없었다.

이리하여 조자룡은 진시辰時(오전 8시)에서부터 유시酉時(밤 8시)까지 적군을 무찔렀으나, 능히 벗어나지를 못했다. 이에 조자룡은 말에서 내려 잠시 쉬며, 달이 솟으면 다시 싸우려고 갑옷을 벗고 앉았다. 이윽고 달이 떠오른다.

문득 사방에서 불빛이 하늘을 찌르고 북소리가 크게 진동하면서 화살과 돌이 빗발처럼 날아온다. 위군은 포위망을 좁히면서 악머구리처럼 외친다.

"조자룡은 속히 항복하라!"

"조자룡은 속히 항복하라!"

조자룡은 급히 말에 올라 전투 태세를 취하는데, 사방에서 적군이 육박해 들어오며 마구 활을 쏘아댄다. 조자룡의 군사와 말은 앞으로 나아갈 수가 없었다. 조자룡은 하늘을 우러러 길이 탄식한다.

"내 늙지 않았다고 버티다가 결국 이곳에서 죽는구나!"

바로 이때였다. 문득 동북쪽에서 함성이 크게 일어난다. 위군이 마구 흩어지며 허둥지둥 숨는데 난데없는 한 무리의 군사가 쳐들어오니, 맨 앞에 선 장수는 장팔점강모丈八點鋼矛를 손에 들고 말 목에 사람 머리 하나를 달고 오고 있었다. 조자룡이 보니 그는 바로 장포였다.

장포가 조자룡에게 달려와서 말한다.

"승상께서 노장군을 잃을까 걱정하사 특별히 저에게 군사 5천 명을 주어 접응하라 하셨습니다. 노장군께서 곤경에 빠졌다는 말을 듣자마자 포위를 뚫고 들어오다가, 적장 설칙이 길을 막으며 덤벼들기에 그의 목을 쳐서 가지고 왔습니다."

조자룡이 크게 힘을 얻어 장포와 함께 서북쪽을 무찌르고 나가니, 위군은 무기를 버리고 뿔뿔이 달아나는데 또 난데없는 한 무리의 군사가 함성을 지르며 위군을 마구 쳐죽이며 들이닥친다. 맨 앞에 선 장수는 한 손에 언월청룡도偃月靑龍刀를 잡고, 다른 한 손에는 사람 머리를 들고 오고 있었다. 조자룡이 보니 그는 바로 관흥이었다.

관흥이 고한다.

"승상의 명령을 받고 혹 노장군에게 사고가 있을까 하여 군사 5천 명을 거느리고 오다가, 바로 조금 전에 위장 동희를 만나 한칼에 참하고 그 목을 베어왔습니다. 승상도 곧 뒤따라 오실 것입니다."

조자룡이 말한다.

"두 장군이 이미 기이한 공을 세웠으니, 어찌 이 참에 하후무를 사로잡아 대사를 결정짓지 않으리요."

장포는 이 말을 듣자 즉시 군사를 거느리고 적군을 쫓아가고, 관흥도 또한 공을 세우리라 하고 군사를 거느리고 떠나갔다.

조자룡이 좌우 사람들을 돌아보며 말한다.

"그들 두 사람은 나에게 조카나 아들뻘이지만 오히려 앞을 다투어 공을 세우려 하는데, 나는 국가의 상장上將이며 조정의 옛 신하로서 어찌 그들만 못할 수 있으리요. 내 마땅히 늙은 목숨을 바쳐 선제의 은혜에 보답하리라."

조자룡은 즉시 군사를 거느리고 하후무를 잡으러 떠났다.

그날 밤에 촉군은 세 방면에서 협공하여 위군을 크게 격파하고, 등지마저 군사를 거느리고 와서 도우니, 죽어 자빠진 시체는 들에 가득하고, 피는 흘러 곳곳에 냇물을 이루었다.

더구나 하후무는 원래 무모한 사람인데다가 나이도 어리며 싸움에 나선 경험도 없는지라, 군사들이 크게 혼란하자 장하의 장수 백여 명을 거느리고 남안군南安郡을 향하여 달아나기에 바빴다. 이에 위나라 군사는 주인을 잃고 다 도망쳐 숨어버렸다.

관흥과 장포 두 장수는 하후무가 남안군으로 달아난다는 보고를 듣자 밤중에 뒤쫓는다.

남안성에 당도한 하후무는 성안으로 들어가서 성문을 굳게 닫고 군사를 휘몰아 지키는데, 관흥과 장포 두 장수가 뒤쫓아와서 남안성을 포위한다. 또한 조자룡이 잇달아 와서 세 방면에서 공격하는데, 조금 지나자 등지가 또 군사를 거느리고 왔다.

그들은 남안성을 포위하고 공격한 지 열흘이 지났으나 함락하지 못하고 있는데, 수하 사람이 와서 보고한다.

"승상은 후군後軍을 면양 땅에 멈추게 하고, 좌군左軍을 양평陽平 땅에 주둔시키고, 우군右軍을 석성石城 땅에 주둔시킨 뒤에 친히 중군中軍을 거느리고 오셨습니다."

조자룡·등지·관흥·장포는 다 나가서 공명을 영접하고 절하며, 그들이 연일 공격했으나 남안성을 함락하지 못한 경과를 고했다.

공명은 조그만 수레를 타고 친히 성 가에 가서 성을 한 바퀴 둘러보고 영채로 돌아와서 장상에 앉으니, 모든 장수들이 둘러서서 명령을 기다린다.

공명이 말한다.

"이 성은 높고 호濠는 깊어서 공격하기 어렵다. 우리의 목적은 이 성하나에 있지 않다. 너희들이 이곳에서 오랫동안 공격하는 사이에 다른 위군이 다른 길로 가서 우리 한중 땅을 빼앗는다면, 대세는 역전하고 우리 군사는 위기에 몰린다."

등지가 말한다.

"하후무는 위의 부마니 그자를 잡으면, 적의 장수 백 명을 참하는 것보다도 낫습니다. 이제 하후무는 독 안에 갇힌 쥐나 다름없는데, 어찌 그를 버리고 떠난단 말씀입니까?"

"나에게 계책이 있으니, 여러 말 말라. 이곳은 서쪽으로 천수군天水郡과 접했고 북쪽에는 안정군安定郡이 있는데, 그 두 곳 태수가 누구인지 아느냐?"

척후병이 고한다.

"천수군 태수는 마준馬遵이며, 안정군 태수는 최양崔諒입니다."

공명은 속으로 미소하며 위연을 불러 이러이러히 하라는 계책을 일러주고, 또 관흥과 장포를 불러 이러이러히 하라는 계책을 일러주고, 그밖에 심복한 군사 두 사람에게도 이러이러히 하라는 계책을 일러줬다.

그들은 각기 군사를 거느리고 떠나갔다. 그런 뒤에 공명은 남안성 밖에 있으면서 군사들을 시켜 성 밑으로 장작을 운반하고 쌓았다.

촉군은 장작을 쌓으면서 외친다.

"두고 봐라. 장작에 불을 질러 태워버릴 테다!"

성 위의 위군들은 크게 웃으며 무서워하지 않았다.

한편, 안정군 태수 최양은 촉군이 남안성을 포위하고 하후무가 갇혀 곤경에 빠졌다는 소식을 듣자, 십분 당황하고 겁이 나서 곧 군사 4천 명을 점검하고, 안정성安定城을 굳게 지키고만 있었다.

하루는 남쪽에서 한 사람이 급히 말을 달려오더니, 은밀히 보고 드릴 일이 있다고 외친다.

최양이 불러들여 물으니 그 사람이 대답한다.

"나는 하후도독夏侯都督 장하에 있는 심복 장수로서 이름을 배서襄緖라 하오. 이제 도독의 명령을 받고 천수와 안정 두 군에 구원을 청하러 왔소이다. 남안성은 위기에 빠져서 날마다 성 위에서 불을 올려 신호하고, 오로지 두 군에서 구원군이 오기만 바랐으나 전혀 오지 않는지라. 그래서 나는 도독의 명령을 받고 촉군의 포위를 무찌르면서 왔으니, 즉시 군사를 일으켜 밤낮을 가리지 말고 가서 구원하시오. 도독은 두 군에서 군사가 오기만 하면, 즉시 성문을 열고 나와 호응하겠다 하셨소."

최양이 묻는다.

"그럼 도독의 친서를 가지고 왔겠구려."

배서가 속살에 붙이고 온 친서를 꺼내니, 땀에 흠씬 젖어 있었다. 그런데 배서는 친서를 언뜻 보이기만 하고 급히 수하 군사에게 말을 바꾸어오라 호령하더니, 말을 바꾸어 타기가 급하게 안정성을 달려나가, 천수군 쪽으로 사라져 버렸다.

이틀이 지나기도 전에 또 말 탄 사람이 달려와서,

"천수군 태수는 이미 군사를 일으켜 남안성을 구원하러 떠났으니, 이곳 안정군에서도 속히 군사를 보내어 도우라."

하고 재촉한다.

이에 최양이 상의한다. 부중 관리들은 말한다.

"만일 가서 돕지 않았다가 남안성이 함락되고 하후부마夏侯附馬가 적군에게 잡혀가는 날이면, 우리 두 군은 죄를 면할 수 없소이다. 그러니 어서 군사를 보내어 구원하십시오."

최양은 즉시 군사를 일으켜 떠나고, 문관文官들만 남아서 성을 지켰다.

최양이 군사를 거느리고 남안군으로 뻗은 큰길을 달려가는데, 아득히 저 멀리에서 불빛이 충천한다. 최양은 군사를 더욱 재촉하여 밤길을 가는데, 남안군까지 50여 리를 남겨둔 지점에 이르렀을 때였다. 문득 앞뒤에서 함성이 크게 진동하더니 초탐군이 달려와서 보고한다.

"앞에서는 관흥이 길을 막고, 뒤에서는 장포가 쳐들어옵니다."

이 말을 듣자 안정安定의 군사들은 사방으로 달아나 숨는다. 최양은 소스라치게 놀라 수하 군사 백여 명만 거느리고 좁은 길로 달아나 겨우 죽음에서 벗어났다. 그가 안정군으로 돌아가서 성 아래에 이르렀을 때였다.

성 위에서 갑자기 화살이 빗발치듯 날아 내리며, 촉장 위연이 성 위에 썩 나타나더니 외친다.

"내 이미 너의 성을 점령했거늘, 어째서 빨리 항복하지 않느냐!"

원래 위연은 군사들을 안정의 군사로 가장시키고, 한밤중에 속임수를 써서 성문을 열게 한 다음 쳐들어와서 일시에 성을 점령한 것이었다.

최양은 갑자기 당황하여 즉시 말을 돌려 천수군 쪽으로 달아난다. 불과 한 마장도 못 갔을 때였다. 앞에서 한 떼의 군사가 나타나 길을 가로막는데, 큰 기 아래에 한 사람이 윤건을 쓰고 깃털 부채를 들고 도포에 학창의를 입고 수레 위에 단정히 앉아 있지 않는가.

최양이 보니 바로 공명인지라, 급히 말을 돌려 달아나는데 관흥과 장포가 양쪽에서 뒤쫓아오며 외친다.

"속히 항복하라!"

최양이 사방을 둘러보니 모두가 다 촉군이니, 하는 수 없이 마침내 항복하고 대채로 끌려갔다.

공명은 최양을 상빈上賓으로 극진히 대접하고 묻는다.

"남안南安 태수는 귀하와 평소 교분이 두터운지요?"

최양이 대답한다.

"그 사람은 바로 양부楊阜의 종제從弟 뻘인 양능楊陵이니, 서로가 이웃

고을이어서 각별히 친하게 지냈습니다."

"그렇다면 수고롭지만 귀공이 남안성에 들어가서, 하후무를 사로잡자고 양능을 설득할 수 있겠소?"

"승상께서 저를 보내시려면 잠시 군사를 후퇴시키고, 제가 성안에 들어가서 교섭할 수 있도록 기회를 주십시오."

공명은 그 말대로 즉시 명령을 내렸다. 사방 군사들은 각각 20리 밖으로 물러가서 영채를 세웠다.

이에 최양은 혼자 말을 달려 남안성 아래로 가서, 성문을 열라 외쳤다. 성문이 열리자 바로 부중으로 들어가서 양능과 인사를 끝내고 자기 처지와 온 뜻을 자세히 말했다.

양능이 대답한다.

"우리는 위왕에게 큰 은혜를 입은 신하이니, 어찌 나라를 배반할 수 있으리요. 우리 쪽에서 제갈양의 계책을 이용하기로 합시다."

양능은 최양을 하후무에게로 데리고 가서 자세히 설명했다.

하후무가 묻는다.

"그렇다면 어떤 계책을 써야 할까?"

양능이 대답한다.

"성을 바친다고 속이고서, 일단 촉군을 성안으로 끌어들인 후에 모조리 쳐죽여버립시다."

최양은 그 계책대로 하기로 하고, 남안성을 나와 공명에게 돌아가서 보고한다.

"양능은 성문을 열고 대군을 들어오게 하여, 하후무를 사로잡도록 주선하겠다고 다짐했습니다. 양능은 직접 하후무를 사로잡고 싶으나, 수하 군사가 많지 않아서 감히 손을 쓸 수 없다고 합디다."

공명이 대답한다.

"그건 매우 쉬운 일이오. 이번에 항복한 귀공의 군사 백여 명이 있으니, 그들 속에 우리 장수를 몰래 넣어 안정의 군사로 변장시키겠소. 귀공이 거느리고 성안으로 들어가서, 먼저 하후무가 있는 부중에 매복시키시오. 한밤중에 양능이 우리에게 성문을 열어줄 때를 기다려, 안팎이 동시에 호응하도록 하시오."

최양은 속으로 생각한다.

'내가 촉의 장수를 데리고 가지 않으면 공명이 의심할 것이니, 촉의 장수를 성안으로 데리고 들어가서 먼저 죽여버린 뒤에 불을 올려 공명을 유인해 들이고서 또한 죽여버리면 된다.'

그래서 최양은 두말 않고 그러기로 했다.

공명이 부탁한다.

"그럼 나의 신임하는 장수 관흥과 장포를 따라가게 할 테니, 귀공은 먼저 그들을 데리고 가서 구원 온 군사라 하고 성안으로 들어가 우선 하후무부터 안심시키시오. 그런 뒤에 불을 올려 신호만 하면, 내 친히 성으로 들어가서 하후무를 사로잡으리라."

어느덧 황혼이 됐다. 관흥과 장포는 공명에게 은밀한 계책을 받아, 무장하고 말을 타고 각기 무기를 들고 안정의 군사들 사이에 섞여 최양을 따라 남안성 아래에 이르렀다.

성 위에서 양능이 현공판縣空板을 들어올리고, 화살을 피하는 난간에서 몸을 내밀며 묻는다.

"어디서 온 군사들이냐?"

최양은

"우리는 안정군에서 구원 온 군사요."

대답하고, 화살 한 대를 쏘아 보냈다. 그 화살에는 밀서가 꽂혀 있었으니,

이제 제갈양이 장수 두 사람을 보내어 성안에 먼저 매복시키고 안팎에서 호응할 것을 요청하니, 눈치채지 못하도록 일단 성안으로 들인 후에 없애버리도록 하시오.

양능은 밀서를 보고, 하후무에게 가서 자세히 설명했다.

하후무가 말한다.

"제갈양이 우리 계책에 빠져 들어오는 모양이니, 그렇다면 우선 도부수 백여 명을 부중에 매복시키고 촉장 두 사람이 최양을 따라 부중에 이르러 말에서 내리거든, 즉시 성문을 닫아 그 두 놈부터 죽이고, 성 위에 불을 올려 제갈양을 유인해 들인 뒤에 우리 복병이 무찌르면 사로잡을 수 있으리라."

모든 배치가 끝나자, 양능은 다시 성 위로 올라가서 분부한다.

"안정군에서 구원 온 군사라 하니 성문을 열어줘라."

이에 관흥은 최양을 따라 앞장서고, 장포는 뒤를 따라서 성안으로 들어간다.

양능은 성문으로 내려와서 그들을 영접한다. 앞서 들어간 관흥이 갑자기 칼을 번쩍 들어 치니 양능의 목이 땅바닥에 떨어져 구른다. 실로 눈 깜짝할 사이였다.

최양은 너무 놀라 급히 말을 돌려 조교弔橋로 달아나는데, 장포가 앞을 막으며,

"이놈 게 섰거라! 너희들의 하찮은 꾀로 어찌 우리 승상을 속일 수 있으리요."

외치고, 단번에 창으로 최양을 찔러 말 아래로 거꾸러뜨렸다. 그 동안에 관흥은 이미 성 위로 올라가서 불을 올리고, 사방에서 촉군이 조수처럼 밀어닥친다.

하후무는 미처 손쓸 사이도 없이 남쪽 성문을 열고 군사들과 함께 달아나는데, 한 떼의 군사가 나타나 앞을 막으니 앞장선 장수는 바로 왕평이었다. 서로 달려들어 싸운 지 불과 1합에 왕평은 하후무를 냉큼 사로잡고, 촉군은 달아나는 적군을 모조리 쳐죽였다.

공명은 남안성으로 들어가서 백성들을 위로하고, 추호도 약탈하지 않았다. 모든 장수들이 속속 와서 각기 공로를 보고한다. 공명의 분부로 하후무는 함거檻車 속에 감금당했다.

등지가 묻는다.

"승상께서는 최양이 속임수를 쓰는 걸 어찌 아셨습니까?"

공명이 대답한다.

"나는 최양이 진심으로 항복할 마음이 없다는 걸 알았기 때문에 일부러 그를 성안으로 보내어 하후무와 의논하게 하고, 나의 계책을 역이용하도록 기회를 준 것이다. 그가 돌아와서 속임수를 쓰려는 걸 알았기 때문에, 일부러 관흥과 장포 두 장수를 따라가게 하여 그들을 안심시킨 것이다. 최양이 진심으로 항복했다면 거절할 것인데, 흔연히 두 장수를 데리고 간 것은 내가 의심할까 봐 겁이 났기 때문이었다. 그는 두 장수를 성안으로 데리고 들어가서 죽여도 늦지 않다고 생각하고 우리 군사가 안심하고 들어올 것으로 생각했지만, 나는 이미 두 장수에게 성안에 들어가는 즉시로 양능과 최양을 죽이도록 지시했던 것이다. 그러니 성안에 무슨 준비가 있었으리요. 그 뒤를 따라 우리 군사가 들이닥쳤으니, 이는 우리가 적의 허를 찌른 것이다."

모든 장수들은 공명에게 절하고 감복했다.

공명은 말을 계속한다.

"애초에 최양을 속인 것은, 나의 심복 군사가 가서 위장 배서裵緖라고 이름을 바꾼 덕분이었다. 그 심복 부하는 또 천수군을 속이러 갔는데,

지혜로써 세 개 군을 차지하는 제갈양

아직도 돌아오지를 않으니 어찌 된 일인지 모르겠다. 이 기회에 가서 천수군을 점령해야 한다."

공명은 마침내 오의에게 남아서 남안군을 지키게 하고, 유염劉琰을 보내어 안정군을 지키게 하는 동시에 위연과 그 군사를 소환하여 천수군으로 보냈다.

한편, 천수군 태수 마준은 하후무가 남안성에서 포위당하여 곤경에 빠져 있다는 보고를 듣고, 문무 관리들을 모아 상의한다. 공조功曹 양서梁緖, 주부主簿 윤상尹賞, 주기主記 양건梁虔 등이 말한다.

"하후무는 부마로서 금지옥엽金枝玉葉(귀족)의 몸입니다. 무슨 사고라도 나는 날이면 우리는 돕지 않았다는 죄를 면할 수 없습니다. 태수는 어서 본부 군사를 모조리 일으켜 가서 도우십시오."

마준은 어찌해야 좋을지 몰라 망설이는데, 수하 사람이 들어와서 고한다.

"하후부마께서 보낸 심복 장수 배서라는 사람이 왔습니다."

이윽고 배서가 부중에 들어와서 공문公文을 마준에게 바치며,

"도독께서 안정군과 천수군은 속히 구원군을 보내라고 하셨으니, 속히 가서 도우시오."

말을 마치기가 무섭게 말을 타고 떠나가버렸다.

이튿날, 또 기병이 달려와서 고한다.

"안정군에서는 이미 구원병이 떠났으니, 태수는 급히 군사를 거느리고 가서 협력하시오."

이에 마준이 군사를 일으키려 하는데, 밖에서 한 사람이 들어온다.

"태수는 제갈양의 계책에 빠지지 마십시오."

모든 사람들이 보니, 그는 바로 천수군 기현冀縣 땅 출신으로서 성명은 강유姜維요 자는 백약伯約이었다. 강유의 아버지 이름은 강경姜冏으로, 옛날에 천수군天水郡 공조功曹로 있다가, 오랑캐들이 반란을 일으켰을 때 나라를 위해 싸우다 전사했다. 강유는 어려서부터 많은 책을 널리 보아서 병법과 무예에 정통했으며, 어머니를 지성으로 섬기는 효자였기 때문에 천수군 사람들은 다 그를 공경했다. 강유는 그 후로 중랑장이 되어 천수군 군사에 참여하고 있었다.

이날 강유가 마준에게 계속 말한다.

"요즘 들리는 소문에 의하면, 제갈양이 남안성 안에다 하후무를 감금하다시피 포위하고 물샐틈없이 공격한다는데, 누가 그 포위를 뚫고 나올 수 있겠습니까. 더구나 그 배서라는 자는 전에 듣지도 보지도 못했던 장수요, 또 안정군에서 왔다는 파발꾼도 공문이 없었으니, 이건 촉장이

위장으로 변장하고 와서 태수를 성밖으로 끌어내리려는 속임수입니다. 지금 촉군은 반드시 가까운 곳에 매복하고 있을 것인즉, 우리 군사가 떠나기만 하면 즉시 기회를 놓치지 않고 빈 성으로 쳐들어올 것입니다."

마준은 정신이 번쩍 들었다.

"백약伯約(강유의 자)이 말해주지 않았다면, 적의 간악한 계책에 속아 넘어갈 뻔했구나!"

강유는 웃으며

"태수는 안심하시라. 내게 한 가지 계책이 있으니, 제갈양을 사로잡고 위기에 빠진 남안성까지도 건져내겠소이다."

하고 말하니,

작전을 하다가 또 강한 적수를 만나는가 하면
지혜로 싸우다가 뜻밖의 사람을 만난다.
運籌又遇强中手
鬪智還逢意外人

강유의 계책이란 무엇일까?

제93회

강백약은 공명에게 귀항歸降하고
공명은 왕낭을 꾸짖어 죽이다

강유가 마준에게 계책을 말한다.

"제갈양은 반드시 우리 군郡 뒤에다 군사를 매복하고 속임수를 써서 우리 군사를 성에서 떠나도록 한 뒤에, 그 빈틈을 타서 쳐들어올 것입니다. 그러니 저에게 씩씩한 군사 3천 명만 주면 요긴한 곳에 가서 매복할 테니, 그런 뒤에 태수는 군사를 거느리고 성을 떠나되 멀리 가지 말고 한 30리쯤 가는 체하다가 되돌아와서, 불이 오르거든 신호인 줄로 알고 서로 앞뒤에서 적을 협공하면 크게 이길 수 있습니다. 그러고도 제갈양이 몸소 온다면 그때는 제가 반드시 사로잡겠습니다."

천수天水 태수 마준은 그 계책대로 강유에게 씩씩한 군사를 주어 떠나 보낸 뒤에 친히 양건과 함께 군사를 거느리고 성을 떠나가서 신호 불이 오르기를 기다리고, 양서와 윤상만이 남아서 성을 지켰다.

원래 공명은 조자룡을 보내어 산골에 군사를 매복시키고, 천수군의 군사들이 성을 떠나가든 즉시 틈을 타서 습격하라 했었다.

이날 첩자가 돌아와서 조자룡에게 보고한다.

"천수군 태수 마준은 군사를 일으켜 성을 나가고, 문관들만 남아서 지키고 있습니다."

조자룡은 무릎을 치며, 즉시 사람을 장익과 고상에게로 보내어 적당한 길목에서 기다리다가 천수군 태수 마준이 오거든 쳐죽이라고 분부했다. 즉 장익과 고상도 역시 공명이 미리 보내어 매복시킨 것이었다.

그리고 조자룡은 군사 5천 명을 거느리고 바로 천수성天水城 아래에 이르러 큰소리로 외친다.

"나는 바로 상산 조자룡이다. 너희들은 우리 계책에 걸려들었으니, 속히 성을 내놓고 죽음을 면하도록 하라."

성 위에서 양서가 껄껄 웃는다.

"너희들이 도리어 우리 강유의 계책에 빠져 든 것을 아직도 모르느냐?"

조자룡이 성을 공격하는데, 홀연 큰 함성이 진동하며 사방에서 불빛이 충천하더니 맨 앞에 선 한 소년 장군이 창을 들고 말을 달려 들어오면서 꾸짖는다.

"너는 천수 땅 강유가 보이지 않느냐!"

조자룡은 창을 고쳐 들고, 맞이하여 싸운 지 수합에 강유의 창 쓰는 솜씨가 더욱 날카로워진다.

조자룡은 깜짝 놀라 생각한다.

'이런 곳에 이런 인물이 있을 줄이야 뉘 알았으리요.'

한참 싸우는데 양쪽에서 적군이 나타나 조자룡의 군사를 협공하니, 그것은 바로 마준과 양건이 군사들을 거느리고 되돌아와서 무찌르는 것이었다.

조자룡은 앞뒤를 동시에 막을 수 없어 적군을 무찔러 길을 열며 패잔병을 거느리고 달아나니, 강유가 뒤쫓는다.

마침 장익과 고상이 양쪽에서 내달아와 천수의 군사를 무찌르고, 조자룡을 도와 돌아갔다. 조자룡은 돌아가서, 공명에게 적의 계책에 도리어 걸려들었던 경과를 소상히 보고했다.

공명도 놀라서 묻는다.

"그 사람이 누구기에 나의 심오한 계책을 알았을까?"

남안 사람이 있어 대답한다.

"그 사람의 이름은 강유요 자는 백약으로, 바로 천수군 기현 땅 출신이올시다. 그는 어머니를 극진히 섬기는 효자로 문무를 두루 갖추었고 지혜와 용맹을 구비한 참으로 당대의 영걸英傑입니다."

조자룡이 또한 칭찬한다.

"그의 창 쓰는 솜씨는 보통 사람과 크게 다릅디다."

공명은 말한다.

"내 이번에 천수성을 점령하려 했는데, 그런 인물이 군사를 지휘할 줄은 몰랐다."

한편, 강유는 천수성으로 돌아와 태수 마준에게 진언한다.

"조자룡이 패하여 돌아갔으니 이번엔 반드시 공명이 몸소 올 것이며, 그는 우리 군사가 다 성안에 있는 줄로 알 것인즉 우리는 군사를 넷으로 나누어야 합니다. 나는 일지군을 거느리고 성 동쪽으로 가서 매복하고 있다가 적군이 오면 앞을 끊겠습니다. 태수는 양건·윤상과 함께 각기 일지군을 거느리고 성밖에 숨고, 양서만 성 위에서 지키게 하십시오."

태수 마준은 강유가 시키는 대로 배치했다.

한편, 공명은 강유가 비범한 인물임을 알고, 친히 선발대를 거느리고 떠나 천수성 가까이에 이르러 명령을 내린다.

"성을 공격하는 일은 도착하는 그날로 삼군을 격려하여 북을 치고 함성을 질러 곧장 시작해야 한다. 만일 오랜 시일이 걸리게 되면, 군사들의 사기가 저하되어 속히 적을 격파하기 어려우니라."

이에 대군은 바로 천수성 아래에 이르러 보니, 성 위에는 기치가 정연히 꽂혀 있어 경솔히 공격하지 못하겠기에 한밤중이 되기를 기다렸다.

어느덧 한밤중이 되자 문득 사방에서 불빛이 충천하며 함성이 땅을 진동하니, 어느 곳에서 어느 편 군사가 오는지 알 수가 없고 동시에 성 위에서도 북소리·징소리와 함성이 일어나며 서로 호응한다.

촉군은 크게 놀라 어지러이 달아나 숨는다. 공명이 급히 말에 오르자 관흥·장포 두 장수가 호위하며 적의 포위를 뚫고 나와 돌아보니, 바로 동쪽에 기병들이 횃불을 잡고 긴 뱀처럼 늘어서 있었다.

공명은 관흥을 시켜 염탐하고 오라고 보냈다.

이윽고 관흥이 돌아와서 보고한다.

"그들은 바로 강유가 거느린 군사들입니다."

공명이 감탄한다.

"필요한 것은 많은 군사가 아니라, 군사를 쓸 줄 아는 인물이로다. 강유는 참으로 훌륭한 인물이구나."

공명은 군사를 거두고 영채로 돌아와 한동안 생각하다가, 안정군 출신인 사람을 불러 묻는다.

"강유의 어머니가 지금 어느 곳에 있느냐?"

"그 어머니는 기현 땅에서 살고 있습니다."

공명이 위연을 불러 분부한다.

"너는 일지군을 거느리고 가서 허장성세로 기현 땅을 점령할 것처럼 공격하되, 강유가 오거든 성안으로 들어가도록 내버려두어라."

공명이 안정 사람에게 계속 묻는다.

"이 일대에서 어느 곳이 가장 요긴한 곳이냐?"

"천수군 일대의 재물과 곡식은 다 상규上邽 땅에 저장되어 있습니다.

상규 땅만 격파되면 곡식을 운반하는 길이 다 끊어지고 맙니다."

공명은 조자룡에게 일지군을 주어 상규 땅을 공격하도록 보내고, 자기는 천수성에서 30리 떨어진 곳으로 물러가 영채를 세웠다.

첩자는 이 일을 탐지하고, 즉시 천수성으로 돌아가 고한다.

"촉군은 세 방면으로 나뉘었으니, 그 중 하나는 우리 군郡을 노리고, 또 하나는 상규 땅을 치러 가고, 또 하나는 기성冀城 땅을 치러 갔습니다."

강유는 이 말을 듣자, 태수 마준에게 슬피 고한다.

"저의 어머님이 기성 땅에 계시는데, 혹 무슨 일이라도 생기지 않았는지 두렵습니다. 바라건대 일지군을 거느리고 가서 기성을 구하고 겸하여 늙은 어머님을 보호하겠습니다."

태수 마준은 두말 않고 강유에게 군사 3천 명을 주며 기성을 구원하도록 떠나 보내고, 양건에게도 군사 3천 명을 주어 상규 땅을 구원하도록 떠나 보냈다.

한편, 강유는 군사 3천 명을 거느려 기성에 이르렀는데 앞에서 한 때의 군사가 나타나 길을 가로막으니, 맨 앞에 선 장수는 바로 촉장 위연이었다. 두 장수가 서로 맞닥뜨려 싸운 지 몇 합에 위연이 패한 척하고 달아나니, 강유는 바로 성안으로 들어가 성문을 굳게 닫고, 군사를 거느리고 성을 지키는 동시에 늙은 어머니를 찾아뵙고, 나와서 싸우려 하지 않았다.

한편, 조자룡도 양건이 군사를 거느리고 오자 슬쩍 달아나는 체하며 양건을 상규성上邽城으로 들어가게 했다.

한편, 공명은 사람을 남안군으로 보내어 하후무를 데리고 왔다.

공명이 묻는다.

"너는 죽는 것이 두려우냐?"

하후무는 황망히 엎드려 절하고 목숨만 살려달라고 애걸한다.

공명이 계속 묻는다.

"천수군 강유는 지금 기성에 가서 지키고 있는데, 그가 사람을 시켜 나에게 보내온 서신에 의하면 '부마(하후무)만 살려주면 나는 항복하겠다'고 했구나. 그래서 내 너를 살려주노니, 너는 가서 강유가 우리에게 항복하도록 타이를 수 있겠느냐?"

하후무가 대답한다.

"바라건대 반드시 항복하도록 타이르겠습니다."

이에 공명은 의복과 안장과 말을 하후무에게 주고, 혼자서 가도록 놓아 보냈다.

하후무는 촉의 영채에서 석방되자 길을 찾아 달린다. 그러나 길이 어디로 났는지도 몰라서 무작정 앞으로 가는데, 문득 몇몇 사람들이 허둥지둥 달려온다.

하후무가 물으니 그들이 대답한다.

"우리는 기현 땅 백성인데, 이번에 강유가 성을 내놓고 제갈양에게 항복했기 때문에 촉장 위연이 맘대로 불을 지르고 백성들의 재물을 노략질하는 통에, 우리는 견디다 못해 집을 버리고 상규 땅으로 달아나는 길입니다."

하후무가 또 묻는다.

"지금 천수성을 지키는 자는 누구냐?"

백성이 대답한다.

"천수성은 태수 마준께서 지키고 계십니다."

이에 하후무는 말을 달려 천수성으로 가는데, 또 백성들이 남부여대男負女戴하고 온다. 그들의 말도 또한 앞서간 백성들이 대답하던 말과 같았다. 하후무는 천수성 아래에 이르러 성문을 열라고 외친다.

성 위의 사람은 하후무를 알아보고 황망히 성문을 열어 영접하니, 태수 마준이 놀라며 절하고 그간의 안부를 묻는다.

이에 하후무는 강유에 관한 일과 도중에서 들은 백성들의 말을 소상히 설명한다.

태수 마준이 탄식한다.

"강유가 제갈양에게 항복할 줄은 몰랐다."

양서가 두둔한다.

"강유는 하후무 도독을 구출하려는 일념으로 항복하겠다고 거짓말을 한 것일 거요."

하후무가 반문한다.

"이미 강유가 항복했다는데, 어째서 거짓말이라 하느냐?"

그들이 아무 결정도 짓지 못하는 동안에 어느덧 초경初更이 됐다.

촉군이 또 와서 성을 공격하며 불빛이 일어나는데, 강유가 그 불빛 속에서 나오더니 성 아래로 와서 창을 들고 말을 세우며 크게 외친다.

"청컨대 하후무 도독은 대답하시라!"

하후무가 태수 마준 등과 함께 성 위로 올라가서 굽어보니, 강유는 위엄을 드날리면서 또 크게 외친다.

"나는 도독을 위해서 적군에게 항복했는데, 도독은 어째서 자기가 한 말을 지키지 않소!"

하후무가 되묻는다.

"너는 우리 위나라의 은혜를 입고도 어째서 촉에게 항복했으며, 또 내가 전에 무엇을 약속했단 말이냐!"

"너는 나더러 촉에게 항복하라는 서신까지 보내고 이제 와서 무슨 소리를 하느냐. 네가 적진에서 벗어나기 위해서 도리어 나를 모함했구나. 내 이제 촉에게 항복하여 상장上將이 됐으니, 어찌 위에 돌아갈 리 있으리요."

강유는 말을 마치자 군사를 휘몰아 성을 공격하다가 새벽녘에야 돌아갔다. 물론 그는 가짜 강유였다.

공명은 군사 중에 모습이 흡사한 자를 골라 강유로 분장시키고, 밤에 성을 공격하게 하여 불빛 속에 그가 진짜인지 가짜인지를 못 알아보게 했던 것이다.

한편 공명은 군사를 거느리고 가서 기성을 공격하니, 성안에는 곡식이 부족해서 군사들을 고루 먹이지 못할 지경이었다.

강유는 성 위에서 촉군의 크고 작은 수레들이 곡식과 마초를 운반하여 위연의 영채로 속속 향하는 것을 보자, 마침내 군사 3천 명을 거느리고 성에서 나와 곡식을 빼앗으러 달려온다. 촉군은 그만 기겁을 하여 곡식 실은 수레들을 모조리 버리고 길을 찾아 달아난다.

강유는 곡식 실은 수레를 약탈하고 기성으로 들어가려는데, 문득 한 무리의 군사가 나타나 앞길을 가로막으니, 맨 앞에 선 촉장은 바로 장익이었다. 두 장수가 서로 달려들어 싸운 지 수합에, 왕평이 또한 군사를 거느리고 와서 양쪽에서 협공하니 강유는 능히 대적할 수가 없어 길을 빼앗아 성으로 달아난다.

그러나 성 위에는 어느새 촉군의 기가 꽂혀 펄펄 나부끼고 있었다. 강유가 곡식을 약탈하러 나간 사이에, 위연이 이미 성을 쳐서 점령했던 것이다.

이에 강유는 덤벼드는 촉군들을 쳐죽이며 길을 열고 천수성으로 달아나니, 그를 따르는 수하 군사라고는 기병 10여 명에 불과했다. 그나마도 도중에서 장포를 만나 싸우다가 수하 군사들은 여지없이 패하고, 강유는 문자 그대로 필마단창으로 천수성 아래에 이르러 외친다.

"성문을 열어라!"

성 위의 군사들은 강유가 온 것을 보고, 황망히 태수 마준에게 고했다.

마준이 명령한다.

"강유가 우리 성을 팔아먹으러 왔구나! 활을 마구 쏘아 죽여라!"

이윽고 성 위에서 화살이 어지러이 날아 내린다. 강유가 돌아보니 촉군이 또한 쫓아오지 않는가!

강유는 마침내 말을 달려 상규성으로 달아난다. 강유가 상규성 아래에 이르니, 성 위에서 양건이 굽어보고 크게 꾸짖는다.

"나라를 배반한 놈아! 네 어찌 감히 우리 성을 팔아먹으러 왔느냐? 나는 네가 이미 촉군에게 항복했다는 것을 다 알고 있다!"

양건의 말이 끝나자, 성 위에서 또한 화살이 빗발치듯 날아온다. 강유는 기가 막혔다. 변명할 여지도 없었다. 그는 하늘을 우러러 길게 탄식하고, 울면서 말을 돌려 장안을 향하여 달린다.

그가 몇 리 못 가 큰 나무들이 숲을 이룬 곳에 이르렀을 때, 홀연 함성이 일어나면서 수천 명의 군사가 일제히 쏟아져 나오는데, 맨 앞에 선 촉장 관흥이 길을 가로막는다.

강유와 말은 다 지칠 대로 지쳐서 대적하지 못하고, 방향을 바꾸어 달아난다. 문득 산모퉁이에서 한 대의 조그만 수레가 나온다. 그 수레에 탄 사람은 윤건을 쓰고 학창의를 입고 깃털 부채로 부채질하니, 바로 공명이었다.

공명은 강유를 부른다.

"백약은 왜 항복하지 않는가?"

강유는 한참 생각한다. 앞에는 공명이 있고 뒤에는 관흥이 있어, 빠져나갈 길마저 없었다. 마침내 강유가 말에서 내려 항복하니, 공명은 황망히 수레에서 내려와 영접하고 그 손을 잡는다.

"내가 초려에서 나온 후로 널리 어진 사람을 구하여 내 평생 배운 바를 전하고자 했으나, 그런 사람이 없어 한이더니, 이제야 백약을 만났은

지혜로써 강유(오른쪽)의 항복을 받아내는 제갈양

즉 나는 소원을 이룬 셈이오."

강유는 크게 감동하여 절하고 감사한다. 이에 공명은 강유와 함께 영
채로 돌아와서, 장상에 올라 천수군과 상규군을 함락시킬 계책을 상의
한다.

강유가 말한다.

"천수성 안의 윤상과 양서 두 사람은 저와 매우 친한 사이니, 우선 밀
서 두 통을 써서 성안으로 쏘아 보내어 내란을 일으키게 하면 성을 가히
함락할 수 있습니다."

공명은 머리를 끄덕이고 허락했다.

이에 강유는 밀서 두 통을 써서 화살에 꽂아가지고, 말을 달려 천수성
아래에 가서 쏘아 성안으로 들여보냈다. 성안의 한 소교小校가 그 화살

을 주워 태수 마준에게 바쳤다. 마준은 잔뜩 의심이 나서 하후무와 함께 의논한다.

"양서와 윤상이 강유와 내통하고 성안에서 호응하려 하니, 도독은 속히 결정을 내리시오."

"그 두 놈을 죽이도록 하라."

하후무는 분부했다.

그러나 윤상은 이 소식을 듣고 양서에게 말한다.

"우리가 하후무에게 죽음을 당하느니보다는, 차라리 촉군에게 성을 바치고 항복하여 공을 세우기로 합시다."

그날 밤에 하후무는 수차에 걸쳐 양서와 윤상에게로 사람을 보내어, 할말이 있으니 와달라고 초청했다.

그러나 양서와 윤상은 사태가 급박함을 눈치채고, 마침내 갑옷에 투구를 쓰고 말을 타고 각기 무기를 들고 본부군本部軍을 거느리고서, 성문을 활짝 열어 촉군을 끌어들였다.

이에 하후무와 태수 마준은 크게 놀라며 당황한다. 그들은 군사 수백명을 거느리고 서쪽 성문으로 나가, 천수성을 버리고 오랑캐[羌] 땅으로 달아났다.

공명은 양서와 윤상의 영접을 받아 성으로 들어가 백성들을 위로하고, 이어 상규성 칠 일을 물었다.

양서가 대답한다.

"상규성은 저의 친동생 양건이 지키고 있으니, 가서 항복하도록 타이르겠습니다."

공명은 흡족해한다.

양서는 그날로 상규성에 가서, 동생인 양건을 설득하여 데리고 왔다. 공명은 그들에게 많은 상을 주고 양서를 천수 태수로, 윤상을 익성현령

翼城縣令으로 삼고, 양건은 그대로 상규현령으로 삼아 배치한 뒤에 군사를 정돈하고 출발한다.

모든 장수들이 묻는다.

"승상은 어찌하여 하후무를 잡으러 가지 않습니까."

공명이 대답한다.

"내가 하후무를 놓아준 것은 오리 한 마리를 놓아준 정도요, 이번에 백약을 얻은 것은 한 마리 봉황을 얻음이로다."

공명이 천수·기성·상규 세 성을 차지한 후로 그 위엄과 명성은 널리 알려져, 멀고 가까운 모든 고을이 바람에 쏠리는 풀처럼 항복했다. 이에 공명은 군마軍馬를 정돈한 뒤에 한중의 군사를 모조리 거느리고 전진하여, 기산祁山 앞으로 나아가 위수渭水 서쪽으로 육박했다.

이미 위의 첩자는 이 사태를 보고하러 말을 달려 낙양으로 들어섰다. 때는 위의 태화太和 원년(227), 위주 조예는 대전大殿에 나와 조회를 열었다.

가까이 모시는 신하가 아뢴다.

"하후부마(하후무)는 이미 세 군을 잃고 오랑캐 땅으로 달아나 숨어버렸으며, 이제 촉군은 벌써 기산에 이르고 선봉 부대는 위수 서쪽까지 왔다 하니, 바라건대 속히 군사를 보내시어 적을 격파하소서."

조예는 크게 놀라 신하들에게 묻는다.

"누가 짐을 위해 촉군을 물리칠 텐가?"

사도司徒 왕낭이 반중에서 나와 아뢴다.

"신이 알기로 선제께서는 매번 대장군 조진을 기용하여, 이르는 곳마다 반드시 승리를 거두었습니다. 이제 폐하께서는 왜 조진을 대도독으로 삼아 촉군을 물리치지 않습니까?"

조예는 즉시 윤허하고, 조진에게 분부한다.

"선제께서는 경에게 짐을 맡기고 세상을 떠나셨소. 이제 촉군이 우리 중원을 침입했는데, 경은 어찌 앉아서 보고만 있소?"

조진이 아뢴다.

"신은 재주가 모자라고 지혜가 얕아서, 그런 중책을 맡을 만한 인물이 못 됩니다."

왕낭이 나선다.

"장군은 바로 사직지신社稷之臣이라. 굳이 사양하지 마시오. 신은 늙었으나 바라건대 장군을 따라 싸움터에 나가겠소이다."

그제야 조진이 아뢴다.

"신이 큰 은혜를 받아오는 몸으로서 어찌 감히 사양하리까. 바라건대 부장 한 사람이 더 있어야겠습니다."

조예가 승낙한다.

"경은 스스로 적당한 사람을 한 명 천거하라."

이에 조진이 한 사람을 천거하니, 그는 태원군太原郡 양곡陽曲 땅 출신으로, 성명은 곽회郭淮요 자는 백제伯濟며 벼슬은 사정후射亭侯 영옹주領雍州 자사였다.

조예는 마침내 조진을 대도독으로 삼아 절월節鉞을 하사하고, 곽회를 부도독으로 삼고, 왕낭을 군사軍師로 임명했다. 이때 왕낭의 나이 76세였다.

이에 조진은 동서東西 이경二京(낙양과 장안)에서 군사 20만 명을 뽑아 거느리고, 종제뻘인 조준曹遵을 선봉으로 삼고, 탕구장군盪寇將軍 주찬朱讚을 부선봉副先鋒으로 삼아 그 해 11월에 출발하는데, 위주 조예는 친히 서쪽 성문 바깥까지 나가서 그들을 전송했다.

조진은 대군을 거느리고 장안에 이르러, 다시 위하渭河 서쪽으로 가서 영채를 세웠다.

조진은 왕낭, 곽회와 함께 적군 물리칠 계책을 상의한다.

왕낭이 먼저 말한다.

"내일 군대를 위풍당당히 정렬시킨 다음 성대하게 정기를 늘어세우시오. 내 비록 늙었으나 몸소 나가서 한바탕 언변言辯으로써 수작을 붙여 제갈양으로 하여금 꼼짝없이 항복하게 하고, 촉군이 스스로 물러가게 하겠소."

조진은 매우 기뻐하며, 그날 밤으로 영을 내렸다.

"내일 4경(오전 2시)에 밥을 지어 먹고, 날이 샐 무렵에 모든 군사는 대오를 정비하여 엄격한 위의를 드날리고 정기와 고각鼓角을 각기 질서 있게 배치하여라."

그리고 사람을 시켜 촉의 영채로 전서戰書(싸움을 거는 서신)를 보냈다.

이튿날, 양쪽 군사는 서로 나아와, 기산 앞에서 진영을 벌였다. 촉군이 위군을 보니, 매우 웅장해서 하후무 따위와는 크게 달랐다. 삼군이 북을 치며 징을 울리기를 마치자, 사도 왕낭이 말을 타고 나오는데, 위쪽에서는 도독 조진이 나오고, 아래쪽에서는 부도독 곽회가 동시에 나온다. 두 선봉은 진 모퉁이에 버티어 서고, 영을 전하는 군사 한 명이 맨 앞으로 나와서 크게 외친다.

"청컨대 촉군의 주장主將은 나와서 대화하랍신다."

이에 촉군 쪽 문기門旗가 열리면서, 관흥과 장포가 좌우로 나뉘어 나와 양쪽에 말을 멈추고, 그들의 뒤로 1대의 씩씩한 장수들이 나뉘어 열을 짓고 선다. 이윽고 문기의 그림자를 헤치듯 한가운데서 한 대의 사륜거가 나타나는데, 공명이 수레에 단정히 앉아 머리엔 윤건을 쓰고 손에 깃털 부채를 들고 흰 옷에 검은 띠를 두르고 표연히 나온다.

그가 위군의 진영을 바라보니, 전면에 세 개의 산개傘蓋가 늘어서 있고, 기에는 각기 이름을 크게 썼는데, 한가운데의 수염이 허옇게 늙은 자가 바로 군사軍師인 사도 왕낭이었다.

공명은 마음속으로,

"왕낭이 필시 언변으로 수작을 걸 모양이니, 내 형편 따라 대응하리라."

생각하고, 수레를 진영 밖으로 내세우게 하고, 호위하는 소교小校를 시켜 전갈한다.

"한나라 승상께서 사도(왕낭)에게 할말이 있거든 하랍신다."

이에 왕낭이 말을 달려 앞으로 나오거늘, 공명은 수레 위에서 두 손을 앞으로 모으고 존경을 표시한다.

왕낭이 말 위에서 몸을 굽혀 답례하고 묻는다.

"내 오래 전부터 귀공의 높은 이름을 익히 들었더니 이제 다행히 만났소이다. 귀공은 이미 하늘의 뜻과 시국의 나아갈 길을 알고 있을 텐데, 어째서 명분 없는 군사를 일으켰소?"

공명이 되묻는다.

"나는 천자의 어명을 받들고 역적을 치러 왔거늘 어째서 명분이 없다 하시오?"

왕낭이 말한다.

"천수天數는 변하게 마련이고 제위帝位는 바뀌게 마련이어서, 결국은 덕 있는 사람에게로 돌아가는 것이 자연의 이치라. 그러므로 지난날 환제·영제 이래로 황건적이 창궐하여 천하를 서로 다투다가, 초평初平·건안建安 때에 이르러 동탁이 역적질하고, 이각李杆·곽사郭解가 계속 잔학하고, 원술袁術은 수춘壽春 땅에서 제왕帝王이라 자칭하기에 이르렀고, 원소袁紹는 업櫓 땅에서 영웅으로 자처하고, 유표劉表는 형주荊州를 차지하고, 여포呂布는 서주를 힘으로 빼앗고, 도둑들은 벌떼처럼 일어나고, 간웅奸雄들은 날치고 설쳐서 사직社稷은 누란累卵의 위기에 직면하고, 백성들은 거꾸로 매달린 것처럼 울부짖은지라. 이에 우리 태조 무황제(조조)께서 세상을 맑게 소탕하시고 천하를 무찔러 안정시키자, 만 백성이 공경하고 사방은 그 덕을 우러르니, 이는 권세를 써서 빼앗은 것이 아니며 참으로 하늘의 뜻을 받으신 것이었소. 더구나 세조世祖 문제文帝(조비)께서는 신문 성무神文聖武하사 대통大統(제위)을 이어받으니, 하늘의 뜻에 응하고 사람의 마음에 합당한지라. 요임금이 순임금에게 자리를 양도하던 법을 본받으사 중국에 자리하여 만방萬邦을 다스리니, 이는 하늘의 뜻이며 만백성의 바라던 바라. 이제 귀공은 큰 재주와 포부를 품고 자신을 관중管仲과 악의樂毅(두 사람은 춘추 전국 시대 때의 유명한 인물이다)에 비교하면서도, 어찌하여 굳이 하늘을 거역하고 민심에 어긋나는 짓을 하는가. 귀공은 옛사람이 '하늘에 순종하는 자는 번영하며, 하늘을 거역하는 자는 망한다'고 한 말을 듣지 못했는가. 이제 우리 대위大魏는 무장한 군사가 백만 명이요 뛰어난 장수가 천 명이라. 썩은 풀에 매달린 개똥벌레의 빛을 어찌 하늘의 밝은 달과 견줄 수 있으리요. 귀공이 즉시 무장을 해제하고 예의로써 항복해온다면 후작侯爵의 지위를 잃지 않을 것이며, 따라서 국가는 편안하고 백성들은 기뻐하리니, 이 어찌 아름다운 일이 아니리요."

공명이 수레 위에서 한바탕 크게 웃는다.

"한조漢朝의 원로 대신인 만큼 필시 무슨 높은 의견이라도 있을 줄 알았는데, 이런 비루한 말을 듣다니 너무나 뜻밖이오. 내가 한 가지 말할 것이 있으니, 모든 군사는 조용히 듣거라. 옛날 환제·영제 때 한나라 운이 쇠퇴하자 환관이 재앙을 일으켜 마침내 나라는 어지럽고, 농사는 흉년이 들어 사방이 소란하였다. 더구나 황건적이 창궐하자 동탁·이각·곽사 등이 잇달아 일어나 황제를 겁박하고 백성들을 모질게 다루니, 이로 말미암아 조정에는 썩은 나무 같은 것들이 벼슬을 살고, 궁에는 짐승 같은 것들이 국록을 먹고, 늑대 같은 심사와 개 같은 행실을 하는 무리들이 정사政事를 휘두르고, 간사하고 아첨하는 자들이 정권을 잡아 사직을 폐허로 만들어 만백성을 도탄에 빠뜨렸음이라. 왕낭은 듣거라. 내 본시 너의 경력을 아노라. 너는 대대로 동해東海 가에 살면서 처음에 효렴孝廉으로 천거되어 벼슬길에 들어섰으니, 반드시 임금을 바르게 지도하고 나라를 도와서 한나라를 편안케 하고 유劉씨(한나라는 유씨 왕조다)를 크게 모셔야 마땅하거늘, 도리어 역적 놈들을 돕고 그놈들과 함께 짜고서 천자를 몰아낼 줄이야 뉘 알았으리요. 네가 저지른 죄악은 하늘도 땅도 용납하지 않을 것이다. 천하의 사람들이 다 네 살을 씹고자 한다. 그러나 이제 다행히도 하늘은 한나라를 버리지 않으사, 소열황제昭烈皇帝께서는 서천에서 한나라 대통大統을 계승하시고, 내 이제 천자의 뜻을 받들어 군사를 일으켜 역적을 침이라. 네가 이미 아첨하는 더러운 신하가 되었으면 그저 몸을 감추고 목이나 오므리고 구차히 먹고 사는 거나 도모할 일이지, 어찌 감히 천자의 군사 앞에 나타나 망령되이 하늘의 운수를 논하느냐! 머리털이 허연 지아비야, 수염이 센 늙은 도둑아! 네가 저승으로 돌아가서는 한나라 역대 천자이신 24제帝를 무슨 면목으로 뵐 테냐! 늙은 역적은 속히 물러가서, 임금을 배반한 신하들을 내보내어 나와 함께 승부를 결정짓게 하라!"

왕낭은 공명의 말을 듣자 가슴이 꽉 막혀, 크게 외마디소리를 지르더니 말 아래로 떨어져 죽는다.

후세 사람이 공명을 찬탄한 시가 있다.

> 군사를 거느리고 서쪽 옛 진秦나라 경계를 나오니
> 제갈양의 씩씩한 재주는 만 사람을 대적하더라.
> 가벼이 세 치 혀를 놀려
> 늙은 간신을 꾸짖어 죽였도다.

兵馬出四塞
雄才敵萬人
輕搖三寸舌
罵死老奸臣

공명은 깃털 부채를 들어 조진을 가리키며,

"내 너를 공격하지 않으리니, 너는 군사를 정돈하고 내일 싸워서 승부를 짓도록 하여라."

하고 수레를 돌려 돌아간다.

이에 양쪽 군사는 각기 물러갔다. 이날 조진은 왕낭의 시체를 좋은 널에 넣어 장안으로 보냈다.

부도독 곽회가 말한다.

"제갈양은 우리가 죽은 왕낭의 초상을 치루는 줄 알고 오늘 밤에 반드시 습격해올 터이니, 우리는 군사를 네 방면으로 나누되 두 방면의 군사는 궁벽한 산속의 좁은 길로 가서 텅 빈 촉의 영채를 무찌르고, 나머지 두 방면의 군사는 이곳 대채 밖에 매복하고 있다가 촉군이 오거든 좌우에서 협공하게 하시오."

조진은 무릎을 치며,

"그 계책이 바로 내 생각과 같도다."

하고 드디어 조준과 주찬 두 선봉을 불러 분부한다.

"그대들 두 사람은 각기 군사 만 명을 거느리고 기산 뒤로 가서, 촉군이 우리 영채를 향해 오거든 즉시 나아가 촉의 영채를 쳐라. 만일 촉군이 꼼짝을 않고 있거든 곧 군사를 돌려 돌아오되 결코 경솔히 나아가지 말라."

조준과 주찬 두 사람은 군사를 거느리고 떠나갔다.

228

조진이 곽회에게 말한다.

"우리 두 사람은 각기 일지군을 거느리고 영채 밖으로 나가서 매복합시다. 영채 안에는 장작과 풀을 쌓아두고 몇 사람만 남아 있다가, 만일 촉군이 오거든 불을 질러 신호하라."

이에 모든 장수들은 다 좌우로 나뉘어 각기 준비하고 떠나갔다.

한편, 공명은 장막으로 돌아와서, 먼저 조자룡과 위연을 불러 분부한다.

"그대들 두 사람은 각기 본부 군사를 거느리고 가서 위의 영채를 습격하라."

위연이 묻는다.

"조진이 병법에 능통한지라, 우리가 그들이 초상을 치루는 틈을 타서 쳐들어올 것을 미리 알고 만반의 준비를 하지 않았겠습니까."

공명이 웃는다.

"나는 조진에게 우리가 그들을 치러 간다는 것을 알려주고 싶다. 조진은 반드시 기산 뒤에 군사를 매복시켜놓고, 우리 군사가 떠나기만 하면 우리 영채를 칠 작정이다. 그래서 나는 그대들 두 사람을 보내노니, 기산 뒷길로 나가서 멀리 진영을 세우고 위군이 우리 영채를 치도록 내버려뒀다가, 불길이 오르거든 신호인 줄 알고 군사를 두 방면으로 나누되 위연은 산 출입구를 끊고, 조자룡은 군사를 거느리고 돌아오다가 위군을 만나거든, 일단 달아나도록 길을 터준 후에 승세를 이용해서 추격하면 위군은 저희들끼리 서로 치고 죽이는 사태가 벌어질 것이니 우리는 완전한 승리를 거둘 수 있느니라."

조자룡과 위연은 계책을 받고 떠나갔다.

공명은 또 관흥과 장포를 불러 분부한다.

"너희들 두 사람은 각기 일지군을 거느리고 요긴한 길목에 매복하고 있다가, 위군이 오거든 지나가도록 내버려두고 도리어 그들이 왔던 길로 달려가서 위군의 영채를 엄습하고 시살하여라."

관흥과 장포도 계책을 받고 떠나갔다.

공명은 마대·왕평·장익·장의를 영채 바깥 사방에 매복시키면서 위군이 오거든 맞이해서 치도록 했다. 그리고 영채 주위에는 위장용 책柵을 세우고, 안에는 불을 질러 신호할 수 있도록 장작과 풀을 쌓게 한 뒤에 모든 군사를 거느리고 영채 뒤로 물러가서 적군이 오기를 기다린다.

한편, 위군 선봉 조준과 주찬은 황혼 무렵에 영채를 출발하여 지형을 따라 꼬불꼬불 나아가다가, 2경 가까이 됐을 때 멀리 바라보니 산 앞에서 촉군들이 움직이는 거동을 은은히 짐작할 수 있었다.

조준은 마음속으로,

'부도독 곽회는 참으로 신인神人처럼 앞일을 내다봤구나!'

감탄하고 급히 군사를 재촉하여 촉의 영채에 접근하니, 그때가 거의 밤 3경이었다.

조준이 군사를 거느리고 앞으로 달려 촉의 영채로 쳐들어가니, 이 웬일인가. 영채는 텅 비었고 사람 한 명 보이지 않았다.

순간 적의 계책에 도리어 걸려든 걸 깨닫고 조준이 급히 군사를 거두어 되돌아 나오는데, 영채 안에서 불길이 치솟으며 또한 주찬의 군사가 쳐들어와 캄캄한 속에서 분별을 못하고 저희들끼리 마구 무찔러 죽이니, 영채는 일대 아수라장으로 변했다.

조준과 주찬은 서로 말을 비비대며 직접 싸우다 말고, 그제야 비로소 아군끼리 무찌른 것을 알고 급히 군사를 합치는데, 갑자기 사방에서 함성이 크게 진동하며 왕평·마대·장익·장의가 들이닥쳐 마구 쳐죽인다.

조준과 주찬 두 사람은 심복 부하인 기병 백여 명을 거느리고 큰길을 바라보며 달아나는데, 홀연 북소리와 징소리가 일제히 울리며, 한 떼의

230

기산의 야습 작전에서 조진을 쫓는 위연

군사가 내달아와 길을 끊고 가로막으니, 맨 앞에 선 장수는 바로 조자룡이었다. 조자룡이 우렁차게 외친다.

"역적의 장수들은 어디로 가려느냐! 속히 죽음을 받아라!"

조준과 주찬 두 사람은 혼비백산하여 길을 빼앗아 달아나는데, 또 함성이 진동하면서 이번에는 위연이 한 떼의 군사를 거느리고 시살하며 쳐들어온다.

조준과 주찬 두 사람은 여지없이 패하여 길을 빼앗아 본채로 도망쳐 돌아온다. 본채를 지키던 군사들은 촉군이 쳐들어오는 줄로 잘못 알고 황망히 장작과 풀 더미에 불을 질러 신호를 올리니, 지금까지 기다리고 있었다는 듯이 왼쪽에선 조진이 군사를 거느리고 나타나 마구 치고, 오른쪽에선 곽회가 군사를 거느리고 나타나 마구 쳐서, 저희들끼리 서로 죽이고 죽는다. 이때 뒤에서는 촉군이 세 방면으로부터 쫓아와 몽땅 에워싸고 공격하니, 한가운데는 위연이요 왼쪽은 관흥이요 오른쪽은 장포였다.

그들이 한바탕 크게 싸우니, 위군은 대패하여 10여 리 밖으로 달아났다. 위군 장수로서 죽은 자만도 셀 수 없이 많았다.

조진과 곽회는 패잔병을 수습하고 영채로 돌아가서 상의한다.

"이제 우리 군사는 형세가 고단하고 촉군의 형세는 매우 크니, 장차 무슨 계책을 써서 그들을 물리칠까?"

곽회가 목청을 가다듬고 말한다.

"이기고 지는 것은 병가兵家에 항상 있는 일이라. 족히 걱정할 것 없소. 나에게 한 가지 계책이 있으니, 촉군으로 하여금 앞뒤를 능히 돌아보지 못하게 하면 필경 그들은 스스로 달아날 것이오."

불쌍하구나, 위의 장수들은 일이 어렵게 되자
서쪽을 향하여 구원병을 청한다.
可憐魏將難成事
欲向西方索救兵

곽회가 장담하는 그 계책이란 어떤 것일까.

제94회

제갈양은 눈[雪]을 타고 강병을 격파하고
사마의는 기한을 정하고 맹달을 사로잡다

곽회가 조진에게 계책을 말한다.

"서강西羌(서쪽 오랑캐) 사람은 태조太祖(조조) 때부터 해마다 조공을 바치고 문황제文皇帝(조비)께서도 또한 그들에게 은혜를 베풀었으니, 우리는 이제 험한 지대를 이용해서 촉군을 막는 한편, 사람을 작은 길로 보내어 바로 서강과 화친을 맺고 구원을 청하십시오. 그러면 그들이 반드시 군사를 일으켜 촉군의 뒤를 습격하리니, 그때에 우리도 대군을 거느리고 정면에서 공격하여 서로 협공하면 크게 이길 수 있소."

조진은 그 말대로 즉시 서쪽 오랑캐 땅으로 사람을 보냈다.

한편, 서강국西羌國의 국왕 철리길徹里吉은 조조 때부터 해마다 조공을 바치고, 수하에는 문관文官으로 승상 아단雅丹을 두고, 무신武臣으로는 원수元帥 월길越吉을 두고 있었다.

이때 위의 사자는 황금과 구슬과 서신을 가지고 서강국에 당도하여, 아단 승상부터 찾아가서 예물을 준 다음 사태를 상세히 설명하고 구원을 청했다.

아단 승상은 사자를 국왕 철리길에게로 데리고 가서 접견시키고, 서신과 예물을 바쳤다. 철리길은 서신을 읽고, 모든 신하들과 함께 상의한다.

아단 승상이 먼저 말한다.

"우리는 위나라와 본시 왕래가 있는 터인데, 이제 조진 도독이 화친을 논하고 구원을 청하니 이를 허락하는 것이 이치에 마땅합니다."

철리길은 그 말대로 즉시 아단 승상과 월길 원수에게 명하여 오랑캐 군사 25만 명을 일으켰다. 그들 군사는 다 궁노弓弩와 창과 칼과 질려丁藜와 비추飛鎚 등의 무기를 잘 썼다. 또 전차戰車가 있어 철엽鐵葉에 못을 박아 장비裝備하고 양식과 무기와 치중輜重(군수품) 등을 싣는데, 혹 낙타 또는 노새들이 끌기도 하니 이를 철거병鐵車兵이라 불렀다.

아단과 월길은 국왕 철리길을 하직하고 군사를 거느리고 가서 바로 서평관西平關을 냅다 쳤다. 이때 서평관을 지키던 촉장 한정韓禎은 급히 사람을 보내어 글로 공명에게 보고했다.

공명은 보고를 받자 모든 장수들에게 묻는다.

"누가 가서 강병羗兵(오랑캐 군사)을 물리칠 테냐?"

관흥과 장포가 나선다.

"바라건대 저희들이 가겠나이다."

"너희들 두 사람이 갈지라도, 그쪽 길을 잘 모를 테니 어찌할꼬."

공명은 마침내 마대를 불러,

"너는 원래 서량 땅 출신이라 오랑캐들의 성격을 잘 알 테니, 길 안내를 해주어라."

분부하고, 즉시 씩씩한 군사 5만 명을 일으켜 관흥·장포·마대에게 주었다.

그들은 군사를 거느리고 떠난 지 며칠 만에, 서강 군사와 만나게 됐다. 관흥이 먼저 기병 백여 명을 거느리고 산 위에 올라가서 바라보니, 서강의 군사는 앞뒤로 빈틈없이 철거鐵車를 늘어세우고 여러 곳에 영채를 이루었는데, 철거 위에다 무기를 두루 배치하고 있어 마치 일반 성과 같았다.

관흥은 한참을 바라보았으나 적을 쳐부술 계책이 떠오르지 않아서, 영채로 돌아와 장포·마대와 함께 상의한다.

마대가 말한다.

"내일 적진으로 나아가서 그들의 허실虛實을 살핀 뒤에 의논합시다."

이튿날 일찍이 군사를 세 방면으로 나누니, 관흥은 한가운데 서고 장포는 왼편에 서고 마대는 오른편에 섰다.

그들이 일제히 나아가니, 오랑캐 진영 속에서 원수 월길이 손에 철추를 들고 허리에 보조궁寶彫弓을 차고 말을 달려 나오며 힘을 자랑한다.

이에 관흥이 세 방면의 군사를 휘몰아 나아가니, 문득 서강 군사들이 양쪽으로 싹 나뉘어 서는데, 그 한가운데서 철거들이 조수처럼 달려 나오고 화살이 빗발치듯 날아온다. 촉군은 싸우기도 전에 크게 패하여 마대와 장포가 거느린 군사들은 먼저 후퇴하고, 관흥이 거느린 군사들만이 서강 군사들에게 서북쪽으로 밀려 어느새 포위를 당한다.

곤경에 빠진 관흥은 좌충우돌하나 능히 포위에서 벗어나지 못하고, 철거가 빽빽히 성처럼 에워싸서 촉군은 서로 돌아볼 여가도 없었다. 관흥이 산골짜기 안으로 길을 찾아 달아나니, 어느새 해가 저물어 어두워지기 시작하는데 한 무리의 검은 기가 다가오면서 한 오랑캐 장수가 손에 철추를 들고 큰소리로 외친다.

"젊은 놈은 달아나지 말라! 내가 바로 월길 원수로다!"

관흥은 급히 달아나며 힘껏 말에 채찍질하다가, 바로 앞에 절벽이 나타나는 바람에 하는 수 없이 말을 돌려 월길과 싸워야 할 판이었다. 그러나 어쩐지 기가 질려 결국 절벽을 뛰어넘으려 하는데, 어느새 월길이 뒤쫓아와서 철추로 후려친다. 순간 관흥은 몸을 비켜 위기를 면했으나, 철추는 바로 관흥이 탄 말의 다리에 맞았다. 순식간에 말은 절벽 사이로 떨어져, 물 속에 관흥을 빠뜨렸다.

관흥이 물 속에서 솟아오르다가 요란한 소리가 나기에 보니, 월길이 또한 절벽 위에서 말과 함께 떨어져 물 속으로 빠져 들어간다. 이게 웬 일인가 하고 다시 보니, 언덕 위에서 한 장수가 서강군을 마구 무찔러 죽인다.

관흥은 솟아오른 월길을 칼로 치려 하는데, 월길은 헤엄쳐서 달아난다. 관흥은 대신 월길의 말을 잡아 끌고 올라와서 안장을 다시 얹고 말 굴레를 고쳤다. 관흥이 칼을 들고 올라타는데, 그 장수는 아직도 전면에서 서강군을 뒤쫓으며 종횡 무진으로 쳐죽인다.

관흥은 속으로,

'저 사람이 나의 목숨을 구해줬으니, 마땅히 만나보고 인사하리라.'

생각하고, 말에 박차를 가하여 뒤쫓아간다. 점점 가까이 가자 난데없는 구름과 안개가 앞을 가리는데, 그 속에서 은은히 한 장수가 나타난다. 얼굴은 삶은 대춧빛 같고 눈썹은 와잠미臥蠶眉요, 녹빛 전포戰袍에 황금 투구를 쓰고 청룡도靑龍刀를 잡고 적토마를 타고 손으로 그 아름다운 긴 수염을 쓰다듬으니, 이야말로 분명한 부친이요 관운장이 아닌가!

관흥이 크게 놀라는데, 관운장이 손을 들어 동남쪽을 가리키며,

"나의 아들아, 속히 이 길로 가거라. 네가 영채로 돌아갈 때까지 내 마땅히 보호하마."

하고 말이 끝나자마자 문득 없어진다.

관흥이 동남쪽을 바라보고 급히 말을 달려가다가, 한밤중이 되어서야 이쪽으로 달려오는 한 무리의 군사를 만나니, 앞장선 장수는 바로 장

포였다.

장포가 관흥에게 묻는다.

"그대는 나의 둘째 백부伯父(관운장)님을 만나뵙지 못했는가?"

관흥이 묻는다.

"그대가 어찌 이 일을 아는가?"

"내가 적군의 철거에 쫓기는데, 문득 백부님이 공중에서 내려오사 놀라 자빠지는 적군을 물리치고, 나에게 말씀하시기를, '너는 이 길로 가서 나의 아들을 도와주라' 하시기에, 그래서 군사를 거느리고 오는 길이오."

이에 관흥은 부친을 뵌 일을 말하고, 서로 그 신이神異함을 찬탄하며 함께 영채로 돌아가니, 마대가 나와서 맞이하고 제의한다.

"암만 생각해도 적군을 물리칠 계책이 없노라. 나는 남아서 영채를 지키고 적을 막을 테니, 그대들은 속히 가서 승상(공명)께 고하고 계책을 알아오라."

이에 관흥과 장포는 밤낮을 가리지 않고 말을 달려 기산에 가서 공명을 뵙고 경과를 보고했다. 공명은 조자룡과 위연에게 각기 군사를 주어 매복시킨 후에 군사 3만 명을 일으켜 강유·장익·관흥·장포를 대동하고, 친히 마대의 영채로 가서 진영을 벌였다.

이튿날, 공명이 높은 언덕에 올라가서 바라보니, 철거와 적군의 군마軍馬는 종횡으로 내달으며 끊임없이 왕래한다.

"이건 격파하기 어렵지 않다."

공명은 마대와 장익을 불러 이러이러히 하라 분부한다. 이에 마대와 장익은 계책을 받고 떠나갔다.

공명이 강유에게 묻는다.

"백약(강유의 자)은 철거를 격파하는 법을 아는가?"

강유가 대답한다.

"오랑캐들은 힘만 믿는 자들이니, 어찌 우리의 묘한 계책을 알겠습니까."

공명은 웃으며,

"네가 내 맘을 아는도다. 이제 검은 구름이 가득하고 북풍이 부니 머지않아 눈이 올 것이다. 그때에 나는 계책을 쓸 것이다."

하고 관흥과 장포에게 군사를 주어 매복하도록 떠나 보내고, 강유에게도 군사를 주어 나아가 싸우도록 보내면서,

"적의 철거병이 오거든, 곧 후퇴하여 달아나라."

분부하고, 영채 입구에 공연한 정기만 늘어세우더니 군사를 두지 않고 준비를 끝냈다.

이때가 12월 말이라 과연 하늘에서 흰 눈이 한바탕 크게 내린다. 강유는 군사를 거느리고 가다가, 월길이 철거와 군사를 거느리고 오는 것을 보자 즉시 뒤돌아 달아난다.

오랑캐 군사들이 뒤쫓아 촉의 영채 앞까지 오자, 강유는 영채 뒤로 빠져 달아났다. 오랑캐 군사들이 촉의 영채 밖에 이르러 본즉, 뜻밖에도 영채 안에서 북소리와 거문고 소리가 나고 사방으로 둘러가며 공연히 정기만 서 있는지라, 더욱 의심이 나서 급히 돌아가 월길에게 보고했다.

월길은 의심이 나서 감히 나가지 않는데, 승상 아단이 권한다.

"이는 제갈양이 속임수를 쓰려고 없는 군사를 있는 것처럼 꾸민 것이니, 즉시 공격하시오."

이에 월길이 군사를 거느리고 촉의 영채 가까이 가서 바라보니, 공명은 거문고를 가지고 수레에 올라타더니 기병 몇 명을 거느리고 영채 뒤로 빠져 달아난다.

오랑캐 군사들은 그제야 빈 영채 속을 통과하여 바로 산 있는 쪽으로 뒤쫓아가는데, 공명이 탄 조그만 수레가 숲 속으로 조용히 들어가고 있

었다.

아단은 월길에게,

"촉군이 매복하고 있대도 두려울 것은 없다."

하고, 마침내 군사를 거느리고 더욱 급히 뒤쫓아가다가 보니, 강유의 군사들이 눈 속을 갈팡질팡 달아난다.

월길이 잔뜩 성이 나서 군사를 재촉하며 급히 뒤쫓아가는데, 산길은 눈이 쌓여 바라보아도 평탄하기만 하다.

아단도 함께 쫓아가는데,

"촉군이 산 뒤로 빠져 나갔습니다."

하고 수하 부하가 와서 고한다.

아단은 도리어,

"약간의 복병이 있을지라도 무엇을 두려워할 것 있느냐!"

꾸짖고 군사들을 휘몰아 열심히 달려가는데, 순간 하늘이 무너지고 땅이 뒤집어지면서 모두가 송두리째 함정 속으로 떨어진다. 뒤에서 달려오던 철거들도 갑자기 정지할 수가 없어 마구 함정으로 떨어져 서로 부닥쳐 죽으니 그야말로 생지옥이었다.

맨 뒤에서 달려오던 오랑캐 군사들은 기겁을 하고 돌아서서 달아나려 하는데, 왼쪽에서 관흥이, 오른쪽에서 장포가 군사를 거느리고 달려나와 일제히 빗발치듯 활을 쏘아댄다. 뒤에선 강유·마대·장익이 군사를 거느리고 세 방면에서 쳐들어오니, 오랑캐 철거병들은 크게 혼란에 빠진다.

이에 월길 원수는 뒷산을 바라보며 달아나다가, 바로 관흥을 만나 싸운 지 단 1합에 칼을 맞고 말 아래로 떨어져 죽었다. 그리고 아단 승상은 이미 마대에게 사로잡혀 대채로 끌려가니, 오랑캐 군사들은 사방으로 흩어져 달아나고 숨는다.

월길의 목을 벤 관흥과 함정에 빠진 철거병

공명은 장상에 올라, 마대가 끌고 들어오는 아단을 보자 무사들을 꾸짖어 그 결박을 풀어주게 하고 술을 주어 놀란가슴을 진정시키며 좋은 말로 위로한다. 아단은 깊이 감격하지 않을 수 없었다.

공명은 아단에게,

"나의 주인은 바로 대한大漢 황제이시다. 이번에 나는 칙명을 받들고 역적을 치는데, 너는 어찌하여 도리어 그 역적을 도왔는가? 이제 너를 돌려보낼 터이니, 너의 주인에게 가서, '우리 나라가 너희들과 이웃간이니 길이 우호를 맺고, 다시는 역적의 말을 듣지 말라'는 내 말을 잘 알아듣도록 전하라."

하며 타이르고, 사로잡은 오랑캐 군사와 수레와 말과 무기를 다 내주어 돌려보내니, 그들은 모두 절하며 감사하고 떠나갔다.

공명은 곧 삼군을 거느리고 매일 밤낮을 가리지 않고 길을 재촉하여, 기산祁山 대채에 돌아가는 즉시로 관흥과 장포에게 군사를 주어 먼저 보내고, 동시에 사람을 성도로 보내어 승리를 보고했다.

한편, 조진은 날마다 서쪽 오랑캐로부터 소식이 오기를 기다리는데, 하루는 복로군伏路軍이 와서 고한다.

"촉군이 갑자기 군사를 수습하고 어디론지 떠나갑니다."

곽회는 매우 기뻐하며,

"서쪽 오랑캐 군사들이 드디어 공격을 개시한 모양이오. 그래서 물러가는 것이 틀림없소."

하고 드디어 군사를 두 방면으로 나누어 뒤쫓아가니, 촉군들이 어지러이 흩어져 달아난다.

선봉 조준이 군사를 휘몰아 뒤쫓아가는데, 문득 북소리가 크게 진동하면서 한 떼의 군사가 내달아 나오니, 앞장선 장수는 바로 위연이었다.

위연이 우렁찬 목소리로 외친다.

"역적은 꼼짝 말고 게 섰거라!"

조준은 깜짝 놀라 말에 박차를 가하고, 서로 싸운 지 불과 3합에 위연이 내리치는 칼에 맞아 말 아래로 떨어져 죽었다.

부선봉副先鋒 주찬도 군사를 거느리고 촉군을 급히 뒤쫓는데 문득 한 떼의 군사가 나타나니, 앞장선 장수는 바로 조자룡이었다. 주찬은 미처 손쓸 사이도 없이 조자룡의 창에 찔려 죽어 자빠진다.

조진과 곽회는 두 방면의 선봉을 잃고 군사를 거두어 돌아가려는데, 등뒤에서 함성이 크게 진동하고 북소리와 징소리가 일제히 일어나더니 관흥과 장포 양로군兩路軍이 쳐들어와서 위군을 포위하고 마구 무찌른다.

겨우 죽음에서 벗어난 조진과 곽회는 패잔병을 거느리고 길을 빼앗아 달아났다. 촉군은 완전한 승리를 거두고, 바로 추격하여 위수에 이르러 위군의 영채를 차지했다.

조진은 조준과 주찬 두 선봉을 잃고 매우 슬퍼하며, 겨우 표문을 써서 낙양으로 보고하면서 구원병을 보내달라고 청했다.

한편, 위주 조예가 조회에 나오자 가까이 모시는 신하가 아뢴다.

"대도독 조진은 촉군에게 여러 번 패하여 두 선봉까지 잃은데다 서강 군사도 무수히 패하여 사세가 매우 급하기 때문에, 구원병을 청하는 표문을 보내왔으니 청컨대 폐하는 결재하소서."

조예는 크게 놀라고 촉군 물리칠 계책을 묻는다.

화흠이 아뢴다.

"모름지기 폐하께서 친히 정벌하시어, 모든 제후들을 소집하시고 총궐기해야만 가히 적을 물리칠 수 있습니다. 그렇지 않으면 장안도 유지할 수 없으며, 관내關內도 따라서 위태하리다."

태부太傅 종요鐘繇가 아뢴다.

"무릇 장수 된 자는 아는 것이 출중해야 사람을 제압할 수 있나니, 손자孫子는 말하기를, '상대를 알고 나를 알면 백 번 싸워 백 번 이긴다'고 했습니다. 신이 생각건대, 조진은 오랜 전투 경험이 있지만 제갈양을 상대할 만한 적수는 못 됩니다. 신은 집안 식구를 담보로 삼고서라도 한 사람을 천거하여 촉군을 물리치도록 하겠으니, 폐하는 윤허하시겠습니까?"

조예가 대답한다.

"경은 바로 원로 대신이니 그런 훌륭한 인물이 있다면 속히 불러와서, 짐의 근심을 덜게 하라."

종요가 계속 아뢴다.

"전번에 제갈양이 군사를 일으켜 중원을 침범하려다가, 신이 지금 천

242

거하려는 그 사람 때문에 겁을 먹고서 유언비어를 퍼뜨려 폐하와 이간시키고 이번에 비로소 크게 쳐들어온 것이니, 이제 폐하께서 그 사람을 다시 불러 쓰시면 제갈양이 저절로 물러가리다."

"그 사람이란 누군가?"

"표기대장군 사마의입니다."

조예가 탄식한다.

"지난번 일은 짐도 또한 후회하노라. 지금 중달仲達(사마의의 자)은 어디에 있느냐?"

종요가 대답한다.

"요즘 듣건대 중달은 완성宛城 땅에서 한가히 있다고 합니다."

조예가 즉시 조명詔命을 내린다.

"칙사를 보내어 사마의를 복직시켜 평서도독平西都督으로 삼고, 남양 모든 방면의 군사를 일으켜 장안으로 오라 하라. 짐도 친히 정벌할 테니, 기일 안에 사마의도 당도하여 함께 모이게 하라."

이에 칙사는 밤낮을 가리지 않고 완성 땅으로 말을 달려갔다.

한편, 공명은 출군出軍한 이래 여러 번이나 완전 승리를 거두니 모두가 매우 기뻐하며 기산 영채에서 앞일을 의논하는데, 수하 사람이 들어와서 고한다.

"영안궁永安宮을 지키는 이엄이 아들 이풍李豊을 보내왔습니다."

공명은 그 동안에 동오가 쳐들어온 것은 아닐까 의심하고 매우 놀라서 즉시 장막 안으로 불러들였다.

이풍이 고한다.

"특히 기쁜 소식을 전하러 왔습니다."

"무슨 기쁜 소식이냐?"

"옛날에 맹달이 위에 항복한 것은 부득이한 일이었습니다. 그때는 조비가 맹달의 재능을 사랑하여 좋은 말과 황금과 구슬을 하사하고, 일찍이 함께 데리고 드나들다가 산기상시散騎常侍로 봉한 뒤에, 신성新城 태수로 삼아 상용上庸·금성金城 일대를 지키도록 서남쪽 수비를 맡겼습니다. 그러나 조비가 죽고 조예가 즉위하자, 조정에는 맹달을 시기 질투하는 자들이 많아졌습니다. 그래서 맹달은 불안하여 늘 모든 장수들에게, '나는 원래 서촉의 장수인데 하는 수 없이 이 지경이 됐다'고 탄식했답니다. 이번에 맹달이 심복 부하를 시켜 저의 아버님께 서신을 보내왔는데, 그 내용은 자기의 이러한 본뜻을 승상(공명)께 잘 전해달라는 것과, 지난날 위군이 다섯 방면에서 서천을 쳤을 때도 자기는 촉으로 돌아오고 싶은 뜻이 있었다는 것과, 이제 자기는 신성에 있으면서 승상이 북위北魏를 친다는 소식을 들었으니 장차 금성·신성·상용 세 곳의 군사를 일으켜 반기를 들고 바로 낙양으로 쳐들어가겠다는 것과, 이리하여 승상께서 장안만 쳐서 점령하면 위의 양경兩京(낙양과 장안)을 다 함락하고 천하를 정할 수 있다는 것입니다. 그래서 이번에 제가 맹달의 사자를 데리고 왔습니다. 이것은 맹달이 그간 저의 아버님께 보내온 서신들입니다."

공명은 매우 반가워하고 이풍과 맹달의 사자에게 많은 상을 주는데, 홀연 첩자가 돌아와서 보고한다.

"위주 조예는 장안으로 행차하고, 한편 사마의는 복직이 된데다가 평서도독이 되어, 완성 일대의 군사를 일으켜 거느리고 서로 합류하러 장안으로 오는 중입니다."

공명이 크게 놀라거늘, 참군 마속이 묻는다.

"그까짓 조예 따위를 걱정할 건 없습니다. 그들이 장안 땅으로 모여들면 곧 쳐들어가서 사로잡을 수 있는데, 승상은 왜 놀라고 의심하십니까?"

공명이 대답한다.

"내가 어찌 조예를 두려워하겠는가. 걱정인 것은 사마의뿐이다. 이제 맹달이 큰일을 일으키다가 사마의와 서로 대결하는 날에는, 반드시 실패하고 만다. 맹달은 결코 사마의의 적수가 못 되니 반드시 사로잡힐 것이며, 맹달이 죽으면 중원을 얻기는 어려운 노릇이다."

마속이 묻는다.

"그렇다면 속히 서신을 써서 맹달에게 보내어, 미리 주의를 시키면 되지 않습니까?"

공명은 머리를 끄덕이며 곧 서신을 써서 내주니, 맹달의 사자는 밤낮을 가리지 않고 신성으로 말을 달려간다.

한편, 맹달은 신성에 있으면서 심복 부하가 돌아오기만 기다리는데, 하루는 그 심복 부하가 돌아와서 공명의 서신을 바친다.

맹달이 뜯어보니,

요즘 서신을 받아보니, 귀공의 충성과 의리가 옛날을 잊지 않은지라. 내 심히 기쁘고 위로되도다. 이번 큰일이 성공하는 날이면, 귀공은 한조漢朝 중흥中興의 일등 공신이 될 것이오. 그러나 극히 삼가고 은밀히 하고 경솔히 남에게 밝히지 말고 조심하고 또 조심하라. 요즘 들으니 조예가 사마의를 불러들이고 완성·낙양의 군사를 일으킨다고 하니, 귀공이 거사하면 사마의가 먼저 들이닥칠 것인즉, 방비에 만전을 다하고 결코 상대를 가벼이 보지 말라.

맹달은 서신을 읽고서,

"사람들이 말하기를 공명은 지나치게 세심하다더니, 이 편지만 봐도 가히 알겠다."

웃더니 답장을 써서 그 심복 부하에게 주었다. 그 심복 부하는 또 밤낮을 가리지 않고 말을 달려 기산 촉채로 갔다.

공명이 맹달의 서신을 받아 뜯어보니,

　　마침 가르치심을 받았으니, 어찌 감히 태만하겠습니까. 그러나
말씀하신바 사마의에 관한 일은 조금도 걱정 마십시오. 왜냐하면
완성과 낙양 사이의 거리는 8백 리요, 이곳 신성까지는 천2백 리의
거리입니다. 사마의는 내가 거사한 것을 들으면 반드시 위주 조예
에게 표문을 보내어 아뢰고 명령을 기다려야 할 것이니, 그러자면
사자가 낙양까지 왕복하는 데 적어도 한 달은 걸립니다. 이곳은 이
미 성지城池를 튼튼히 하고 모든 장수들과 삼군이 다 험한 요충지
에 있으니, 사마의가 온다 한들 추호도 두려울 것이 없습니다. 승상
은 안심하시고, 다만 승리의 보고만 기다리십시오.

공명은 맹달의 답장을 내동댕이치고 발을 구른다.
"맹달이 반드시 사마의의 손에 죽겠구나."
마속이 묻는다.
"승상은 무슨 그런 말씀을 하십니까?"
"병법에 말하기를 '준비 없는 곳을 공격하여 상대가 미처 생각하지
못한 점을 노려야 한다'고 했으니, 적이 어찌 한 달 여유를 줄 리 있으리
요. 조예는 이미 사마의에게 병권兵權을 맡기고 적을 만나면 곧 소탕하
도록 일임했으니, 어느 여가에 보고하고 명령을 기다릴 리 있으리요. 사
마의는 맹달이 배반한 사실을 알기만 하면, 불과 10일 안에 밀어닥칠 것
이니, 신성이 어찌 견뎌내리요!"
　　모든 장수들은 공명의 말을 인정하지 않을 수 없었다.
　　공명이 사자에게 분부한다.

"네 속히 신성으로 돌아가서, 아직 거사하지 않았거든 결코 이 일을 동지들에게 알리지 말라고 하여라. 이 일이 누설되면 반드시 패하리라."

한편, 사마의는 완성에서 한가한 세월을 보내다가, 위군이 촉군에게 잇달아 패했다는 소문을 듣자 하늘을 우러러 길게 탄식한다.

사마의의 큰아들 사마사司馬師의 자는 자원子元이요, 둘째 아들 사마소司馬昭의 자는 자상子尙이니, 이들 두 사람은 평소부터 큰 뜻을 품고 병서에 능통했다.

이날, 두 아들은 사마의가 길게 탄식하는 것을 곁에서 보고 묻는다.

"부친은 어찌하여 그렇게 탄식하십니까?"

사마의가 대답한다.

"너희들이 어찌 큰일을 알겠느냐."

사마사가 묻는다.

"위주(조예)가 부친을 불러 쓰지 않기 때문입니까?"

사마소가 웃으며 부친 대신 말한다.

"조만간에 나라에서 부친을 부를 것입니다."

그 말이 끝나기도 전에 수하 사람이 들어와서, 칙사勅使(천자가 보낸 사람)가 절節(신표)을 가지고 왔다고 고한다.

사마의는 조서를 읽고 드디어 완성 일대의 군사를 일으키는데, 홀연 금성金城 태수 신의申儀의 집안사람이 기밀에 관한 일을 고하러 왔다는 것이다. 사마의가 밀실로 불러들여 물으니, 그 사람은 맹달이 모반하려는 일을 자세히 고하면서 또 맹달의 심복 부하인 이보李輔와 맹달의 외생질外甥姪인 등현鄧賢이 보내온 고발장告發狀을 내놓는다.

사마의가 이마에 손을 대고 찬탄한다.

"이야말로 천자의 크나큰 복이시로다. 제갈양이 군사를 거느리고 기산에서 연달아 우리 군사를 무찔러 모든 사람의 간담을 서늘하게 하였음이라. 이제 천자께서 부득이 장안으로 행차하게끔 됐으니, 이때에 나를 쓰지 않으셨다면 맹달이 일거에 양경兩京을 격파했으리라. 그놈이 반드시 제갈양과 내통하고 하는 일일 테니, 내 먼저 그놈을 사로잡으면 제갈양도 필시 간담이 서늘해서 스스로 물러가리라."

큰아들 사마사가 말한다.

"부친은 속히 상표문을 보내어, 천자께 이 일을 알리십시오."

"일단 보고하고 명령을 기다리자면 사람이 왕복하는 데 적어도 한 달은 걸릴 것이니, 그러고 나면 일은 걷잡을 수 없을 만큼 확대되고 만다."

사마의는 이렇게 말하고 명령을 내린다.

"즉시 모든 군사는 출발하되, 날마다 이틀 갈 길을 하루에 가도록 하여라. 뒤에 처지는 자가 있으면 참하리라!"

그리고 참군 양기梁畿에게,

"이 격문을 가지고 밤낮을 가리지 말고 먼저 신성으로 가서, 맹달 등에게 출군할 준비를 시킴으로써 그들이 의심하지 않도록 안심시켜라."

분부하고 떠나 보냈다.

사마의는 곧 뒤따라 군사를 거느리고 출발하여, 행군한 지 이틀째 되던 날 저편 산밑을 돌아오는 한 무리의 군사들을 만났다. 그 군사를 거느린 장수는 바로 우장군右將軍 서황이었다.

서황이 말에서 내려 사마의에게 묻는다.

"천자께서 친히 촉군을 막으시려고 장안으로 가셨거늘, 이제 도독은 이러고 어디를 가시오?"

사마의가 조그만 소리로 대답한다.

"이제 맹달이 모반하려기에, 내 그놈을 잡으러 가는 길이오."

"그럼 바라건대 내가 선봉이 되겠소이다."

사마의는 매우 기뻐하며 군사를 한데 합쳐 서황을 전부 선봉으로 삼고, 자기는 중군이 되고 두 아들은 후군으로 삼아 다시 행군한 지 이틀이 지났을 때였다. 앞서가던 전군前軍 초마병哨馬兵이 맹달의 심복 부하를 사로잡아 몸을 수색한즉, 공명의 답장이 나온지라 사마의에게로 끌고 가서 보고한다.

사마의가 그자에게 묻는다.

"내 너를 죽이지 않을 테니, 자초지종을 자세히 말하여라."

그자는 그간 공명과 맹달 사이를 왕복한 일을 낱낱이 다 고했다. 그제야 사마의는 공명의 답장을 읽고 크게 놀라,

"이 세상에 투철한 안목이 있는 사람은 보는 바가 다 같구나! 공명이 먼저 내 능력을 간파했으나, 다행히도 천자께서 복이 많으사 이제 모든 내막을 알게 됐으니 맹달도 별수없다."

하고 밤낮을 가리지 않고 군사를 재촉하여 나아간다.

한편, 맹달은 신성에 있으면서 금성 태수 신의와 상용上庸 태수 신탐申耽에게 거사할 날을 통지하였다. 신탐과 신의 두 사람은 거짓 응낙하고 매일 군사를 조련하면서 위군이 당도하면 즉시 내응內應할 준비를 갖추어놓고, 맹달에게는 무기와 군량과 마초를 완전히 준비하지 못해서 감히 그날에는 거사하지 못하겠다고 하니, 맹달은 믿고 의심하지 않았다.

그러던 어느 날 수하 사람이 와서,

"참군 양기가 왔습니다."

하고 고한다. 맹달은 성안으로 양기를 영접해 들였다.

양기가 사마의의 명령을 전한다.

"사마도독이 이번에 천자의 칙명을 받들고 각 방면의 군사를 일으켜 촉군을 물리치니, 태수(맹달)는 이 일대의 군사를 소집하여 다음 명령

이 있기까지 만반의 준비를 갖추고 기다리시오."

맹달이 묻는다.

"도독이 언제 군사를 거느리고 떠난답디까?"

"아마 지금쯤은 완성을 떠나 장안으로 가는 중일 거요."

맹달은 마음속으로,

'이제야 나의 큰일이 성공한 셈이다.'

기뻐하며 곧 잔치를 벌여 양기를 대접해서 성밖으로 전송하고, 즉시 신탐과 신의에게 사람을 보내어 지시한다.

"내일 거사하되 깃대마다 대한大漢의 기로 바꾸어 달고, 모든 방면의 군사는 일제히 출발하여 바로 낙양을 점령하라."

홀연, 수하 군사가 고한다.

"성밖에 티끌이 충천하며 어느 곳 군사들이 오는지 모르겠습니다."

맹달이 성 위에 올라가서 보니, 한 떼의 군사가 '우장군 서황右將軍 徐晃'이라고 쓴 기를 들고 성 아래로 달려온다.

맹달은 소스라치게 놀라 급히 조교를 끌어올린다. 서황은 말을 멈추지 못하고 곧장 호濠 가에까지 와서 높은 소리로 외친다.

"모반한 역적 맹달은 속히 나와 항복하라!"

맹달은 분개하여 급히 활을 들어 쏜다. 화살이 날아 내려 바로 서황의 이마에 꽂히자, 여러 장수들이 달려와서 구출하여 돌아간다.

성 위에서 화살이 빗발치듯 내려오는지라, 위군은 비로소 물러갔다. 맹달은 즉시 성문을 열게 하고 위군을 추격하려 하는데, 사방에서 정기가 해를 가릴 듯이 몰려온다. 보니 이 웬일인가. 사마의의 군사가 오고 있었다.

맹달이 하늘을 우러러 길게 탄식한다.

"과연 공명의 짐작대로 들어맞았구나!"

이에 맹달은 성문을 닫고 굳게 지키기만 했다.

한편, 서황은 맹달이 쏜 화살에 이마를 맞고 여러 장수들에게 구출되어 영채로 돌아가는 즉시로 화살을 뽑고 의원에게 치료를 받았으나, 워낙 급소에 중상을 입은지라 그날 밤에 죽으니, 이때 서황의 나이 59세였다(위의 태화太和 2년 봄 1월. 228).

사마의는 서황의 영구를 낙양으로 보내어 장사지내게 했다.

이튿날 맹달이 성 위에 올라가서 두루 돌아보니, 위군이 사방을 철통처럼 에워싸고 있었다.

맹달은 안절부절못하며 놀라움과 의심을 진정하지 못하는데, 성 바깥 저편에서 문득 양로군兩路軍이 쳐들어오는 것이 바라보인다. 그들의 기에는 큰 글씨로 각각 '신탐'·'신의' 두 사람 이름이 적혀 있었다. 맹달은 너무나 반가웠다. 구원군이 온 것이다. 맹달은 황망히 본부 군사를 거느리고 성문을 활짝 열고, 나가서 위군을 무찌른다.

그런데 신탐과 신의가 달려오며 크게 외친다.

"모반한 역적 맹달은 달아나지 말고 속히 죽음을 받아라!"

그야말로 청천 벽력이었다. 맹달은 비로소 신탐과 신의가 배신한 것을 알고 급히 말을 돌려 성안으로 도망쳐 들어가려는데, 이 또한 웬일인가! 성 위에서 화살이 빗발치듯 내려온다. 성 위에서 이보와 등현 두 사람이 굽어보고 크게 꾸짖는다.

"우리는 이미 성을 바쳤다."

맹달은 사태가 워낙 급박한지라 길을 빼앗아 달아나는데, 신탐이 뒤쫓아온다. 달아나던 맹달이 지치고 말도 지쳐서, 미처 손쓸 사이도 없이 신탐이 뒤쫓아와 찌르는 창에 꿰뚫려 말 아래로 떨어져 구른다. 순간 칼이 번쩍하면서 맹달의 목이 달아나니, 나머지 군사들은 다 항복했다.

이보와 등현은 크게 성문을 열어 영접한다. 사마의는 성안으로 들어

사마의의 계책에 빠져 죽음을 당하는 맹달

가서 백성들을 안심시키고 군사들을 위로하며, 사람을 보내어 위주 조예에게 승리를 아뢰었다.

이에 조예는 매우 기뻐하며 맹달의 머리를 가지고 오라 하여 낙양성 안 백성들에게 보이고, 신탐과 신의에게는 벼슬을 높여준 다음 사마의를 따라 싸움에 나가서 활약하라 하고, 이보와 등현에게는 계속 신성과 상용 땅을 지키도록 임명했다.

한편, 사마의는 군사를 거느리고 장안성 밖에 이르러 영채를 세우고, 성안으로 들어가서 위주 조예를 뵈었다.

조예가 무척 기뻐한다.

"짐이 한때 밝지 못해서 반간계에 잘못 걸려들어 경을 시골로 추방한 것은, 이제 생각하니 후회막급이로다. 이번에 맹달이 반역한 일만 해도,

경이 그놈을 쳐서 없애주지 않았던들 장안과 낙양 두 도읍지는 큰일날 뻔했도다."

"신은 신의가 맹달이 모반한다는 정보를 비밀히 알려왔을 때 즉시 표문을 올리고 폐하께 보고하려 했으나, 그러자면 왕복하는 동안 시일이 너무 오래 걸려 많은 지장이 있겠기로 그래서 칙명을 기다리지 않고 급히 신성으로 갔습니다. 그때 폐하께 보고했더라면 제갈양의 계책에 걸려들었을 것입니다."

사마의는 공명이 맹달에게 보낸 답장을 꺼내어 바친다.

조예는 밀서를 읽고서,

"경의 학식은 옛 손자孫子나 오자吳子보다 뛰어나도다."

크게 기뻐하고 황금으로 만든 부월斧鉞 한 쌍을 하사하며,

"이후에도 기밀에 관한 일이 생기거든, 짐에게 아뢸 것 없이 형편 따라 행동하라."

하고 관關을 나가서 촉군을 격파하도록 명령했다.

사마의가 아뢴다.

"신이 선봉으로 삼기 위하여 대장 한 사람을 천거하겠습니다."

"경은 누구를 천거하려는가?"

"우장군右將軍 장합張慶이 이 일을 맡을 수 있습니다."

조예는 웃으며,

"짐도 바로 그럴 생각이었노라."

하고 드디어 장합을 전부 선봉으로 임명하고, 사마의를 따라 장안을 떠나가서 촉군을 격파하게 하니,

이미 꾀 있는 신하는 능히 지혜를 쓰고
또 용맹한 장수를 청해 더욱 위엄을 드날린다

既有謀臣能用智

又求猛將助施威

위와 촉의 대결은 누구의 승리로 끝날 것인가.

제95회

마속은 말을 듣지 않다가 가정 땅을 잃고
무후는 거문고를 탄주하여 중달을 물리치다

위주 조예는 장합을 선봉으로 임명하여 사마의와 함께 출발시키고, 한편 신비와 손예孫禮 두 사람에게 군사 5만 명을 주며 떠나가서 조진을 도우라 하니, 두 사람은 칙명을 받고 떠나갔다.

이에 사마의는 군사 20만 명을 거느리고 관을 나와 영채를 세우고, 장합을 장막 아래로 불러들여 말한다.

"제갈양은 평생 매사를 신중히 다루며, 기분 따라 서두르는 성격이 아니다. 내가 군사를 거느리고 행동을 개시했을 때, 제갈양은 즉시 자오곡子午谷을 경유하여 바로 장안을 치는 것이 훨씬 더 빠르다는 것을 잘 알면서도 가만히 있었던 것은 계책이 없어서가 아니라, 혹 실수가 있을까 하여 일절 위험한 짓을 하지 않을 작정이었기 때문이다. 그러나 우리가 여기까지 왔으니, 제갈양은 사곡에서 군사를 출발시켜 미성郿城 땅을 공격 점령하되 반드시 군사를 두 방면으로 나누어 그 하나는 기곡箕谷 땅을 공격 점령할 것이다. 그러기에 내 이미 조진에게 격문을 보내어, 미성을 굳게 지키되 촉군이 올지라도 결코 나가서 싸우지 말고, 그 대신

손예와 신비를 시켜 기곡으로 통하는 길을 끊고, 만일 그리로 촉군이 오거든 곧 기습하여 격파하라고 지시했다."

장합이 묻는다.

"그럼 장군은 지금부터 군사를 어디로 나아가게 할 작정이오?"

사마의가 대답한다.

"진령秦嶺 서쪽에 한 가닥 길이 뻗어 있고 그곳에 가정이라는 땅이 있다. 그 곁에도 성이 하나 있어 이름을 열류성列柳城이라 하나니, 그 두 곳은 한중으로 통하는 목구멍 같은 요충지라는 것을 나는 원래부터 알고 있다. 제갈양은 조진의 방비防備가 없음을 업신여기고 필시 그 길로 쳐들어올 테니, 나와 그대가 먼저 가서 바로 가정 땅을 점령하면 양평관도 멀지 않다. 제갈양은 우리가 가정의 요긴한 길을 차지하고 곡식 운반할 길을 끊었다는 걸 알기만 하면, 농서 지방 일대가 위험해지느니 만큼 반드시 밤낮을 가리지 않고 한중으로 돌아갈 것이다. 그때에 우리가 군사를 거느리고 소로小路로 공격을 가하면 가히 완전 승리할 것이며, 만일 그래도 제갈양이 돌아가지 않을 때는 내가 모든 소로에 돌을 쌓아 통로를 끊고 군사를 배치시켜 한 달만 지키면, 촉군은 먹을 양식이 떨어져서 다 굶어 죽을 것이며 제갈양도 반드시 내 손에 사로잡힐 것이다."

장합이 크게 깨닫고 엎드려 절한다.

"도독의 계책은 참으로 신인이나 다름없소이다."

사마의가 주의를 준다.

"그러나 제갈양은 맹달 따위와는 다르니, 장군은 선봉이 되어 경솔히 나아가지 말라. 마땅히 모든 장수들과 함께 산을 돌아 서쪽 길로 나아가서 탐지探知하는 군사를 멀리 보내어 알아보되 매복한 적군이 없거든 비로소 나아가라. 조심하지 않으면 도리어 제갈양의 계책에 말려들 것이다."

장합은 계책을 받자, 군사를 거느리고 떠나갔다.

한편, 공명은 기산의 영채에 있는데, 신성 땅에 갔던 첩자가 돌아왔다. 공명이 급히 불러들여 물으니, 첩자가 고한다.

"그간 사마의는 매일 하루에 이틀 길을 진군하여 8일 만에 신성 땅에 들이닥치니, 맹달은 미처 손쓸 사이도 없었습니다. 더구나 신탐·신의·이보·등현 등이 사마의 군사와 내통하는 바람에 맹달은 난군亂軍 속에서 죽었습니다. 그 후 사마의는 장안으로 돌아가서 위주 조예를 뵙고, 장합과 함께 다시 군사를 거느리고 관을 나와 우리 군사를 막으러 오는 중입니다."

공명은 크게 놀라,

"맹달은 작전이 허술했으니 죽어 마땅하다. 이제 사마의가 관을 나왔다면, 반드시 가정 땅을 점령하고 우리의 목구멍 같은 주요 도로를 끊을 것이다."

하고 묻는다.

"누가 군사를 거느리고 가서 가정 땅을 지킬 테냐?"

참군 마속이 썩 나선다.

"바라건대 제가 가겠나이다."

공명이 주의를 준다.

"가정은 비록 조그만 곳이나 매우 중요한 지점이다. 가정을 잃으면 우리 대군은 다 무너지고 만다. 네 비록 꾀와 지략이 출중하나, 그곳에는 성도 없고 적을 막는 데 이용할 만한 험한 것도 없으니 지키기가 매우 어려우니라."

마속이 대답한다.

"저는 어려서부터 병서를 숙독하여 자못 병법을 압니다. 어찌 한낱 가정을 지키지 못하겠습니까?"

"사마의는 보통 무리와 다르고, 또 선봉 장합은 위의 유명한 장수다. 네가 그들을 대적하지 못할까 걱정이다."

"사마의와 장합 따위에 너무 신경 쓰지 마십시오. 위주 조예가 친히 온대도 두려울 것 없습니다. 만일 이번에 가서 실수하는 일이 있거든, 바라건대 우리 집 가족을 다 참하십시오."

"군법에는 농담이 있을 수 없느니라."

"그럼 제가 군령장軍令狀(다짐장)을 써놓고 가겠습니다."

공명이 그러라 하니, 마속은 드디어 군령장을 써서 바친다.

공명은 군령장을 받고서,

"내 너에게 씩씩한 군사 2만 5천 명을 주고, 또 일급 장수를 딸려 보내어 돕게 하리라."

하고 즉시 왕평을 불러 분부한다.

"나는 네가 평소 매사에 조심하는 것을 알기 때문에, 특히 이런 중대한 책임을 맡기는 것이다. 너는 가서 요긴한 길목을 조심성 있게 골라 영채를 세우고 적군이 통과하지 못하도록 잘 지켜야 한다. 일단 진영을 세우거든 곧 사면팔방의 지형과 길을 소상히 지도로 그려서 나에게 보내고, 매사를 의논해서 신중히 행동하며 결코 경솔하지 말라. 가서 잘 지키기만 하면, 장안을 함락했을 때 너는 제일 공로자가 되는 것이니 명심하고 조심하라."

마속과 왕평은 하직하고 군사를 거느리고 떠나갔다.

공명은 두 사람을 보내고도 안심이 되지 않아서, 또 고상高翔을 불러 분부한다.

"가정 동북쪽에 한 성이 있으니, 이름은 열류성이라. 궁벽한 산골에 작은 길이 나 있는 성으로, 그곳은 가히 영채를 세우고 군사를 주둔시킬 만한 곳이다. 너에게 군사 만 명을 주니, 그 열류성에 가 있다가 만일 가정이 위태해지거든 군사를 거느리고 구원하여라."

고상은 즉시 군사를 거느리고 떠나갔다.

그래도 공명은 마음이 놓이지 않아서,

'고상은 장합의 상대가 못 되니, 대장 한 사람을 더 보내어 가정 땅 오른쪽에 군사를 주둔시켜야만 적군을 막아낼 수 있을 것이다.'

생각하고 마침내 위연을 불러, 본부 군사를 거느리고 가정의 뒤에 가서 주둔하라 분부한다.

위연이 반문한다.

"저는 선봉이 되어 앞장서서 적을 격파해야 마땅하거늘, 어째서 그런 한가한 곳에 가 있으라 합니까?"

공명이 대답한다.

"선봉이 되어 적을 격파하는 일은 편장偏將이나 비장裨將도 할 수 있는 것이다. 이제 너를 보내어 가정 땅을 후원하게 하는 것은, 양평관으로 통하는 가장 요긴한 길을 장악하고 우리 한중 땅으로 통하는 목구멍을 모조리 지키라는 큰 책임이다. 어째서 한가한 곳이라 하느냐? 너는 이 일을 등한시하여 나의 큰일을 그르치지 않도록 하라. 거듭 부탁하노니, 극히 조심하고 주의하여라."

위연은 매우 기뻐하며 군사를 거느리고 떠나갔다.

공명은 그제야 겨우 안심하고, 조자룡과 등지를 불러 분부한다.

"이번에 사마의가 군사를 거느리고 나온 것은 지난날의 그들과는 다르다. 그대들은 각기 군사를 거느리고 기곡 땅으로 가서 의병疑兵(군사가 많이 있는 것처럼 꾸미는 것) 노릇을 하되, 만일 위군이 오거든 혹 싸우기도 하고 혹 물러서기도 하면서 적군을 정신 못차리게 하여라. 나는 친히 대군을 거느리고 사곡 땅을 경유하여 바로 미성 땅을 칠 것이다.

미성만 점령하면 장안을 가히 격파할 수 있다."

조자룡과 등지는 분부받고 떠나갔다.

이에 공명은 강유를 선봉으로 삼고 군사를 사곡으로 출발시켰다.

한편, 마속은 왕평과 함께 군사를 거느리고 가정 땅에 당도하여, 사방 지세를 둘러보고 웃는다.

"승상은 너무나 세심하도다. 이런 궁벽한 산간으로 위군이 어찌 감히 오리요."

왕평이 말한다.

"비록 위군이 오지 않을지라도 다섯 방면으로 갈리는 길목에다 영채를 세우고, 군사들을 시켜 나무를 베어다가 목책木柵을 세워서 오랜 앞날을 위해 계책을 세워야 하오."

마속이 말한다.

"길목에 영채를 세워서는 안 된다. 저기 저 산은 사방으로 이어진 산이 없고 또 수목이 무성하니, 이는 바로 하늘이 주신 요충지라. 그러니 저 산 위에 군사를 주둔시키도록 하라."

"그건 참군(마속)이 잘못 생각한 것이오. 군사를 길목에 주둔시키고 벽壁을 쌓아 올리면, 적군이 비록 10만 명이라도 능히 통과하지 못할 것이오. 이제 가장 요긴한 길을 버리고 산 위에 주둔했다가, 만일 위군이 몰려와서 산을 사방으로 포위하는 날이면 장차 어쩔 요량이오?"

마속이 크게 웃는다.

"그대는 참으로 여자 같은 소견이로다. 병법에 말하기를, '높은 곳에 올라 밑을 굽어보면, 그 형세가 마치 대를 쪼개는 것과 같다' 했으니, 만일 위군이 오는 날에는 내 한 놈도 살려서 돌려보내지 않으리라."

"나는 승상을 모시고 여러 번 싸운 경험이 있고, 그럴 때마다 승상께서 진 벌이는 법을 힘써 가르쳐주셨으니, 이제 저 산을 본즉 홀로 떨어진 외딴 곳이라. 만일 위군이 와서 우리의 물 길어 먹을 길을 끊는 날이면, 우리 군사는 싸워보지도 못하고 스스로 혼란에 빠질 것이오."

"너는 이 이상 여러 말 말라. 손자의 병법에, '죽을 땅에 들어선 뒤라야만 살아날 수 있다'고 했으니, 만일 위군이 와서 우리의 물 길어 먹을 길을 끊는다면 우리 군사들도 죽기를 각오하고 싸워서 가히 일당백一當百하리라. 나는 평소에도 병서를 읽고, 승상께서도 나에게 모든 일을 물으시는 터인데 네가 뭘 안다고 나서느냐?"

"참군(마속)이 꼭 산 위에 영채를 세우겠다면 나에게 군사를 나눠주시오. 나는 산 서쪽에 가서 조그만 영채를 세우고 기각지세掎角之勢(앞뒤에서 적과 맞서는 태세)를 이루고 있다가, 만일 위군이 오는 날이면 서로 호응하리다."

마속은 왕평의 요구를 그나마 거절하는데, 갑자기 산속에 사는 백성들이 떼를 지어 달려와서 고한다.

"위군이 옵니다."

이에 왕평이 떠나려 하니, 그제야 마속이 말한다.

"내 명령을 듣지 않겠다면, 너에게 군사 5천 명을 줄 테니 맘대로 가서 영채를 세워라. 그러나 내가 위군을 격파하고 승상께 돌아가는 날에는, 결코 너와 공훈을 나누지 않을 테니 그리 알아라!"

이에 왕평은 군사를 거느리고 그 산에서 10리 떨어진 곳에 영채를 세우고, 곧 지도를 그려 부하에게 내주며,

"너는 밤낮을 가리지 말고 승상께로 가서, 이 지도를 바치고 마속이 산 위에 영채를 세운 사실을 고하여라."

하고 떠나 보냈다.

한편, 사마의는 성안에 있으면서 앞길을 정탐하도록 둘째 아들 사마

소를 먼저 보내며 주의시킨다.

"만일 가정에 적군이 있거든, 군사를 정지시키고 나아가지 마라."

사마소는 떠나가서 한 차례 정탐하고 돌아와, 부친에게 보고한다.

"적군이 가정을 지키고 있더이다."

사마의가 탄식한다.

"제갈양은 참으로 신 같은 사람이로다. 내가 그만 못하구나."

사마소가 웃는다.

"부친께서는 왜 비굴해지십니까? 제 생각으론 가정 땅을 빼앗는 것은 어렵지 않습니다."

"너는 어째 감히 큰소릴 치느냐?"

"제가 직접 정탐한 바에 의하면, 길에는 전혀 영채도 목책도 없고 적군은 다 산 위에 주둔하였으니, 그러므로 격파할 수 있다는 자신이 생겼습니다."

사마의는 귀가 번쩍 뜨여,

"적군이 산 위에 있다면, 이건 하늘이 나의 성공을 도우심이로다."

하고, 마침내 옷을 바꾸어 입고 기병 백여 명을 친히 거느리고 가보는데, 이날 밤은 날씨가 맑고 달이 밝았다. 바로 산 아래에 이르러 그 주위를 한 바퀴 둘러보고 돌아간다.

마속은 산 위에서 그들을 굽어보며,

"사마의가 이 세상에 살 생각이 있다면, 결코 이 산을 포위하러 오지는 않으리라."

크게 웃고 모든 장수들에게,

"만일 위군이 오거든, 내가 산 위에서 붉은 기를 휘둘러 지시하는 대로 쳐 내려가거라."

하고 명령을 내렸다.

한편, 사마의는 영채로 돌아오는 길로 사람을 시켜,

"가정을 지키는 장수가 누구인지 알아오너라."

하고 분부했다. 이윽고 보고가 들어온다.

"마양의 동생 마속이 지키고 있다 합니다."

사마의가 웃는다.

"그자는 헛되이 이름만 높고 실은 보잘것없는 인물이니라. 공명이 그런 자를 쓰고서 어찌 성공하리요. 그래 가정 좌우에는 딴 군사가 없더냐?"

정탐꾼이 고한다.

"그 산에서 10리 떨어진 곳에 왕평이 영채를 세우고 있더이다."

이에 사마의는 장합에게,

"일지군을 거느리고 가서 왕평이 올 길을 끊고, 신탐과 신의에게 두 방면의 군사를 거느리고 와서 그 산을 포위하도록 하라. 먼저 적군들이 물을 길어 먹는 길부터 끊고, 그들이 저절로 혼란해지는 틈을 타서 공격하라."

분부하고, 그날 밤으로 모든 준비를 마쳤다.

이튿날 날이 밝자 장합은 먼저 군사를 거느리고 뒤로 돌아서 떠나가고, 사마의는 군사를 휘몰고 가서 산을 사방으로 포위했다. 마속이 산 위에서 보니, 사방에 위군이 가득 퍼져 있고 정기와 대오가 매우 엄격했다. 촉군은 이러한 적군을 보자, 다 겁을 먹고 감히 산을 내려갈 엄두를 못 낸다.

마속이 붉은 기를 휘둘러 지시하였으나, 장수들과 군사들은 서로 미루며 한 명도 움직이지 않는다. 화가 난 마속은 친히 두 장수를 참하니, 그제야 모든 군사는 기겁을 하고 겨우 산 아래로 내려가서 공격했으나, 위군은 끄떡도 않는다.

촉군이 다시 후퇴하여 산 위로 올라오므로 마속은 일이 제대로 되지 않는 것을 보고, 그제야 군사들에게 영채의 문을 단단히 지키게 하고 외부에서 구원이 오기만을 기다렸다.

한편, 왕평은 위군이 오는 것을 보자, 즉시 군사를 거느리고 나가서 싸우다가, 바로 장합을 만나 싸운 지 수십여 합에 이리저리 몰려 물러갔다.

이리하여 위군은 진시辰時(아침 8시)부터 술시戌時(밤 8시)가 넘도록 산을 포위했다. 산 위에는 물이 없어서 촉군은 밥도 짓지 못하고 크게 혼란하여 한밤중까지 어쩔 줄을 몰라 하더니, 산 남쪽 촉군이 마속의 호령도 듣지 않고 영채의 문을 열고 내려가서 위군에게 항복한다.

사마의가 군사들을 시켜 산 주위에 일제히 불을 지르니, 산 위의 촉군은 갈팡질팡한다. 마침내 마속은 더 버틸 수가 없어, 남은 군사들을 휘몰아 산 아래로 쳐 내려가서 서쪽을 바라보고 달아난다. 사마의는 일부러 큰길을 열어주고, 장합을 보내어 그 뒤를 쫓는다.

장합이 군사를 거느리고 뒤쫓아 30여 리쯤 갔을 때였다. 앞에서 북소리와 징소리가 일제히 일어나더니 한 떼의 군사가 나타나, 달아나는 마속을 일단 통과시키고 장합을 가로막는다.

장합이 보니, 위연이 칼을 휘두르며 말을 달려와서 덤벼든다. 이에 장합은 군사를 돌려 달아난다. 위연은 뒤쫓아가서 다시 가정을 탈환하고, 계속 50여 리를 뒤쫓아가자 포 소리가 나며 양쪽에서 복병이 일제히 쏟아져 나오니, 왼쪽은 사마의요 오른쪽은 그 아들 사마소라. 그들은 위연을 빙 둘러싸고, 달아나던 장합이 다시 와서 세 방면의 군사가 한데 합친다.

위연은 좌충우돌하나 능히 벗어나지 못하고, 군사의 태반을 잃어 매우 위급할 때 문득 한 무리의 군사가 쳐들어오니, 맨 앞에 선 장수는 바로 왕평이었다.

참군소책가정한일참병과(參軍少策街亭寒日慘兵戈)
도독다모진령음운횡전과(都督多謀秦嶺陰雲橫戰戈)
사마의지취가정(司馬懿智取街亭)

지혜로써 가정 땅을 취하는 사마의

위연은 왕평이 온 것을 보고 크게 기뻐한다.

"이제야 내가 살았구나."

이에 위연과 왕평 두 장수가 군사를 한데 합치고 닥치는 대로 무찌르니, 위군은 그제야 물러간다.

두 장수는 기회를 놓치지 않고 황망히 말을 달려 영채로 돌아갔는데, 이 웬일인가. 영채에는 온통 위군의 정기가 꽂혀 있고, 신탐과 신의가 영채 안에서 달려 나와 무찌르지 않는가. 왕평과 위연 두 장수는 바로 열류성을 향하여 고상에게로 달아난다.

이때 고상은 가정을 빼앗겼다는 소식을 듣고 열류성의 군사를 모조리 일으켜 구원 가는 도중에서 위연과 왕평을 만나 자세한 이야기를 들었다.

고상이 의견을 말한다.

"그렇다면 차라리 오늘 밤에 위군의 영채를 습격하여 다시 가정을 탈환합시다."

세 사람은 산밑에서 의논을 정하고, 날이 저물기를 기다렸다가 군사를 세 방면으로 나누었다. 위연이 먼저 군사를 거느리고 나아가 바로 가정에 이르러 보니 사람이 한 명도 없는지라 크게 의심이 나서 감히 더 나아가지를 못하고, 길목에 매복하여 동정을 살피는데 홀연 고상의 군사들이 왔다.

위연과 고상은 위군이 어디에 있는지 모르겠다면서, 어째서 왕평의 군사는 오지 않나 하고 궁금해하는데, 홀연 포 소리가 탕 나더니 불빛이 하늘에 가득하고 북소리가 땅을 진동하면서 위군이 일제히 나타나 위연과 고상을 에워싼다.

두 사람이 좌충우돌하나 포위를 벗어나지 못하는데, 홀연 산 뒤에서 함성이 우렛소리처럼 일어나면서 한 떼의 군사가 쳐들어오니, 맨 앞에 선 장수는 바로 왕평이었다. 왕평은 고상과 위연 두 사람을 구출하여 바로 열류성을 향해 달려가다가, 거의 성 아래에 이르렀을 때였다. 성 가에서 다른 일지군이 쳐들어오니, 그들의 기에는 '위도독 곽회魏都督郭淮'라고 크게 씌어 있었다.

원래 곽회는 조진과 상의하고, 사마의에게 모든 공로를 빼앗길까봐 겁이 났던 것이다. 그래서 곽회는 군사를 나누어 거느리고 가정을 점령하러 오다가 사마의와 장합이 먼저 와서 공로를 차지했다는 말을 듣자, 그럴 바에야 열류성이라도 쳐서 면목을 세워야겠다고 군사를 거느리고 갔다가, 마침 촉장 위연·왕평·고상을 만나 크게 무찌르니, 촉군은 여지없이 패하여 부상자가 엄청났다.

사태가 이렇듯 뒤틀리자, 위연은 무엇보다도 요긴한 양평관까지 잃을까 겁이 나서 왕평·고상과 함께 황망히 그곳으로 달려간다.

한편 곽회는 군사를 수습하고 좌우 사람에게,

"내 비록 가정을 점령하는 공은 남에게 빼앗겼으나, 오히려 열류성을 함락했으니 이 또한 큰 공로다."

하고 군사를 거느리고 바로 열류성 밑에 가서 성문을 열라 외치니, 성 위에서 포 소리가 크게 울리며 모든 기치가 일제히 일어서는데, 맨 앞 큰 기에는 '평서도독 사마의平西都督司馬懿'라는 글자가 완연하였다.

사마의가 현공판懸空板을 들어올리고 화살 막는 나무 난간에서 내려다보며 크게 껄껄 웃는다.

"곽백제郭伯濟(백제는 곽회의 자이다)는 어찌 이리 늦게 오시오?"

곽회는 크게 놀라,

"중달(사마의의 자)의 신인 같은 활약을 나로서는 따를 수 없구나."

하고 드디어 성안으로 들어가서 서로 만났다.

사마의가 말한다.

"이제 가정을 잃었으니 제갈양은 반드시 달아날 것이오. 귀공은 속히 조진과 함께 밤낮을 가리지 말고 추격하시오."

곽회는 시키는 대로 열류성을 떠나갔다.

사마의는 장합을 불러 분부한다.

"조진과 곽회는 내가 큰 공을 세울까 겁이 나서, 이 성을 점령하러 온 것이다. 그러나 나는 혼자서 공을 세울 생각은 없다. 이번 일은 그저 요행수라고나 할까. 내 생각에는 위연·왕평·마속·고상 등 적장들이 반드시 양평관으로 몰려가서 한사코 그곳을 지킬 터이니, 이럴 때 내가 양평관을 치러 가면 제갈양은 반드시 우리 뒤를 무찔러 끊을 것이다. 까딱 잘못하면 제갈양의 계책에 빠지고 만다. 병법에도 '돌아가는 군사를 엄습하지 말고, 달아나는 군사를 뒤쫓지 말라' 했으니, 너는 사잇길을 따라 기곡 땅으로 가서 물러가는 촉군을 위협하여라. 나는 몸소 군사를 거느리고 사곡 방면의 촉군을 상대할 테니, 그들이 패하여 달아날지라도 결코 맞서서 싸우지 말고, 일단 그들을 반쯤 통과시킨 후에 무찌르면, 촉군의 치중輜重(군수품)을 다 얻을 수 있으리라."

장합은 계책을 듣자, 군사 반을 거느리고 떠나갔다.

사마의가 명령한다.

"이제부터 사곡 땅을 경유하여 서성西城으로 나아간다. 서성은 비록 산골의 조그만 고을이지만, 촉군이 곡식을 쌓아둔 곳이며 또 남안南安·천수天水·안정安定 세 군으로 다 통하는 길목이니, 서성 땅을 얻기만 하면 세 군을 다 탈환할 수 있느니라."

이에 사마의는 신탐과 신의에게 열류성을 지키도록 맡긴 뒤에 친히 대군을 거느리고 사곡 땅으로 출발했다.

한편, 공명은 마속 등을 가정으로 보낸 후로 오히려 주저하고 결정을 내리지 못하는데, 수하 사람이 들어와서 고한다.

"왕평이 사람을 시켜 지도를 보내왔습니다."

공명이 불러들이니, 좌우 사람이 왕평이 그린 지도를 바친다.

공명은 지도를 펴보고는 책상을 치며 크게 놀란다.

"마속이 이렇듯 무지할 수 있나! 우리 군사를 다 함정에 빠뜨렸도다!"

좌우 사람이 묻는다.

"승상은 어찌하여 놀라십니까?"

"내 이 지도를 보니, 가장 요긴한 길은 버려두고 산 위에 영채를 세웠구나. 위군들이 와서 산을 사방으로 포위하고 물 긷는 길을 끊으면, 불과 이틀도 못 되어 우리 군사는 저절로 무너지리라. 가정을 잃으면 우리가 어찌 돌아갈 수 있으리요."

장사長史 양의가 나선다.

"제가 비록 재주는 없으나, 바라건대 가서 마속을 대신하리다."

공명은 양의에게 영채 세울 곳을 일일이 지시해주고 즉시 떠나 보내려 하는데, 홀연 파발꾼이 허둥지둥 말을 달려와서 보고한다.

"가정과 열류성을 다 잃었습니다."

공명이 발을 구르며,

"큰일을 망쳤구나! 이는 다 나의 실수로다."

한참을 길이 탄식하더니, 급히 관흥과 장포를 불러 분부한다.

"너희 두 사람은 각기 씩씩한 군사 3천 명을 거느리고 무공산武功山 사잇길로 가되 만일 위군을 만날지라도 크게 싸우지 말고, 다만 북을 치며 함성을 질러 많은 군사가 있는 것처럼 꾸미고서 그들을 놀라게 하여라. 그러면 그들이 스스로 달아나리니, 또한 뒤쫓지 말고 그들이 다 물러간 걸 확인한 뒤에 바로 양평관으로 가거라."

또 장익을 불러 분부한다.

"군사를 거느리고 가서, 험한 검각劍閣 산길을 수리하여 우리가 돌아가는 데 지장이 없도록 미리 준비하라."

또 은밀히 명령한다.

"우리 모든 군사들은 가만히 행장을 수습하고 떠날 준비를 하여라."

또 마대와 강유에게 분부한다.

"그대들은 산골짜기에 먼저 매복했다가, 우리 군사들이 다 물러간 뒤에야 비로소 군사를 거두어라."

공명은 또 심복 부하들을 각각 천수·남안·안정 세 군으로 보내어 모든 관리와 군사와 백성을 다 한중 땅으로 옮겨가게 하고, 또 다른 심복 부하를 기현 땅으로 보내어 강유의 늙은 어머니를 한중 땅으로 모셔가게 했다.

공명은 모든 지시를 내린 다음에, 먼저 군사 5천 명을 거느리고 마침내 서성현西城縣으로 물러가서 군량미와 마초를 옮기는데, 계속 열 차례나 파발꾼이 달려와서 보고한다.

"사마의가 15만 대군을 거느리고, 이곳 서성西城으로 벌떼처럼 쳐들어오고 있습니다."

이때 공명의 신변에는 장군들이 별로 없고, 일반 문관들뿐이었다. 그나마 5천 명 군사 중에서 반은 이미 곡식과 마초를 운반하여 떠났고, 성 안에 남은 군사라고는 고작 2천5백 명뿐이었다.

모든 문관들은 이 소식을 듣자, 다 얼굴빛이 변했다. 공명이 성 위에 올라가서 바라보니, 과연 하늘 가득히 티끌이 일며 위군이 두 방면으로부터 서성을 향하여 몰려오고 있었다.

공명이 명령을 내린다.

"모든 정기는 거두어 숨겨두고, 동서남북 성문을 크게 열되 성문마다 군사 20명씩은 백성으로 분장하고, 길거리를 비질하되 위군이 이를지라도 함부로 움직이지 말라. 내 스스로 계책이 있느니라."

이에 공명은 학창의 차림에 윤건을 쓰고, 두 동자에게 거문고를 들려 성루城樓 위로 올라가서, 난간에 의지하고 앉아 향을 사르며 유유히 탄주한다.

한편, 위군의 전방 부대는 성 아래에 이르렀으나 공명이 그러고 있는 모습을 바라보고서 그만 기가 질려 감히 나아가지 못하고, 급히 사마의에게로 사람을 보내어 이 사실을 보고했다.

사마의는 웃기만 할 뿐 믿지 않고, 마침내 삼군을 일단 정지시킨 뒤에 몸소 말을 달려가 아득히 바라보니, 과연 공명이 성루 위에 앉아 웃는 듯 조용한 모습으로 향을 사르며 유연히 거문고를 탄주하는데, 왼쪽 동자는 보검寶劍을 받쳐들고 서 있고, 오른쪽 동자는 손에 불자拂子를 들고

空城憺篁掃開十萬虎狼群

高閣鳴琴弾破一天烟雨陣

孔明智退司馬懿

거문고를 탄주하여 중달을 물리치는 제갈양

서 있다. 뿐만 아니라 성문 안팎에는 백성 20여 명이 머리를 숙이고 소
제를 하는데, 그야말로 방약무인傍若無人한 태도였다.

사마의는 바라보다가 갑자기 의심이 나서, 즉시 중군으로 돌아와 후
군을 전군으로 삼고 전군을 후군으로 삼아 마침내 북쪽 산 사잇길로 물
러가는데, 둘째 아들 사마소가 묻는다.

"제갈양은 수하에 군사가 없어서 일부러 그런 짓을 하고 있습니다.
그런데 부친은 왜 후퇴하십니까?"

사마의가 대답한다.

"제갈양은 평소 매사에 삼가고, 결코 모험을 하는 성격이 아니다. 이
제 크게 성문을 열어놓았으니 반드시 복병이 있을 것이다. 이럴 때 우리
군사가 쳐들어갔다가는 계책에 빠지고 마니, 너희들이 어찌 알겠느냐.

어서 속히 물러가자."

이에 위군은 모조리 물러가버렸다.

공명은 멀리 위군이 물러가는 것을 보고, 손바닥을 쓰다듬으며 웃는다. 모든 관리들이 다 놀라 공명에게 묻는다.

"사마의는 바로 위의 유명한 장수로서, 이제 15만 군사를 거느리고 이곳까지 왔다가 승상을 보고는 황급히 물러가니 이 무슨 까닭입니까?"

공명이 대답한다.

"그 사람은 내가 평소 매사에 조심하며 위험한 짓을 않는다는 걸 알기 때문에, 이곳 분위기를 보고 복병이 있는 줄로 의심하고 그래서 물러간 것이니라. 그러나 내가 위험한 짓을 한 것은 아니다. 형편상 어쩔 수가 없어서 변칙을 쓴 데 불과하다. 그 사람은 군사를 거느리고 반드시 북쪽 산 사잇길로 갈 것이다. 나는 이미 관흥과 장포를 그곳에 매복시켰고, 그들을 기다렸다가 치도록 벌써 지시해뒀느니라."

모든 사람들은 다시 한 번 놀라고 탄복해 마지않는다.

"승상의 전술은 신인과 귀신도 측량하지 못하리다. 저희들이라면 반드시 성을 버리고 달아났을 것입니다."

공명이 대답한다.

"나의 군사는 2천5백 명에 불과하다. 성을 버리고 달아나면 멀리 갈수도 없는 노릇이니, 어찌 사마의에게 사로잡히지 않겠느냐."

후세 사람이 이때 일을 찬탄한 시가 있다.

아름다운 3척 거문고 하나로 씩씩한 위군을 이겼으니
제갈양이 서성에서 적군을 물리친 때더라.
사마의의 15만 군사가 말 머리를 돌려 후퇴한 곳을
후세 사람들은 오늘도 가리키며 자못 의아해하는도다.

瑤琴三尺勝雄師

諸葛西城退敵時

十五萬人回馬處

後人指點到今疑

　공명은 말을 마치자 손뼉을 치고 크게 웃으며,

"내가 사마의라면 결코 후퇴하지 않았을 것이다."

하고 명령을 내린다.

"서성 백성들은 우리 군사를 따라 한중 땅으로 들어가라. 사마의가
반드시 또 올 것이다."

　이에 공명은 서성 땅을 떠나 한중 땅으로 달리니, 천수·안정·남안
세 군의 관리와 군사와 백성들이 계속 뒤따라간다.

　한편 사마의는 무공산武功山 사잇길을 달려가는데, 별안간 산 뒤에서
함성이 하늘을 진동하며 땅을 뒤흔드는지라. 두 아들을 돌아보고,

"내가 이렇게 달아나지 않았으면 반드시 제갈양의 계책에 걸렸을 것
이다."

하고 말하는데, 큰길 쪽에서 일지군이 쳐들어오니 그 기에는 '우호위사
호익장군 장포右護衛使虎翼將軍張苞'라고 크게 씌어 있다.

　위군은 모두 기겁을 하고 갑옷과 창을 버리고 달아나, 불과 한 마장도
못 갔을 때였다.

　산골짜기에서 함성이 진동하며 북소리와 징소리가 하늘을 흔들더니,
앞에 불쑥 나타난 큰 기에는 '좌호위사 용양장군 관흥左護衛使龍壼將軍關
興'이라고 크게 씌어 있고, 산과 골이 떠나갈 듯이 메아리친다. 위군은
촉군이 얼마나 있는지 알 수가 없어서 감히 머물지 못하고 군수품도 모

두 버리고 허둥지둥 달아난다.

관흥과 장포 두 장수는 공명에게서 받은 지시대로 위군을 추격하지 않고, 버리고 간 무기와 곡식과 마초만 거두어 돌아갔다.

그리고 사마의는 산과 골마다 촉군이 있는 것만 같아서 감히 큰길로 나서지 못하고, 마침내 가정 땅으로 돌아갔다. 이때 조진은 공명이 물러간다는 보고를 듣자 급히 군사를 거느리고 뒤쫓아간다. 산 뒤에서 문득 포 소리가 일어나더니 촉군이 산과 들에 가득 퍼져오는데, 맨 앞에 선 장수는 바로 강유와 마대였다.

조진은 깜짝 놀라 급히 후퇴하는데, 선봉 진조陳造가 어느새 마대의 칼을 맞고 죽어 자빠지자, 조진은 군사를 거느리고 쥐구멍을 찾듯이 돌아간다. 이에 촉군은 밤낮을 가리지 않고 다 한중 땅으로 달린다.

한편, 조자룡과 등지는 기곡 땅에 군사를 매복시키고 있다가, 공명의 전령傳令을 받고 돌아간다.

도중에서 조자룡이 등지에게 말한다.

"우리가 후퇴하는 것을 위군이 알면 반드시 뒤쫓아올 것이다. 나는 일지군을 거느리고 뒤에 처져 매복하고 있을 테니, 그대는 나의 기호旗號를 내세우고 천천히 물러가라. 나는 그대를 호위하여 먼저 돌아가게 하리라."

한편, 곽회는 군사를 거느리고 다시 기곡 땅 길로 돌아오다가 선봉 소우蘇暮를 불러 분부한다.

"촉장 조자룡은 영용 무쌍하니 너는 극히 조심해서 막아라. 그들이 후퇴하는 날에는 내게도 무찌를 수 있는 계책이 서 있다."

소우는 흔쾌히,

"도독이 뒤에서 도와만 주신다면, 제가 마땅히 조자룡을 사로잡으리다."

하고 전부前部 군사 3천 명을 거느리고 기곡 땅으로 달려들어가서, 앞을 바라보며 촉군을 뒤쫓는데, 문득 산 뒤에서 붉은 기가 휘날리며 나온다. 거기에는 흰 글씨로 '조운趙雲'이라고 씌어 있었다.

소우가 급히 군사를 거두어, 왔던 길로 도로 달아나 불과 몇 리 못 갔을 때였다. 함성이 크게 진동하면서 한 떼의 군사가 내달아 나오는데, 맨 앞에 선 대장이 창을 높이 들고 말을 달려오며 크게 외친다.

"네가 이 조자룡을 아느냐!"

소우는 깜짝 놀란다.

"어찌하여 여기에도 또 조자룡이 있는가?"

그러나 소우는 미처 손 놀릴 사이도 없이 조자룡의 창에 찔려 말 아래로 떨어져 죽고, 나머지 군사들은 무너져 달아났다.

조자룡이 길을 따라 앞으로 나아가는데, 뒤에서 또 한 떼의 군사가 쫓아온다. 앞장선 장수는 바로 곽회의 부장部將 만정萬政이었다.

조자룡은 위군이 뒤쫓아오는 것을 보자, 말을 세우고 창을 짚고 한바탕 싸우려고 길 한가운데서 기다린다. 이때 촉군은 이미 30여 리를 앞서 가고 있었다.

만정은 조자룡이 버티고 있는 것을 보자, 감히 더 나아가지 못한다. 조자룡은 해가 저물 무렵에야 비로소 말 머리를 돌려 천천히 물러갔다.

이윽고 곽회가 군사를 거느리고 이르자, 만정은 경과를 고한다.

"조자룡이 옛날처럼 용맹하여 감히 가까이 갈 수 없었습니다."

곽회가 급히 추격하라 명령하니, 만정은 기병 수백 명을 거느리고 다시 뒤쫓아가다가 큰 숲에 이르렀다.

등뒤에서 벼락치는 듯한 소리가 들린다.

"조자룡이 여기 있으니 꼼짝 말라!"

위군은 어찌나 놀랐던지 말에서 굴러 떨어진 자만도 백여 명이요, 그 나머지는 고개를 넘어 달아난다.

만정은 체면상 달아날 수도 없어 굳이 덤벼들다가, 조자룡이 쏜 화살에 투구 끈이 맞아 끊어지자 그만 정신이 아찔해서 냇물에 떨어졌다.

조자룡이 창으로 만정의 목을 겨누고 호령한다.

"내 너를 살려주노니, 어서 돌아가서 곽회에게 속히 뒤쫓아오라고 하라!"

만정은 죽음에서 벗어나 돌아가고, 조자룡은 도중에서 한 가지도 잃은 것이 없이 수레와 군사와 말을 호위하여 한중 땅을 바라보며 간다.

이에 조진과 곽회는 남안·천수·안정 세 군을 다시 탈환하고, 자기네의 공로로 삼았다.

한편, 사마의는 군사를 나누어 나아가니, 이때는 촉군이 다 한중 땅으로 돌아간 뒤였다. 사마의는 일지군을 거느리고 다시 서성으로 가서 남은 백성들과 산속에 피란 갔던 자들에게 지난날의 경과를 물었다.

그들의 대답은 다 한결같았다.

"그때 공명의 수하에는 성안에 다만 군사 2천5백 명이 있었는데, 문관 몇 사람 외에 장수는 한 명도 없었으며, 매복한 군사도 없었습니다."

무공산 속에 사는 화전민들이 고한다.

"그때 관흥과 장포는 각기 군사 3천 명씩을 거느리고 이 산 저 산으로 돌아다니며 함성을 지르고 북을 치고 요란을 떨었을 뿐, 따로 거느린 군사가 없었기 때문에, 놀라 물러가는 장군의 군사를 감히 시살하지는 못했습니다."

사마의는 후회막급하여 하늘을 우러러,

"나는 공명만 못하구나!"

한참을 탄식하고, 드디어 이번 싸움에 시달린 모든 곳의 관리와 백성들을 위로하고, 군사를 거느리고 장안으로 돌아가서 위왕을 뵈었다.

위왕 조예가 칭찬한다.

"오늘날 농서의 모든 고을을 수복한 것은 다 경의 공로로다."

사마의가 아뢴다.

"지금 촉군은 다 한중 땅에 있고 전멸하지 않았으니, 바라건대 대군을 주시면 힘써 서천 땅을 수복하고 폐하께 보답하리다."

조예는 매우 흡족해하며 즉시 군사를 일으키려 하는데, 홀연 반열 가운데서 한 사람이 나와,

"신에게 한 가지 계책이 있습니다. 족히 촉을 무찌르고 오를 항복하게 하리다."

하고 아뢰니,

> 촉의 승상과 장수는 나라로 돌아갔는데
> 위 땅에선 임금과 신하가 또 계책을 꾸민다.
> 蜀中將相方歸國
> 魏地君臣又逞謀

계책이 있다고 말하는 그자는 과연 누구일까?

【9권에서 계속】

三國志
演義 부록

⑧

◉ — 일러두기

1.「나오는 사람들」은 역자가 직접 작성한 것이다.
2.「간추린 사전」은『삼국지연의』전문 연구가 정원기 교수의 자문을 토대로 구
  성하였다.

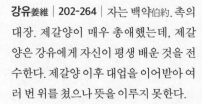

강유姜維 | 202-264 | 자는 백약伯約. 촉의 대장. 제갈양이 매우 총애했는데, 제갈양은 강유에게 자신이 평생 배운 것을 전수한다. 제갈양 이후 대업을 이어받아 여러 번 위를 쳤으나 뜻을 이루지 못한다.

동궐董厥 자는 공습龔襲. 촉의 대신. 성실하고 근엄한 사람으로 일찍이 제갈양도 그에게 부탁한 바가 많았다. 촉이 멸망할 때 강유를 도와 검각을 지켰다. 촉이 망하자 진나라에 항복하여 벼슬을 받는다.

동윤董允 | ?-246 | 자는 휴소休昭. 촉의 문신. 공명 정대하여 정사를 돌봄에 항상 임금에게 바른말을 하였다. 제갈양이 죽은 후 힘써 나랏일을 보살핀다.

등지鄧芝 | ?-251 | 자는 백묘伯苗. 촉의 문신. 제갈양의 부탁으로 오를 수차례 왕래하며 우호 관계 회복에 노력하여 많은 공을 세운다.

마속馬謖 | 190-228 | 자는 유상幼常. 촉의 장수. 젊은 나이에 병서에 통달하고 지모가 있어 제갈양의 총애를 받는다. 그러나 원래 경박한 데가 있어, 후일 요충지인 가정을 지키다가 패하여 군법에 따라 처형된다.

맹획孟獲 남만왕. 제갈양이 남만을 정벌케 한 장본인. 일곱 번 사로잡혔다가 일곱 번 풀려난 후에야 비로소 감복하고 복종한다.

비의費禕 | ?-253 | 자는 문위問偉. 촉의 중신. 그의 능력은 내정 면에서 유감없이 발휘되고 제갈양이 죽은 뒤에는 수성의 자세를 무너뜨리지 않고 강경파인 강유를 억제하며 촉을 잘 유지했다. 그러나 연회석상에서 자객에게 암살된다.

사마의司馬懿 | 179-251 | 자는 중달仲達. 위의 권신. 지략이 뛰어난 장수로 제갈양의 최대 적수였다. 군권을 장악한 이후 위를 침입한 제갈양을 여러 차례 잘 막아낸다. 이후 조상을 몰아내고 위의 권력을 장악하여 진나라 건국의 기초를 닦는다.

서성徐盛 자는 문향文嚮. 오의 장수. 손권 수하의 뛰어난 장수로 수전에 능하다. 조비의 남침 때 전권의 중책을 맡아 조비를 물리친다. 싸움에 많은 공을 세운다.

서황徐晃 | ?-227 | 자는 공명公明. 위의 맹장. 원래 양봉의 수하에 있었으나, 조조가 그를 흠모하여 자신의 장수로 삼는다. 무예가 출중하며 병서에도 밝아 마초, 관우 등도 한때 그에게 크게 패한 일이 있다.

신비辛毗 자는 좌치佐治. 위의 모사. 말 잘하기로 이름난 변사로, 그 형 신평과 함께 원소·원담을 돕다가 조조 휘하로 들어간다. 후일 위의 조진을 도와 제갈양의 침입을 막는 데 공을 세운다.

양의楊儀 | ?-235 | 자는 위공威公. 촉의 문신. 제갈양이 위를 치고자 군사를 일으킬 때 함께 출전하여 대소사를 돕는다. 제갈양이 죽자 전군을 맡아 위연의 모반을 꺾는 등 많은 공을 세웠으나, 중용되지 않음을 불평하다가 쫓겨난다.

여개呂凱 자는 이평李平. 촉의 문신. 남만왕 맹획이 반역하였을 때 인근 고을이 다 항복하였으나, 영창군 태수 왕항만이 그의 도움으로 무사하였다. 남만인의 생태를 잘 알아 제갈양이 남만을 평정하는 데 큰 역할을 한다.

왕쌍王雙 | ?-228 | 자는 자전子全. 위의

장수. 용맹이 있어 조진이 아꼈다. 촉장을 베어 자못 위용을 떨쳤으나, 제갈양의 계책에 빠져 위연의 손에 죽는다.

왕평王平 | ?-248 | 자는 자균子均. 촉의 장수. 원래 서황의 부장이었으나, 그와 반목해 촉에 항복한다. 제갈양을 따라 남만 정벌, 위 공략에 참전해 공을 세운다.

요화廖化 | ?-264 | 자는 원검元儉. 촉의 장수. 일찍이 관우를 흠모하여 그를 따랐다. 관우가 형주에서 패할 때 촉으로 구원군을 요청하러 간 덕분에 죽음을 면한다. 제갈양과 그 뒤를 이은 강유를 도와 많은 공을 세운다.

위연魏延 | ?-234 | 자는 문장文長. 촉의 맹장. 장사 태수 한현을 죽이고 유비에게 항복한다. 촉을 위해 많은 공을 세우나, 늘 불만이 많아 제갈양의 경계를 받는다. 제갈양이 죽자 바로 모반하였는데, 이에 미리 대비한 제갈양의 비밀 계책으로 허무하게 죽는다.

유선劉禪 | 207-271 | 자는 공사公嗣. 촉의 후주. 선주의 뒤를 이었으나 나약하여 나라를 지킬 수 없었다. 특히 제갈양이 죽은 뒤 환관 황호에게 농락당했으나, 강유의 힘으로 도어쩔 수 없었다. 재위 22년 만에 위에 항복한다.

이엄李嚴 | ?-234 | 자는 정방正方. 촉의 장

수. 유비를 도와 많은 공을 세운다. 후일 제갈양이 위를 칠 때 군량을 조달하다 제갈양을 모함해 벼슬이 깎여 서인이 되었는데, 훗날 제갈양이 죽자 비통해하다 죽는다.

이회李恢 | **?-231** | 자는 덕앙德昻. 촉의 문신. 유장 수하에 있을 때 유비를 촉으로 끌어들이는 것을 극력 반대하였다. 후일 유비에게 귀순한 후 촉을 위해 많은 공을 세운다.

장온張溫 자는 혜서惠恕. 오의 문신. 글을 잘하고 언변이 뛰어났고, 특히 외교에 능했다. 촉과 우호를 맺는 데 공을 세운다.

장완蔣琬 | **?-246** | 자는 공염公琰. 촉의 중신. 제갈양을 도와 국내 정치에 힘써, 제갈양으로 하여금 뒷걱정이 없게 하였다. 제갈양의 뒤를 이어 승상이 된다.

장의張嶷 | **?-254** | 자는 백기伯崎. 촉의 장수. 제갈양·강유를 따라 평생을 전장에서 보내며 많은 공을 세운다. 후일 강유가 등애에게 패하여 위급할 때 그를 구하였으나, 자신은 적의 화살에 맞아 죽는다.

조운趙雲 | **?-229** | 자는 자룡子龍. 촉의 장수. 오호대장. 공손찬의 수하에 있다가 유비를 만나 그를 따르게 된다. 관우, 장비와 함께 평생 유비를 한마음으로 섬겨 마침내 그가 패업을 이루도록 한다.

조인曹仁 | **168-223** | 자는 자효子孝. 조조의 장수. 조조의 종제로서 일찍부터 조조를 따라 수많은 공을 세운다. 지략과 무예가 뛰어나다.

조진曹眞 | **?-231** | 자는 자단子丹. 위의 대장. 사마의와 함께 제갈양을 막는 데 전력하였으나 번번이 패하였다. 진중에서 제갈양의 편지를 보고 울분을 이기지 못하여 병들어 죽는다.

조휴曹休 | **?-228** | 자는 문렬文烈. 위의 장수. 조조의 조카로서 조조의 각별한 사랑을 받는다. 싸움에 많은 공을 세웠으나, 뒷날 오장 주방에게 패하자 울분 끝에 병들어 죽는다.

주환朱桓 | **177-238** | 자는 휴목休穆. 오의 장수. 27세의 젊은 나이로 대장이 되어 위장 조인의 침입을 격퇴시켰으며, 이후에도 많은 공을 세운다.

하후무夏侯楙 자는 자휴子休. 위의 장수. 하후연의 양자였는데, 하후연이 황충에게 죽자 조조가 불쌍히 여겨 그를 부마로 삼는다. 제갈양이 위를 칠 때 군사를 이끌고 막았으나 크게 패하여 갖은 고초를 겪는다.

한덕韓德 위의 장수. 서량 출신으로 용맹이 뛰어나고 특히 큰 도끼를 잘 썼다. 촉이 위를 칠 때 출전하였으나 네 아들과 함께 조운에게 모조리 죽음을 당한다.

간추린 사전

◉ ─ **역이기설제고사**酈食其說齊故事

촉의 등지가 동오의 손권을 설득하러 오자, 장소가 등지를 역이기에 비유하였다.(86회)

역이기酈食其는 본래 문을 지키는 하급 관리였다. 진말秦末 농민 전쟁이 폭발한 뒤, 유방劉邦에게 의탁하여 진류陳留를 칠 계책을 바쳐 광야군廣野君에 봉해졌다. 후에 유방의 명을 받들어 제왕齊王 전광田廣을 설득하고 귀순하기를 권하였다. 제왕은 그의 말을 듣고 전쟁 준비를 중지하였는데, 한신韓信이 기회를 틈타 습격하였다. 제왕은 역이기가 배반한 것으로 여기어 그를 삶아 죽였다.

◉ ─ **도척하혜지사**盜跖下惠之事

한에 복종하지 않고 반역한 맹획·맹우와 그들의 친형인 은자 맹절의 대조적인 모습을 보고 제갈양이 이 고사를 인용하였다.(89회)

도척盜跖과 유하혜柳下惠 두 사람이 완전히 다른 길을 걸었음을 말한다. 도척과 유하혜는 모두 춘추 시대 사람으로 형제지간인 것으로 전해진다. 그러나 도척은 대도大盜라는 오명을 얻었고 유하혜는 성인聖人으로 간주되었다.

◉ ─ **입생사**立生祠

남만인들은 공명의 은덕에 감격하여 공명을 위해 생사당을 세웠다.(90회)

284

살아 있는 사람을 위하여 세우는 사당을 말한다. 사祠는 옛날 조상 혹은 선현에게 제사지내는 묘당을 가리키는데, 본래는 사람이 죽은 후에 세우는 것이 원칙이다.

◉ ─ 고조위유운몽지계高祖僞遊雲夢之計

조예가 서둘러 사마의를 평정하려 하자, 서촉과 동오의 반간계에 걸려들 것을 걱정한 조진은 조예에게 이 고사대로 유연하게 대처할 것을 간하였다. (91회)

한초漢初에 어떤 사람이 초왕楚王 한신이 모반하려 한다고 밀고하자, 고조 유방은 진평陳平의 계책을 사용하여 일부러 운몽택雲夢澤으로 가서 순유巡遊하면서 한신이 나와 영접하도록 속인 뒤 기회를 엿보아 그를 사로잡았다. 운몽雲夢은 화용현華容縣 남쪽에 있는 큰 못이다.

◉ ─ 만두饅頭

제갈양이 남만을 평정한 후 남만인들의 원혼을 달래기 위해 만두를 만들어 제사지냈다. (91회)

지금의 만두를 말한다. 『사물기원事物紀原』에서는 제갈양이 이것으로 만인蠻人의 머리를 대신하여 제물로 사용하였기 때문에 처음에는 '만두蠻頭'라고 불렸고, '만두饅頭'라고 썼다. 후세 사람들이 밀가루가 고기를 둘러싸고 있다고 하여 '포자包子'라 한 이래로 하나의 식품으로 자리잡게 되었다.

◉ ─ 공성계空城計

제갈양은 사마의의 10여만 병력이 밀려오자, 성문을 열고 성루에 올라가 거문고를 탄주하여 사마의를 속임으로써 위기를 모면했다. (95회)

36계 중 제32계. 무방비 상태인 것처럼 보여서 적의 공격을 모면하는 것이다.

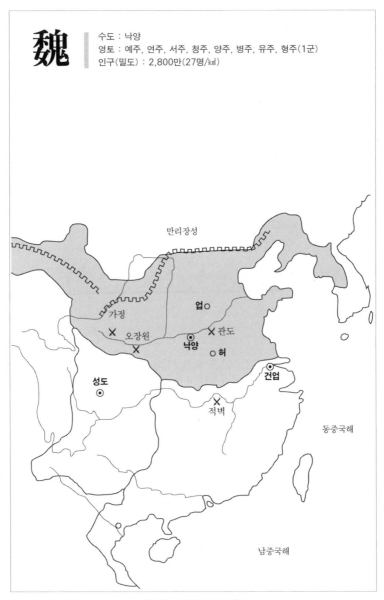

魏

수도 : 낙양
영토 : 예주, 연주, 서주, 청주, 양주, 병주, 유주, 형주(1군)
인구(밀도) : 2,800만(27명/㎢)

만리장성

업 ○

가정

오장원

관도

낙양

허

성도

건업

적벽

동중국해

남중국해

【 위의 세력 범위 】

魏 | 220~265

◤ 계보 ◢

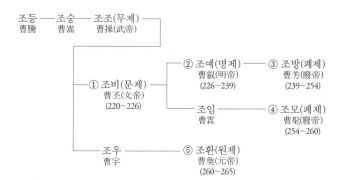

조등 ── 조숭 ── 조조(무제)
曹騰   曹嵩   曹操(武帝)

① 조비(문제)
曹丕(文帝)
(220~226)

② 조예(명제) ── ③ 조방(폐제)
曹叡(明帝)   曹芳(廢帝)
(226~239)   (239~254)

조임 ──── ④ 조모(폐제)
曹霖   曹髦(廢帝)
             (254~260)

조우 ──── ⑤ 조환(원제)
曹宇   曹奐(元帝)
             (260~265)

◤ 군단 편성 ◢

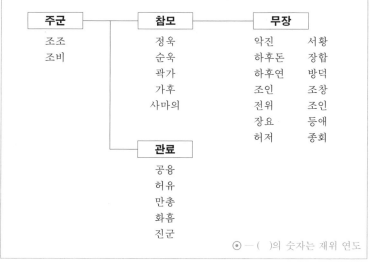

주군	참모	무장	
조조	정욱	악진	서황
조비	순욱	하후돈	장합
	곽가	하후연	방덕
	가후	조인	조창
	사마의	전위	조인
		장요	등애
		허저	종회

관료
공융
허유
만총
화흠
진군

⊙ ─ ( )의 숫자는 재위 연도

【 위의 계보와 군단 편성 】

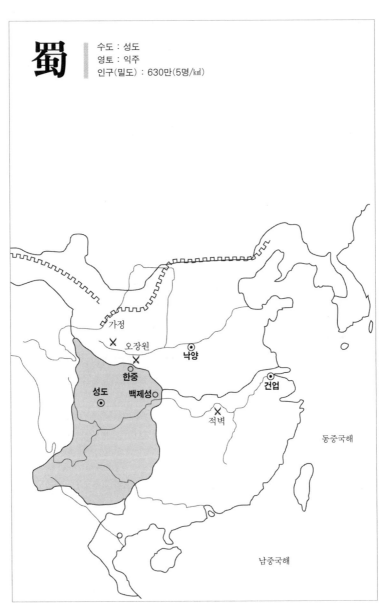

蜀

수도 : 성도
영토 : 익주
인구(밀도) : 630만(5명/㎢)

가정
오장원
한중
성도
백제성
낙양
건업
적벽

동중국해

남중국해

【 촉의 세력 범위 】

蜀 | 221~263

〖 계보 〗

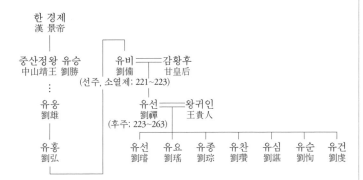

한 경제
漢 景帝

중산정왕 유승　　유비━━감황후
中山靖王 劉勝　　劉備　　甘皇后
　　　　　　　　(선주, 소열제; 221~223)
　　⋮
유웅　　　　　　유선━━왕귀인
劉雄　　　　　　劉禪　　王貴人
　　　　　　　(후주; 223~263)

유홍　　유선　유요　유종　유찬　유심　유순　유건
劉弘　　劉璿　劉瑤　劉琮　劉瓚　劉諶　劉恂　劉虔

〖 군단 편성 〗

주군	참모	무장	
유비	제갈양	관우	주창
유선	방통	장비	관평
	장완	조운	위연
	비의	마초	이엄
	강유	황충	관흥
		(오호장군)	장포

관료

미축	마양
손건	법정
간옹	황권
요화	이회
이적	등지

〖 촉의 계보와 군단 편성 〗

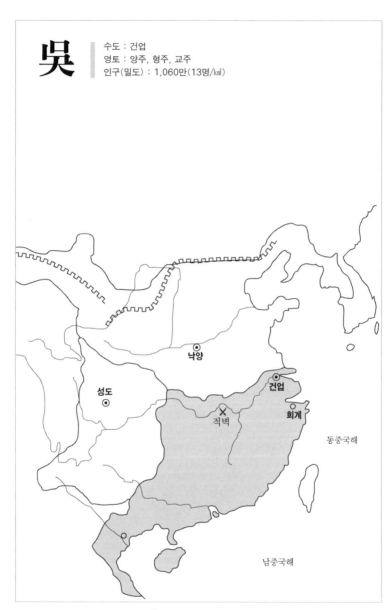

吳

수도 : 건업
영토 : 양주, 형주, 교주
인구(밀도) : 1,060만(13명/㎢)

낙양

성도

적벽

건업

회계

동중국해

남중국해

【 오의 세력 범위 】

吳 | 222~280

【 계보 】

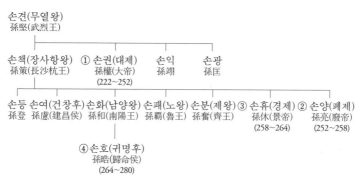

손견(무열왕)
孫堅(武烈王)

손책(장사항왕)　① 손권(대제)　손익　손광
孫策(長沙杭王)　孫權(大帝)　孫翊　孫匡
　　　　　　　　(222~252)

손등　손여(건창후)　손화(남양왕)　손패(노왕)　손분(제왕)　③ 손휴(경제)　② 손양(폐제)
孫登　孫慮(建昌侯)　孫和(南陽王)　孫覇(魯王)　孫奮(齊王)　孫休(景帝)　孫亮(廢帝)
　　　　　　　　　　　　　　　　　　　　　　　　　　　　(258~264)　(252~258)

　　　　　④ 손호(귀명후)
　　　　　孫晧(歸命侯)
　　　　　(264~280)

【 군단 편성 】

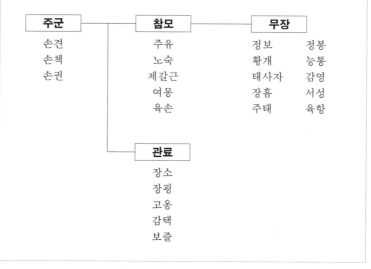

주군	참모	무장	
손견	주유	정보	정봉
손책	노숙	황개	능통
손권	제갈근	태사자	감영
	여몽	장흠	서성
	육손	주태	육항

관료
장소
장굉
고옹
감택
보즐

【 오의 계보와 군단 편성 】

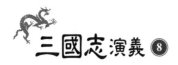

三國志演義 ⑧

구판 1쇄 발행 2000년 7월 20일
개정신판 1쇄 발행 2003년 7월 8일
개정신판 7쇄 발행 2024년 6월 3일

지 은 이 | 나관중
옮 긴 이 | 김구용
펴 낸 이 | 임양묵
펴 낸 곳 | 솔출판사

주   소 | 서울시 마포구 와우산로29가길 80(서교동)
전   화 | 02-332-1526
팩   스 | 02-332-1529
이 메 일 | solbook@solbook.co.kr
블 로 그 | blog.naver.com/sol_book
출판등록 | 1990년 9월 15일 제10-420호

ⓒ 김구용, 2003

ISBN 978-89-8133-655-4 (04820)
ISBN 979-11-6020-016-4 (세트)